U0516548

中國古典文學基本叢書

王惲全集彙校

第二册

〔元〕王惲 著
楊亮 鍾彦飛 點校

中華書局

王惲全集彙校卷第六

七言古詩

舒辟劍歌 爲太常公弘衎賦

龍泉之精老蛟血，躍入洪爐凝夜雪。至今元氣老不死，粲粲碧華浮兩脅。雀環金錯赤絲縧，蒼水夜擲天爲高。或云徑度海西陲，佩非其人有所歸。夜飛入燕人不識，天以神兵示中國。宋侯磊落書中傑，碧眼風湖物情格①。窮幽抵祕竟圖經，羽窟崑崙騰口説。黄金臺下喜相逢，醉眼高歌得玉龍。摩挲神物萬金重，箕冠傾倒琉璃鐘②。蹇予元年燕市客，走馬來觀嘆奇絶③。雪屋燈青寶匣開，紫氣横衝箕尾滅。悲風凜凜入座寒，山鬼吹燈中夜泣④。當年夭矯龍性在，入手無方恣舒辟。金精固列五材首，堅質柔資苦差別。彼人之性而與同，太柔失威剛則折。咄嗟此劍陰陽全，雄雯雌縵俱赫然。君不聞淮陰未遇賤且貧，愛而服之良有因。無何大遭跨下辱，亦如此劍能屈伸。一朝攀附赤龍飛，六合風雲入指揮。漢家日月四百載，亦從此劍騰光輝。宋侯篤我卓所立，一日三看曾不惜。我今作詩私自激，重爲歌之感疇昔。多君振厲義且誠，羨君小試妖氛清⑤。三年盜弄潢池兵，亞夫持節東南征。此時宋侯佐戎車，一揮逆儔生白鬚。縵纓短衣非我事，談笑自有聊城書。斬鯨歸來茆屋底⑥，拂拭海西心自喜。不須夜半舞荒雞，得君亂絲爲君理。況君天富席上珍，胸蟠萬卷餘經綸。天王未入非熊夢，此劍應須檢子身。

【校】

①「湖」，弘治本同元刊明補本；薈要本、四庫本作「胡」，亦可通。按：胡，本作湖，傳抄刊刻中省略形旁氵形成之簡化字，俗用。

②「鐘」，弘治本同元刊明補本；薈要本、四庫本作「鍾」，亦可通。按：鍾，同鐘。鐘，《説文》：「樂器也。秋分之音，物穜成。從金童聲。」鍾，《説文》：「酒器也。從金重生。」童，定母字，舌頭音；重，澄母字，舌上音；皆屬牙音，旁轉，故鐘、鍾通。鍾與鐘形近音近而後二字相混，此作「鍾」者，亦襲此而爲「鐘」之誤。

③「嘆」，元刊明補本作「謹」，形似而誤；據弘治本、薈要本、四庫本改。

④「泣」，弘治本、同元刊明補本；四庫本、薈要本作「爇」，非。按，泣，入聲緝部；滅、爇，入聲薛韻，在鐸部；辟，入

聲昔韻，月部；鐸、月旁轉，與緝部字相隔較遠，不相諧韻。薈要本概因此而妄改「泣」爲「爇」。《中原音韻》緝屬入聲第十九部字，月、鐸屬入聲第十八部字，諧韻。元時語音系統已較前代有較大改變，加之當時社會條件之限制，王氏於此用韻有違古制，而用了時韻。

⑤「氛」，弘治本、四庫本同元刊明補本；薈要本作「氣」，非。

⑥「鯨」，弘治本、薈要本同元刊明補本；四庫本作「繮」，聲近而誤。

飛豹行

中統二年冬十有一月，大駕北狩時在魚兒泊，詔平章塔察公以虎符發兵于燕①。既集，取道居庸，合圍於湯山之東，逐飛豹取獸②，獲焉。時予以事東走幕府，駐馬顧眄，亦有一嚼之快，因作此歌以見從獸無厭之樂也③。予時爲左司都事。

二年幽陵閲丘甲，詔遣謀臣連夜發。春蒐秋獮是尋常，況復軍容從獵法。一聲畫鼓肅霜威，千騎平崗捲晴雪。長圍漸合湯山東，兩翼閃閃牙旗紅。飛鷹走犬漢人事，以豹取獸何其雄。馬蹄蹴麋欻左興，赤縧撤鏇驚龍騰。錦雲一縱飛塵起，三軍耳後秋風生。豹雖逸才不自惜，雨血風毛摧大敵。風煙慘淡晚歸來，思君更上單于臺。血埋萬甲戰方鋭，爪牙正藉方剛才。古人以鹿喻天下④，得失中間係真假。元戎玆獵似開先，我作車攻補周雅。大笑南朝曹景宗，誇獵空驚弦霹靂⑤。何曾夢見北方强⑥，竟墮閉車甘偃息。揚鞭回首漢家營，一點槍纓野煙碧。

【校】

①「塔察公」，弘治本、薈要本同元刊明補本；四庫本作「塔齊爾」。

②「逐」，四庫本同元刊明補本；弘治本、薈要本作「遂」，形似而誤。

③「厭」，弘治本、薈要本同元刊明補本；四庫本作「荒」，非是。

④「鹿」，弘治本同元刊明補本；薈要本、四庫本作「虎」，形似而誤。

⑤「弦」，弘治本同元刊明補本；薈要本、四庫本作「强」，非是。按：弦，語本《南史》卷五五《曹景宗傳》：「景宗謂所親曰：我昔在鄉里，騎快馬如龍。與年少輩數十騎，拓弓弦作霹靂聲，箭如餓鴟叫，平澤中逐麞，數肋射之。渴飲其血，飢食其胃，甜如甘露漿。覺耳後生風，鼻頭出火，此樂使人忘死，不知老之將。今來揚州作貴人，動轉不得。路行開車幰，小人輒言不可。閉置車中，如三日新婦，此邑邑使人氣盡。」

⑥「曾」，弘治本、四庫本同元刊明補本；薈要本作「魯」，形似而誤。

匹紙歌

謝王道人子寧

楚山脩竹森如玉，千杵鳴碪響空谷。溪翁門巧紙愈佳，渌泛秋江連百幅。春斂籠熏素練輕，鳳梭停織天孫嚲。聲光一日天下白，萬古作配中書君。道人來自蒼陵天①，名品閱盡東吴船。惠然贈我以此紙，入手展放銀河翲。脂凝玉瑩絶纖滓，風流綽約，藐似姑射之真仙②。扶餘綿繭固堅膩，中有雲影霑霨浮秋瀾。金華五色非不佳，不放墨松使者光通玄。何如此君貴重百金比，當與澄心玉屑並驅争後先③。媿無少陵詩，魯公筆如椽，揮毫壹掃空雲煙④。文章元氣古無間⑤，玉堂人物今翩翩。此而不贈返惠我，夜光暗投真可憐。道人一笑春生頰，琢腎雕肝爾心折。千首新詩意未窮，分取煙江愁萬疊。我今靈臺久荒穢，老樹秋蕪餘廢垤。何時除治若此紙，一片冰壺貯秋月。深藏且須珍惜之，准備虚堂夜生白。

【校】

①「來」，元刊明補本、弘治本作「耒」，據薈要本、四庫本改。按：《敦煌俗字典》：「耒，來也。」耒、來本爲二字，來俗

作来，與耒形似。作「耒」者，俗用。後依此不悉出校記。
②「藐」，弘治本同元刊明補本；薈要本、四庫本作「貌」，亦可通。按：作「貌」者，「藐」省去形符之簡化字，俗用。後依此不悉出校記。
③「玉」，薈要本、四庫本同元刊明補本；弘治本作「王」，亦可通。按：王、玉，古今字。此作「王」者，「玉」之形誤。
④「壹」，弘治本同元刊明補本；薈要本、四庫本作「一」，亦通。按，一、壹，通。後依此不悉出校記。
⑤「間」，弘治本同元刊明補本；薈要本、四庫本作「問」，形似而誤。後依此不悉出校記。

金馬門行

贐董參謀彥才之元帥府①

十年金馬門中客，萬里風雲橫上策。貂蟬要自出兜鍪，拏舟渡江江水窄。新豐樹色繞千官②，一片丹心懸魏闕。洞庭白波木葉下，千騎臨江思飲馬③。堂堂大帥晉龍驤，聲振南陲無呂賈。止則如山戰則克，更着君侯參幕畫④。淮陰何止一軍驚，滿眼旌麾動秋色。萬竈連營楚戍煙，一樽回首銅駞陌。功名年少貴力取，行與諸兄垂竹帛。蹇予久事筆研間，天東倦客未能還。夢回破屋見星斗，商聲夜半歌南山。虛名不到麟閣上，白日能飢苜蓿槃。何如乘此長風去，濁浪吹破東南天。

【校】

①「贐董參謀彦才之元帥府」，《中州名賢文表》、抄本同元刊明補本；薈要本、四庫本脱。

②「豊」，元刊明補本、抄本作「豊」，俗用；據薈要本、四庫本、《中州名賢文表》改。按：豐、豊本爲二字，作「豊」者，「豐」之俗字。

③「騎」，《中州名賢文表》、抄本同元刊明補本；薈要本、四庫本作「里」，非。

④「着」，抄本、薈要本、《中州名賢文表》同元刊明補本；四庫本作「著」，亦通。按：著、着，古今字。後依此不悉出校記。

相從行

贈宋兄弘道

宋君茂異誰其儔，事業當向前人求。羣書磊落載其腹，人道聰明似鄴侯。黄陂千頃不足泳，入海簸弄龍驤舟。十年霧豹棲巖幽，每恨南海北海風馬牛。碧雲望斷西山陬，愛而不見心爲憂。向來文彩珊瑚鉤①，寧胡一曲不自休。公嘗作寧胡閼支歌行於世②。壯懷似欲寫孤憤，筆力倒挽西江虬。古今樂府非不優，例以哀怨更相酬。蛾眉命薄黄金貴，青塚雲凝紫塞秋③。多君變體不師古，一掃萬古琵琶愁④。我忻得之三過讀，如入武庫森戈矛。乃知鳳凰在岐世自瑞，春風百鳥空啁啾。乾坤吾道方悠悠，天公畀子鳴中州。喚回海嶽三生夢，獨倚元龍百尺樓。今年冠劍平津閣，積憂一見心爲瘳⑤。識君恨晚愧仝志⑥，正以羔羊之鞹緣飾青貂裘⑦。古今爲諱分清流，不用倒翻鸚鵡洲，期君有道興東周。不然君爲龍，我亦同雲浮。自兹攀逐不相失，四方上下從之游。

【校】

①「彩」，抄本同元刊明補本；薈要本、四庫本作「采」，亦可通。按，采、彩，本爲古今字。作「采」者，後「彩」省略形符之簡化字。依此不悉出校記。

②「闕支」，抄本、薈要本同元刊明補本；四庫本作「闕氏」，亦可通。「歌」，弘治本同元刊明補本；薈要本作「厰」；四庫本作「曲」。按：《風雅翼》卷四石崇《王明君辭》：「延我於穹廬，加我闕氏名。」宋弘道（按，即宋衜）原詩已不可考。

③「雲凝」，元刊明補本作「雲疑」，薈要本、四庫本作「凝雲」，非是，據抄本改。

④「琶琵」，抄本同元刊明補本；四庫本、薈要本作「琵琶」。

⑤「瘳」，抄本、薈要本同元刊明補本；四庫本作「廖」，形似而誤。

⑥「仝」，四庫本同元刊明補本；抄本、薈要本作「同」，亦可通。按：同、仝，古今字。後依此不悉出校記。

⑦「以」，抄本、薈要本同元刊明補本；四庫本作「似」。

南風謡

送董瑞卿之鄧州軍幕

南風不競兵塵鏖，兩淮春燕翾林巢。吾皇明見萬里外，欲以德服兵無勞。已聞灌莽極目地，萬屯春事開林皋。紫髯將軍賢且豪，智略往往超龍韜。一軍壁楚號勁利，眼中勍敵無劉曹。今年分閫鎮鄧鄙，旌旗改色天爲高。芙蓉幕府固多士，更以厚禮羅英髦。君侯漢庭選，經濟夔與咎①。婉畫乃餘事②，白羽風蕭騷。年雖哀樂境，兩鬢無霜毛，如君名宦不可逃。繡花未滿千金刀，鸞凰忽爾辭蓬蒿。此行莫起觸熱歎，將軍好士心忉忉。得君豈止解鬱陶，投竿如掣東溟鼇。飛牋走翰鈴閣底，駸駸欲逼令家綯。秋風鼓角驚江濤，軍中氣和投楚醪。兵家耕戰諒有待，雲雷隱伏池中蛟③。一杯漢水春蒲萄，楚人雖猛輕秋毫。知君談笑辨此事，長江聽渡龍驤艘，長江聽渡龍驤艘！

【校】

①「經」，元刊明補本作「綎」，據抄本、薈要本、四庫本改。按：《敦煌俗字典》：「綎，經也。」綎、經本爲二字，經之俗字與綎形似而二字相混。作「綎」，「經」之俗用。後依此不悉出校記。

②「婉」，抄本同元刊明補本；薈要本、四庫本作「揮」，非是。按：婉畫，語本《文選註》卷二一謝瞻《張子房》：「婉幙中畫，輝輝天業昌。」本謂張良爲劉邦運籌帷幄之中。後用作爲幕僚輔助長官謀劃，周煇《清波雜誌》卷四：「建紹兵興日，帥臣許辟置幕屬，既素爲知己，其於婉畫，裨助惟多。」

③「雲雷」，抄本同元刊明補本；薈要本、四庫本作「雷雲」，倒。按：語本《易·屯》：「《象》曰：屯，剛柔始交而難生，動乎險中，大亨貞。」按，《屯》之卦象爲《坎》上《震》下，《坎》之象爲雲，《震》之象爲雷。

長劍行

爲王子初賦

老蟾破雲光走庭，清風西來散餘醒①。斗間紫氣望不見②，太白睒爍無光晶。燈前惚值蒼水使③，示我寶劍喜且驚。芙蓉匣開吐奇怪，分光盡萃此劍之精英。蒼虬翻風白日動，秋水背露龜鱗青。昔之所愛今乃遇④，覺我炯炯雙瞳明。青衫試拂拭，魄磊難自平。平生疾惡腸，爲爾芒角生。我聞乾剛甲五材鍛成，玉龍復以首利庶物稱。佩非其人尚不可，況乃用之高庳而無經？君不見趙文失所好，日夜徒擾曼胡纓；朱雲妄其請⑤，折檻反取訕訐名。劍之於人無適莫，用之得術如雷霆。又不見周公管蔡舉，謗息四國寧；聖師兩觀誅，正大貫日星。遂令千載下，妖腰亂領寒於冰。引杯感古我自惜，儒冠突鬢嗟無成。之子風雲士，慕藺如長卿。飄飄四方志，早以文章鳴。君與劍，無久蟠，決雲會看昇青天。黄金錯環蒼玉佩，攬環結佩天王前。慇懃祝子無多言，不誅已然誅未然⑥。

【校】

①「餘醒」，抄本同元刊明補本；薈要本闕；四庫本作「幽扃」，非是。

②「斗間紫氣望不見」，抄本同元刊明補本；薈要本「斗間紫氣望不」六字闕；四庫本作「北斗芒寒色欲見」。

③「惚」，抄本、薈要本、四庫本作「忽」，亦可通。按：惚、忽，本爲二字。作「忽」者，「惚」省略形符之簡化字，俗用。

④「昔之所愛今乃遇」，抄本同元刊明補本；薈要本、四庫本作「昔之所遇今乃愛」，倒。

⑤「妄」，抄本同元刊明補本；薈要本、四庫本作「伸」，非是。按：語本《漢書》卷六七《朱雲傳》：「至成帝時，丞相故安昌侯張禹以帝師位特進，甚尊重。雲上書求見，公卿在前，雲曰：『今朝廷大臣，上不能匡主，下亡以益民，皆尸位素餐。孔子所謂「鄙夫不可與事君」，「苟患失之，亡所不至」者也。臣願賜尚方斬馬劍，斷佞臣一人，以厲其餘。』上問：『誰也？』對曰：『安昌侯張禹。』上大怒，曰：『小臣居下訕上，廷辱師傅，罪死不赦。』御史將雲

下，雲攀殿檻，檻折。雲呼曰：『臣得下從龍逢、比干遊於地下足矣，未知聖朝何如耳？』御史遂將雲去。於是，左將軍辛慶忌免冠解印綬，叩頭殿下，曰：『此臣素著狂直於世，使其言是，不可誅其言；非，固當容之。臣敢以死争。』慶忌叩頭流血。上意解。然後得已。及後，當治殿檻，上曰：『勿易。因而輯之，以旌直臣。』

⑥「未」，抄本、四庫本同元刊明補本；薈要本作「自」，非是。

雜言喻爲彦政失子作

堂上慈親頭白絲，慰心賴有寧馨兒。巉巉頭角日方露，誰揮如意擊碎珊瑚枝？不知與奪果何主，變滅欻欻無旬時。驪龍失頷珠，海窟黯慘鬚眉垂；老鶴憶别雛，淚眼叫斷秋天低。彼蒼坱圠於我本無有，何事誕説立象爲鑪錘？陽春豔豔木自榮，非春一一點化青紅姿。秋風瀟條羣木脱，物感秋氣，彫悴又匪行陰機。乃知生死天地間，花開花落殆似東風吹。蜂房魚腹得至理，子夏失眡傷天彝①。西家因果蟲流俗，東家聞之爲朵頤。蕃延疏薄無定分，慰懷當取昌黎辭。父子自天性，東野能不悲？君年正鼎盛，情鍾感非宜。况夫先子澤，渾水清而漪。吾友賢且孝，舉案加有梁鴻妻。捧檄爲親屈，晨昏歸來侍庭闈。我聞善積有餘慶，他日當有螽斯詩。

【校】

①「眂」，抄本同元刊明補本；薈要本、四庫本作「明」。

湧金遊 并序

予回轡共山，有客過而問曰：「湧金之遊樂乎？」曰：「樂矣！」「不無詩乎？」曰：「無有也。」客曰：「事樂，會之於心；心樂，寓之於口。且蘭亭之勝至今尚爲美談者，其以有託於斯文也。」客退，於是乎書長短句以歌①，時孟夏十四日也。

曉雲拂山山氣昏，坐來萬壑烘朝暾。丹崖翠壁晝莫出，但覺詩境供愁新。地靈祠古秘幽怪，天授神柄專其尊。年年簫鼓祠下路，東風十里楊花春。我來愛此山水窟，天氣着物清而温。湧金亭上一礚礴②，主人留髡醉金罇。水邊滉瀁多麗人，往來但看珠翠裙。不知仙家足奇貨，明珠脱串，一一浮出摩尼真。波間可翫不可掇，雲錦飜動玻璃盆。書生潤身那羨此，席上正有吾家珍。舉杯酌水但默禱，山靈垂意哀王孫。願分秀色貯詩腹，一洗萬斛胸中塵。仙官有請固不拒，山鬼竊笑君無因。不然結茅傍脩竹，雲煙占斷西湖曲。月明舒嘯碧山巔，唤起公和跨黄鵠。

【校】

①「句」，元刊明補本作「勾」，亦可通；據抄本、薈要本、四庫本改。按：《敦煌俗字典》「勾，句也。」句，《廣韻》古侯切，與勾爲古今字。句，《廣韻》九遇切，與勾本爲二字。口，俗寫作厶。句，形訛而爲勾。此「句」之作「勾」者，俗用。後依此不悉出校記。

②「湧」，抄本同元刊明補本；薈要本、四庫本作「漫」，非是。

秦川行

送張孝先

北燕豪俠南州客，去歲辭家今八月。霜風偃薄一貂裘，不爲無金少顏色。平生弓劍只餘事，滄海風雲居上策。今年棄繻復入關，春光澹淹迎征鞍。周侯磊落天下士，橐鞬賴子爲周旋①。我知黄鵠志千里，此舉横絶青雲端。長安西望白日近②，解鞍多在清明前。新豐酒③，斗十千，長樂坡頭楊柳煙。曲江花滿樹，春風怨啼鵑。對時感慨，能不動鄉思？丈夫有淚，肯灑離别間？驊騮得路足神駿，我非繞朝，愧乏黄金鞭。君不見古人勳業貴少壯，莫待拊髀悲流年。

【校】

①「橐」，抄本同元刊明補本；薈要本、四庫本作「槖」，形似而誤。按：後依此不悉出校記。「子」，元刊明補本作「予」，據弘治本、薈要本、四庫本改。

②「日」，抄本、四庫本同元刊明補本；薈要本作「石」，形似而誤。

③「酒」，抄本同元刊明補本；薈要本、四庫本作「美酒」，當衍。

東方碑帖歌

謝子初

魯公筆法天下雄，東方一贊其猶龍。嗟予愛之力莫致，夢魂幾到平原東。我雖不解書，慕此忠義風。有唐天寶初，禍首營州奴。羣兇一朝起，氛祲連神都，廿四名郡風靡隨盜區。堂堂顔使君，徇國思捐軀。竟以七千衆，不爲胡塵汙①。乃知大節初，不以藝自殊。胸中義氣蟠不盡，往往翰墨攄其餘。況兹游藝君子責，古人以字爲心畫。先生不知作何狀，覩此寶墨事可測。書學到君稱絶筆，凛凛英名貫星日。晉漢名書凡幾家，奄奄爲君皆敗北。宜乎眉山公謂此，能事畢出於右軍。擴以大比並，離堆當第一。豢氏龍蟠古井波，將軍虎卧南山石。又如大人垂紳正笏廊廟上，忠厚之氣了弗事緣飾。嗟此至神物，每爲好事得。君家父子賢向歆，只今好古喧詞林。幾年秘此分賜我，拜嘉不翅千黄金。君心若此真尚友，我報愧無瓊與玖。歌成大笑不自量，擬與君名傳不朽。

【校】

①「胡」，弘治本、薈要本同元刊明補本；四庫本作「邊」，非。

墨竹歌

爲共巖處士石盞公作①

吾生愛竹兼嗜石，手不能書漫成癖。憶從林下七賢游，終日摩挲弄寒碧。山河一自隔黄壚，塵土填淤百憂集②。得君此畫忽灑然，元氣淋漓障猶濕。滿空月露下寒梢③，人去山陰鎖幽寂。又如湘妃廟前風雨晴，翠袖紛披山鬼泣。幾竿迸出太古崖，老節雪欺初不惜。表將一片歲寒心，不與繁華競朝夕。東欄牡丹鶴翎紅，西沼芙蓉紺珠色。歌鍾傾國樂芳年，以色事人能幾日？何如鴨江居士詩骨清而臞，手種此君忘肉食？不須柱杖敲人門④，萬斛清風破窗北。月中看竹掃秋影，妙得於心發之筆。興來落紙出意表⑤，擬學湖州滅形迹。嗚呼，湖州已矣蕭郎遠，今代名家澹游客⑥。君不見李杜文章萬丈光，一日齊名偉高適。

【校】

①「石盞公作」，弘治本同元刊明補本；薈要本作「石盞」，脱；四庫本作「持嘉」。

②「淤」，四庫本同元刊明補本；弘治本作「淅」，非；薈要本作「膺」，涉上而誤。

③「梢」，弘治本同元刊明補本；薈要本、四庫本作「塘」，非。

④「柱」，弘治本同元刊明補本；薈要本、四庫本作「拄」，亦可通。按：柱，同拄。二字本不同，木、扌文獻中多相混以致二字漸可通用。《敦煌俗字典》言：「拄，柱也。」恐未允當。二字無所謂正字、俗字。後依此不悉出校記。

⑤「意」，弘治本同元刊明補本；薈要本、四庫本作「塵」，非。

⑥「澹」，弘治本同元刊明補本；薈要本、四庫本作「淡」，聲近而誤。按：淡、澹（《廣韻》徒敢切）二字音同義多可通，此「澹」之作「淡」，概源於此。然，此澹，《集韻》時豔切，通贍。故作「淡」非是。

乞雁歌

吕東平，江海客，一鶚盤霄鷙空百①。老來機械淡相忘，雙雁隨行聲格格。階除得食藏頸眠，惱不及鄰耳亂聒。兩堆晴雪春不消，暮映書窗生夜白。終朝司警代黄耳，夢破煙江秋拍拍②。主人對之心愈閑③，感念物情終桎梏。家中又厭食蟻蟲，一夕籠歸山下澤。今春卵捕衆鷚息④，百日已能過所出。青山滿眼映一羣，泛浦眠沙白勝雲。稻粱棲畝秋正美，約我充庖潔口飱。能鳴見害古所惜，我心念之生隱仁。勸君深藏饕子刀，解縛歸來養雪毛。右軍閑適久無伴，許贈一隻相與遨。西溪秋水深幾篙，江天漠漠秋風高。歸飛不隔暮雲遠，放爾縱觀心亦滔⑤。俯歌雙雁行，仰送孤鴻杳。洞庭歸客渺無音，萬斛羈愁坐中老。節旄零落瘴海煙，冠蓋都門鬧昏曉。我欲因之附尺書，西北煙塵静如掃。

【校】

①「霄」，元刊明補本、弘治本闕；據薈要本、四庫本補。

②「江」，薈要本、四庫本同元刊明補本；弘治本作「泣」，形似而誤。

③「主」，元刊明補本作「王」，形似而誤；據弘治本、薈要本、四庫本改。後依此不悉出校記。

④「捕」，弘治本同元刊明補本；薈要本、四庫本作「哺」，非是。

⑤「滔」，弘治本、四庫本同元刊明補本；薈要本作「慆」，形似而誤。

夏夜晨起理髮 時目疾新愈

居閑早眠復旦起，遶樹行吟殘月底。鄰雞聲裏候東方，曉色雖分氣清美①。雙瞳自爲苦所纏，兩鬢鬅鬙思旦理。青絲髮散滿肩雲，千梳未暇百梳勤。餘邪細逐老櫛散②，風露氣入秋蓬根。疏通百竅勝新沐，一洗耳目清而暾③。朝有蠅子莫有蚊④，事隨日出更紛紜。侵晨有此至良劑，肯羡卯盌松醪春⑤。詩成因謝草堂客，嵇康養生非妄論。

【校】

①「雖分」，弘治本同元刊明補本；薈要本、四庫本作「雞人」，非是。

②「櫛」，四庫本同元刊明補本；弘治本、薈要本作「節」，亦可通。按：作「節」者，「櫛」聲略形符之簡化字。

③「暾」，弘治本同元刊明補本；薈要本、四庫本作「明」，非是。

④「莫」，弘治本、薈要本、四庫本作「暮」，亦可通。按：莫、暮，古今字。後依此不悉出校記。

⑤「卯」，弘治本、薈要本同元刊明補本；四庫本作「卯」，形似而誤。

衡門行

送陳長卿

衡門棲遲樂吾樂，甘着輩流譏東閣①。長河其奈不療飢，誰暇物情論厚薄。前時行臺領漕計，處士半爲餬口起。長年巨鼠有餘壤，比比吾儕廢生理。嗟哉陳君何苦節，天東游子天西客。監河執去餘糵在②，客舍半椽淇水側。書生辛苦學干禄，入手青衫得藜藿。塵埃風雨蹇驢瘦，日就空倉自羈縛。今年幸得解由了③，超海挾山初不惡。暮春之初日東作，陳君叩門聲剥啄。向予長跪話遠行，上計又須趨薊朔。攜書五車煮不堪，舉室舟行更瀟索。前因未必是亨衢，着脚如堪戒前錯。若於金粟例言拙，誰着裴劉供調度。逢時正有利不利，有命豈論賢不屑④。長歌西北酒一杯，浮雲漸遠天寥廓。東曹若見王春官，道我行藏事如昨。幾年奔走一墮甑，蕙帳歸來慚怨鶴。濟時幸有公等在，擬把一竿尋釣壑。因君悟我向來非，相送出門還一噱。

【校】

①「輩流」，弘治本同元刊明補本；薈要本、四庫本作「流輩」，倒。按：輩流、流輩，同。

②「執」，弘治本、薈要本同元刊明補本；四庫本作「勢」，形似而誤。「槷」，弘治本、薈要本同元刊明補本；四庫本作「業」，形似而誤。

③「由」，弘治本同元刊明補本；薈要本、四庫本作「脱」，涉上而誤。

④「賢不屑」，弘治本同元刊明補本；薈要本作「賢不肖」，非是；四庫本作「前與郤」。

大雹行

至元四年五月十五日也

雷師掠地西山麓，北會豐隆出蒼峪。崩雲掩落赤日烏，烈缺光騰燭龍目。黑風駕海天外立，萬騎先聲振林谷。雲濤怒捲惡雨來，中雜冰丸幾千斛。殺聲咆哮屋碎瓦，百萬神兵自天下。奮然橫擊合陣來，昆陽之戰何雄哉！又如馬陵之道萬弩發，矢下雨如無魏甲。斧形雞卵見自昔，異狀奇模此其匹。野人庭户變綃館，霧湧煙霾與龍敵。又疑蛟人泉客泣相别①，淚灑珠璣恣狼藉②。葉穿鳥死庭樹慘，禾麥擊平驚赭赤。神威收斂俄寂然，瀟灑合浦還珠玭③。整冠變色立前廡，但見土窩萬杵一一皆深圓。五行有占非小變，調元失所誰之愆？又聞夏冬愆伏之所致，亦以政治持化元④。孔子修春秋，二百四十二載間⑤。特書雨雹凡兩次，大率貶黜臣下侵君權⑥。況今朱明壯陽月，胡爲縱此羣慝之所顗？歷闕上訴九虎怒，蟣蝨小臣非所言。獨憐田家被菑者，寒耕熱耘，手足成胝胼。差科大命寄一麥，眄眄見熟療飢涎⑦。一新到口不得食，哀哉何以卒歲年！

【校】

①「蛟」，弘治本、薈要本同元刊明補本；四庫本作「鮫」，亦通。按：鮫，通蛟。蛟人，亦可作鮫人，《文選注》卷一二木華《海賦》：「其垠則有天琛水怪，蛟人之室。」李善注：「曹子建《七啓》曰『戲鮫人』，劉淵林《吴郡賦》注曰：『鮫人，水底居也。』」任昉《述異記》卷上：「蛟人，即泉先也，又名泉客。」

②「藉」，弘治本、薈要本同元刊明補本；四庫本作「籍」，亦通。按：竹、艸形似，文獻中多不分以致籍、藉二字相混。後依此不悉出校記。

③「玭」，弘治本、薈要本同元刊明補本；四庫本作「聯」，涉上而誤。按：涉上「珠」字而誤。

④「政」，元刊明補本、弘治本、四庫本作「坎」，據薈要本改。

⑤「二載間」，弘治本同元刊明補本；薈要本作「二載」，脱；四庫本作「有二年」，非是。

⑥「貶」，弘治本、薈要本同元刊明補本；四庫本作「敗」，形似而誤。

⑦「眄眄」，弘治本、薈要本同元刊明補本；四庫本作「盼盼」，亦可通。按：眄，同盼，盼望也，《詞綜》卷三〇張雨《早春怨・擬白石》：「眄得春來，春寒春困，陡頓無聊。」眄眄，猶盼盼，急切、盼望貌。眄，俗作盻；分，俗作兮；盻，俗作眄；眄、盻、盼三字字形相近，多混用，故《歷代詩話》卷一二言：「宋儒不識『顧眄』字眄音湎，讀爲

「美目盼兮」之盼；又不識盼字，而寫「使民盻盻然」之盻音異；又不識此盻字而讀爲盼。」可見三字常常混用。後依此不悉出校記。

捕魚歌

塢西溪水深及篙，漁户曉集拖輕舠。縱横張網截兩涘，挺義遠混驚銀魛。柳陰潛涔深且密，大魚小魚争遁逃。須臾合網環深碧，薄槮提網從掇拾①。小魚骨罣半死生，口頰噞喁無足惜。就中一魚匪常材，黄金作鱗尾砂赤。泳游本在孟津居，波蕩江湖事行役。中涂遇厄夢不神②，騰躍舟中有時立。漁郎迴艇催歸急，幾處金盤待鮮食。夕陽澹澹洲渚空，回風瀟颯溪神泣③。網罟設兮水不深④，役物之君戒貪得⑤。古人數罟不入池，以時漁捕須盈尺。今人古道棄如泥，竭澤焚丘意方畢。野人有樂在濠梁，澤畔行吟三嘆息。

【校】

①「槮」，元刊明補本、弘治本作「摻」，形似而誤；薈要本作「篸」，亦可通；據四庫本改。按：作「摻」，當爲「槮」之形誤，木、扌文獻中多有相混之處。作「篸」，當涉上字「薄」而偏旁類化，繼而形符艸，又訛作竹。

②「涂」，弘治本同元刊明補本；薈要本、四庫本作「塗」，亦通。

③「瀟」，弘治本同元刊明補本；薈要本、四庫本作「蕭」，亦可通。按：作「蕭」者，「瀟」省略形符之簡化字，俗用。後依此不悉出校記。

④「水不」，弘治本、四庫本同元刊明補本；薈要本作「不水」，倒。

⑤「役」，弘治本同元刊明補本；薈要本、四庫本作「惜」，非是。「之」，元刊明補本、弘治本作「而」，非是；據薈要本、四庫本改。

宿仙山朝元觀題示

太行北走開四門，川原落落風煙屯。仙山西峙如虎踞，石嶺東抱猶龍奔。道林中蟠百餘畝，顧揖殿寢何雄尊。仙翁得仙事惝慌①，碧霞洞主玄元孫。百年朝元去不返，寶籙秘泄風雷墩。陰靈訶護石壇古②，老雨留漬蒼苔痕③。緬懷矯矯東瀛老，變化能大天溟鯤。謝公本是濟時具，誰使卧老東山墩。豐碑不愧蔡邕筆，再拜遺像儼以温。我來夏交樹陰翳，萬橘翠瑣芬蘭蓀。平生素有林壑癖，苦厭闤闠埃霾昏。每來福地愛瀟爽，跬步乃與仙凡分。山川景氣得入勝，喜對羽客開清樽。夜深静卧月東出，林影布地翻瑶琨。天風吹空萬籟息，明星當上手可捫④。恍然人境兩奇絕，月露一洗清心魂。世間塵土幾千丈⑤，有夢不到瑤臺垠。人生幾何胡不樂，例自跼束駒服轅。惜哉清景不可駐，一聲啼鴂開林煙⑥。明朝人事隨日出，坐看蟻穴蜂衙喧。

【校】

①「惝慌」，弘治本、四庫本同元刊明補本；薈要本作「惝怳」，亦通。按：怳，同慌。

②「靈」，弘治本同元刊明補本；薈要本、四庫本作「雷」，非是。

③「留」，弘治本、薈要本同元刊明補本；四庫本作「溜」，非是。按：作「溜」者，涉上字「雨」、下字「瀆」偏旁類化，「留」加氵而致誤。

④「上」，弘治本同元刊明補本；薈要本作「座」，非是；四庫本作「坐」，非是。

⑤「丈」，弘治本同元刊明補本；薈要本、四庫本作「尺」。

⑥「鴂」，四庫本、薈要本同元刊明補本；弘治本「鳺」，非是。按：鴂，即杜鵑也，湯式《風入松·尋春不遇》：「一聲啼鴂畫樓西，屈指又春歸。」鳺，《漢語大詞典》：「《集韻》均窺切，秭鳺。鳥名。即子規。俗稱杜鵑鳥。」即鳺同鴂，但未收任何書證。《康熙字典·鳺》：「《廣韻》甫無切，《集韻》風無切，音膚，《玉篇》：『鳺，鳩也。』《爾雅·釋鳥》：『隹其鳺鴀。』又《集韻》馮無切，音扶。義同。又均窺切，音規。」是以，鳺本讀如扶，鳺、鴂形似而鳺訛作鴂，《集韻》誤收此詞條而存其兩讀，《漢語大詞典》亦襲《集韻》收字不察之誤。

雁門公子行

贈李仲明萬户

雁門山高幾千仞，風土雄尊號全晉。君侯年少出紈袴，裘馬輕肥冠時雋。古來豪傑數幽并，柳子不須誇晉問。蹇予三年東魯客，塵滿青衫鬢雙白。書生無策伴侯鯖，尺蠖泥蟠甘退縮。此時仝君幕中游，袖手旁觀看超越。絛籠脱落不受羈，意表出奇人叵測。健於豪鶻快一擊①，霜翮盤雲鶩空百。愛君肝膽向人開，遇事剖析無留材。世人荆棘塞靈府，末事挂眼生嫌猜②。丈夫所貴氣爲主③，行義不虧誠可取。區區心計米鹽間，束縛真爲抱官虜。相期心事李西平，錦韉家世蜚英聲。天其藉此作事業，未害蹉跎魯客卿。眼中人物真知己，舉世論交多逐勢。贈君一片百年心，意氣相傾岱如礪。羨君才氣真英耳，鬱鬱安能久于此？煙華紫禁正縈繞，臺閣羣卿半鄉梓。明年焰焰動北方，騰踏風雲乃吾子。

【校】

①「豪」，元刊明補本作「豢」，訛字；據弘治本、薈要本、四庫本改。

②「末」，元刊明補本、抄本作「米」，形似而誤；據薈要本、四庫本改。
③「所」，抄本同元刊明補本；薈要本作「時」，非；四庫本作「特」，非。

贈田生赴監河之召

田生操履凌高節，三載奔馳秦隴月。長年愈覺世事艱，中道毀車思遠業。故人戀戀監河侯，願分斗水相爲留。古人有志患不立，抱關擊柝非所羞。君不見黄河三尺鯉①，風濤終化禹門秋。

【校】

①「三」，抄本同元刊明補本；薈要本、四庫本作「一」，非。按：語本《李太白文集》卷七《贈崔侍御》：「黄河三尺鯉，本住孟津居。點額不成龍，歸來伴凡魚。」

贈孟祝史德卿還燕城

孟侯落落明時佐，從祀歸來喜相過。探囊擲下珊瑚鉤，海岳英靈驚甑墮。淋漓元氣星斗光，照徹龍淵得奇貨。我初把翫三歎息①，不覺秋風吹屋破。太乙真仙令綺季②，入奏行宫瞻紫氣。受釐宣室想所陳，不獨碧雞金馬異③。朝家望望董賈賢，祝史孟君今偉器。明年黼黼動北方，館閤風生驚一世④。因之啓賀廉行臺，爲國得賢真宰惠。

【校】

①「翫」，抄本同元刊明補本；薈要本、四庫本作「玩」，亦通。按：玩，同翫。

②「太乙」，抄本同元刊明補本；薈要本、四庫本作「太一」，亦通。按：太一，亦作太乙。

③「雞金」，抄本、四庫本同元刊明補本；薈要本作「金雞」，倒。

④「閤」，抄本、薈要本同元刊明補本；四庫本作「閣」，亦可通。按：閤，同閣。作「閤」者，「閤」之形誤。後依此不悉出校記。

題韓幹畫馬圖

韓御史君美所藏索賦①

火輪凝空汗如洗，老坐烏臺簿書裏②。韓君忽出天馬圖，瀟颯朔風生駿尾。吁嗟此馬來西極，細看一骨千金直。當時開元監牧盛，赤岸千羣雲錦織。奚官袍帶蒼髯戟，碧眼深藏九方識。豈其此骨獨當御，轉盼君恩仗前立③。幾年扈從東封還，霜蹄蹴踏長楸間。驪山武事厭不講，剪刷日應供帝閑。鑾旗百里臨潼道，華清宮殿春風早。黄金羈勒玉華騣，遊幸君爲玉環老。幹時供奉屬車塵，思入星精奪天巧。興來承詔貌真龍，冀北驊騮歸一掃。古人畫馬需神品，骨相權奇氣深穩。將軍曹霸幹所師，萬古丹青少陵引。韓公得法固入室，千丈光輝誰所準④。自經題品雪堂仙⑤，韋偃龍眠徒滚滚。嗟予何者牛馬走，開卷賦詩還自哂。韓卿朝騎御史驄，暮擊凡禽健秋隼。更煩牢鎖玉麒麟，隄備雷風轟秘本。

【校】

①「君美」，抄本同元刊明補本；薈要本、四庫本作「君羨」。

②「老」，抄本同元刊明補本；薈要本作「兀」，非；四庫本作「日」，非。
③「盼」，元刊明補本、抄本作「盻」，據薈要本、四庫本改。
④「千」，抄本同元刊明補本；薈要本、四庫本作「十」，形似而誤。
⑤「經」，抄本同元刊明補本；薈要本、四庫本作「令」，非。

梁秀才惠棖

梁時在制中

君家堂前棖兩株①，汝父當年手親植。洞庭波兮霜滿林②，摘惠晴窗慰幽寂。夜堂張燈動春酌，脱帽驚呼夢疇昔。摩挲兩手三日香，感舊懷人淚霑臆。一雙照耀黄金苞，露香冷落銀觥桃。呼兒走問鄰牆酒，早晚珍珠滴小槽。

【校】

①「棖」，抄本、薈要本同元刊明補本；四庫本作「橙」，亦通。按：棖，橙也，《宛陵集》卷六〇梅堯臣《述釀賦》：「安得滌其具，更其術，時其物，清其室，然後漬以椒桂，侑以棖橘，吾將霑醉乎窮日。」
②「兮」，元刊明補本、抄本作「子」，非是；據薈要本、四庫本改。

三勒漿歌 有序

唐代宗大曆間幸太學①，以三勒漿賜諸生，此後不復聞於世。今光禄許公復以菴、摩訶、毗梨三者釀而成漿，其光色曄曄②，如蒲萄桂醑，味則温馨甘滑，渾涵妙理。及薦御天顔，喜甚，謂「非餘品可及」，遂時供内府③。不肖以霑瀝之餘，發爲歌詩，于以見國朝德被四表④、方物畢至之盛⑤；許公愛君之心⑥，以湯液醪醴躋聖壽於無疆之休也⑦。

金天一氣何奇特，異品珍材表馨德。翠籠萬里入貢來，赤佛堂西漢家邑。異哉三勒見圖經，秖解有靈能愈疾。豈知用外藏妙理，瓊醴蔗漿非所敵。誰傳釀法自太古，滿甕春雲元化濕。就中至味真玄酒，豁達靈根三益友。許公得法神所傳，一醞天成漢重酎。儀狄拊掌耆伯驚，五百年來未之有。芹香背炙固區區，推以愛君忠且厚。彤芝蓋影擁紅雲，湯綱初收在靈囿。月華冷落露盤冰，三嚥芳温挹大斗⑧。金壺瀲灎久⑨，承⑩

【校】

①「曆」，抄本同元刊明補本；薈要本、四庫本作「歷」，亦通。按：歷，通曆。後依此不悉出校記。

②「曄曄」，抄本、薈要本同元刊明補本；四庫本作「油然」，非是。

③「時」，抄本同元刊明補本；薈要本、四庫本作「以時」，亦可通。

④「于」，弘治本同元刊明補本；薈要本、四庫本脱。

⑤「方」，弘治本同元刊明補本；薈要本、四庫本作「萬」，非是。按：萬，俗寫作万，與「方」形似而誤。《書經集傳》卷四《旅獒》：「無有遠邇，畢獻方物。」蔡沈集傳：「方物，方土所生之物。」

⑥「許」，薈要本、四庫本同元刊明補本；弘治本作「詩」，形似而誤。

⑦「休」，元刊明補本作「林」，據弘治本、薈要本、四庫本改。

⑧「大」，元刊明補本、弘治本、薈要本作「天」，形似而誤；據四庫本改。

⑨「久」，弘治本同元刊明補本；薈要本、四庫本脱。

⑩元刊明補本、弘治本「承」字後闕一整葉；薈要本、四庫本「承」字後之闕葉脱，將「承」字與下文之「案不能餐，我輩何功食天禄」合爲一句，作「承案不能餐，我輩何功食天禄」，并歸于本篇。

驅蝗行①

案不能餐②，我輩何功食天禄③？

【校】

①本詩題元刊明補本、弘治本闕；薈要本、四庫本脱；據元刊明補本、弘治本目録補。

②「案」前原有闕文，參上首詩校記⑩。

③「食」，弘治本、薈要本同元刊明補本；四庫本作「飲」，涉上而誤。「禄」，弘治本、薈要本同元刊明補本；四庫本作「卣」，聲近而誤。

王惲全集彙校卷第七

七言古詩

題薛少保稷畫鶴圖①

晉公化筆神胎禽，超超中有萬里心。通泉老壁墮茫昧，此幅寫影逾精深。細看粉墨色欲盡，元氣突兀開雲林。雙脛森碧玉，老頂朱砂丹。舞風警露兩無謂，理此脩羽何翛然②。磑磓不受世塵汙，真骨照映蓬壺仙。王恭雪氅忽散亂，幾點冷卧瑶池煙。恍疑坐我九皋下，髣髴清唳聞秋天。華陽宫深春晝閑③，晴苔冷啄松陰寒。宣和六客儘模寫④，夢不到此空清妍⑤。蹇予三年事擊搏，俛仰隨人空飲啄。長纓塵滿抗凡容，比擬孤清餘愧怍。君不見坡仙作嘆真可人，退易進難良自度。摩挲老背忽驚心，以倖乘軒非所樂。仙槃月露濯金莖⑥，綠野風煙連竹閣。得陪高步繞池塘，老我何心望寥廓。

【校】

①「少」，元刊明補本作「火」，形似而誤；據弘治本、薈要本、四庫本改。

②「脩」，弘治本同元刊明補本；薈要本、四庫本作「修」，亦通。按：後依此不悉出校記。

③「晝」，弘治本、薈要本同元刊明補本；四庫本作「畫」。

④「模」，弘治本、薈要本同元刊明補本；四庫本作「摹」，亦通。

⑤「空」，弘治本、薈要本、四庫本作「宫」，形似而誤。

⑥「槃」，弘治本、四庫本同元刊明補本；薈要本作「盤」，亦通。

僧傳古坐龍圖嚴東平所藏至元二年秋九月張簽省耀卿處觀七年閏十一月甲戌公退馬上偶得時秋苦旱冬天無雪①

深山大澤物所蟄，千丈懸淙挂青壁。潭陰水黑不見底，老雨初開元氣濕。蒼龍何處行雨歸，闖首踞坐紅雲堆。山僧駭絶噤不語，萬壑陰霧生緇衣。咄哉傳古隱龍性，隔户寫影窺天機。一從元化墮此筆，飲海不復覷晴霓。世間畫本萬尺螻，尾鬣一掩無晶輝。比年一旱幾焚如，牲幣空事山川雩。羣龍癡睡洞府黑，六合任使黃霾汙。何當鐵匣出雷火，衝屋而去騰天衢。六丁奔命僕射御，倒捲溟渤天瓢斟。滂沱一洗乾坤浄，卻斂神功寂若無。

【校】

①「簽」，弘治本同元刊明補本；薈要本、四庫本作「僉」，亦可通。按：僉、簽古今字。此作「僉」者，「簽」省略形符之簡化字，俗用。

趙邈齪虎圖行

田給事和卿所藏

巔崖老樹纏冰雪，石觜枒杈橫積鐵。北平山深林樾黑，下雖有逕人迹滅。耽耽老虎底許來①，抱石踞坐何雄哉！目光夾鏡尾束胯，百獸卻走潛風埃。趙侯欲盡神妙功，都着威稜阿堵中②。想當礷礴噀墨時，衆史縮手甘凡庸。至今元氣老不死，神物所在纏陰風。前年驅馬下靖邊③，崖東突起草底眠。腰間恨無鐵絲箭，寢皮食肉空長嘆。今朝過喜一嚼快，熟視須頂爲摩編④。貨馴跖服暴戾息，弭耳道義思拳拳。主人愛玩中有謂，遇事炳變通經權。我聞漢家大獵陸冰天，豸冠思賦長楊篇。四方猛士今雲合，早晚龍旂到渭畋⑤。

【校】

①「耽耽」，弘治本同元刊明補本；薈要本、四庫本作「眈眈」，亦可通。按：眈眈，同耽耽，《東坡詩集注》卷二一《見長蘆天禪師》：「瑟瑟寒松露骨，耽耽病虎垂頭。」《東坡全集》卷二一作「眈眈」。

②「堵」，薈要本、四庫本同元刊明補本；弘治本作「渚」，非。

③「前年」，弘治本同元刊明補本；薈要本、四庫本作「年前」，倒。

④「須」，弘治本、薈要本同元刊明補本；四庫本作「鬚」，亦通。

⑤「旂」，弘治本、四庫本同元刊明補本；薈要本作「廳」，非。

楊秘監百馬圖　孫子譽藏

冀北之土馬所生，息軒英爽房良精。定年苑馬凡幾抹，故老一説驚龍騰。大青小青帝所御①，勢與八駿争馳衡。先生此時行秘監，扈從幾賦汾陰行②。翔麟日給盡龍種，春風不省鳴鞘聲③。楊侯凝神洞化窟，筆底抹電流雲傾。當時一紙萬金重，曹霸撫掌江都驚。生平寫影幾千疋，未若此圖真傑筆。明窗一日百回看，元氣淋漓悵猶濕。陰風獵獵吹旌竿，雲黄草白沙漫漫。大奴乘秋閱清峻，渥洼洶湧翻晴瀾。浮深角壯遂天性④，不數南山之下汧渭間。安得風鬃三萬騎⑤，濁浪蹴破東南天？蒼茫回首鍾山渡，一凱歸來入漢關。華陽春草三千里，還似駉駉畫裹閑。

【校】

①「御」，弘治本同元刊明補本；薈要本、四庫本作「馭」，亦可通。

②「陰」，弘治本同元刊明補本；薈要本、四庫本作「陽」，非是。

③「省」，弘治本、薈要本同元刊明補本；四庫本作「覺」，非是。

④「深」，弘治本、薈要本同元刊明補本；四庫本作「雲」。按：作「雲」，疑涉上「雲黄草白沙漫漫」之「雲」而誤，傳抄時錯行。浮雲，《西京雜記》卷二：「文帝自代還，有良馬九匹，皆天下之駿馬也，一名浮雲。」

⑤「風鬃」，弘治本、薈要本作「武鬃」，非是；四庫本作「武宗」，非是。按：作「宗」者，「鬃」省去形符之簡化字，俗用。

和姚左轄梨花詩韻

主人愛花情不薄，淚粉闌干愁寂寞。東欄一樹要洗粧，走報詩仙揮翠杓。醉歌不惜玉山頹，明日春風紛雪落①。杜詩韓筆世所驚，大敵無前鬥清廓。王城春事歲如許，三載癡牀如酒惡。何時翳鳳驂羣仙，華時吟眺青山郭。

【校】

①「日」，弘治本同元刊明補本；薈要本、四庫本作「月」，非。

絳州法帖歌

謝張元禮兼呈按察先生

君不見晉人九京吾莫與，天遺元精留緗楮。絳州一帖天下奇，要以鍾王爲藝祖。內家中秘無雜收，餉問等書爲世取①。固知瓦注覷天巧，虎臥龍跳照今古。羌予嗜書昧所守，集古無由似歐九。王城陸海幾燃犀，下照光怪駢萬首②。管窺雖得見一斑，隨即遺忘非我有。承君惠此石本佳，銀字模糊真弊帚③。奔蛇走虺幾千丈，詭伏奇形驚户牖。手追心慕日有得④，顔氏服膺承善誘。明窗一日百回看，十襲深藏重瓊玖⑤。孰云好奇家四壁⑥，破屋潤餘豐且蔀。三杯適喜徑醉眠⑦，墨池濡首追狂顛。覺來捉筆便揮灑⑧，往往逸興驚蒙顓。裴旻劍舞凌雲煙，作詩聞君君豈然？料應一笑絶倒乃父中令前。

【校】

①「問」，弘治本同元刊明補本；薈要本作「閒」，當非是；四庫本作「間」，當非。

②「下」，弘治本同元刊明補本；薈要本、四庫本作「不」，形似而誤。

③「弊」，弘治本、薈要本同元刊明補本；四庫本作「敝」，亦可通。按：敝、弊，古今字。作「敝」者，「弊」省略形符之簡化字，俗用。後依此不悉出校記。

④「慕」，弘治本同元刊明補本；薈要本、四庫本作「摹」，亦可通。

⑤「十襲」，弘治本、薈要本同元刊明補本；四庫本作「什襲」，亦通。按：什，同十。十襲，亦作什襲，謂把物品一层一层包裹起來以示珍貴，《文忠集》卷九四《謝賜漢書表》：「什襲珍藏，但誓傳家而永寶。」《文編》卷九作「十襲」。《文忠集》卷一二四《謝御書劄子》：「謹當十襲珍藏，傳示子孫。」

⑥「孰」，弘治本、薈要本、四庫本作「就」，形似而誤。

⑦「徑」，弘治本同元刊明補本；薈要本、四庫本作「逕」，亦通。

⑧「便」，弘治本、四庫本同元刊明補本；薈要本作「使」，形似而誤。

題趙仲器治古齋①

我官御史二十月，秩滿身閑在京闕。朋從日約扣人門，閲盡名書古饕餮。古人不作古意在，鬼刻神劖多叵測。喜逢治古齋中老，論説精英探天巧。及觀吕氏博古書②，照眼形模總傳寶。趙君陶鑄真好手，元氣鴻濛驚再剖。典刑髣髴三代英，賜器政宣皆弊帚。免憂躍冶不祥金，蟲臂鼠肝争好醜。

【校】

①「仲」，薈要本、四庫本同元刊明補本；弘治本作「伸」，形似而誤。

②「及」，弘治本同元刊明補本；薈要本、四庫本作「反」，形似而誤。

題都山老人慶九十詩卷次胡員外韻

古風三百聖所刪，福履詠歌先壽耇。後人作計競朝昏，徇利覓官甘妄繆①。正緣得喪損天和，稟受不只歸薄厚。劉公九秩固天與，護養風神逾稚幼。脱遺外物委路塵，保蔽元精若勳舊。歲寒霜檜自後凋，露影朝菌不終晝。笑看蒲水鴨頭緑，細捲春風釀重酎。一杯吟醉頬浮丹，不羡周人台背皺。古來純孝錫類多②，行見諸孫紛彩綬。

【校】

①「繆」，弘治本、四庫本同元刊明補本；薈要本作「謬」，亦可通。按：謬，同繆，《尚書正義》卷一八《冏命》：「繩愆糾謬，格其非心，俾克紹先烈。」孔穎達疏：「繩其衍過，糾其錯謬。」《禮記注疏》卷五〇《仲尼燕居》：「不能詩，於禮繆。」鄭玄注：「繆，誤也。」此作「謬」者，「繆」之形誤。

②「純」，弘治本同元刊明補本；薈要本、四庫本作「紀」，形似而誤。

惡溝行

在平陽翼城縣北大尖山中

西烏嶺下唐都鄙，欻得平川心適喜。馬煩車殆問前途，人説北山路無幾。朝來徑走山南坡，崗勢稜層登陛址①。峯回路轉十里餘②，驚度惡溝深井底。偃身直下幾百尺，十步徘徊九還止。南來山行五百里③，屐齒磨平無可跐。折升雲頂俯哀壑④，山似鯨翻掀鬣尾。羊腸絶磴盤不盡，眄徹前峯後如指⑤。王陽叱馭心固壯⑥，老馬淩兢垂兩耳⑦。胷中大物已隱然，又爲此山相角掎⑧。我觀晉問非眼見⑨，今日河山真表裏。畦田高下畫不如，煙崦人家穴藏蟻。晉人勤儉風土然，山頂開耕自山趾。一丘一壑凡幾家，而復唐侯風化始。河東大抵九分山，民既能勤生自敉。繭絲保障兩雖拙，獨有一安差可擬。山間一笑自絶倒，汝亦何爲論治體。忽當疑逕問畸人⑩，欲答予詢思所以。如君面帶麋鹿姿，遽縛塵纓解蘭芷。優游文史恐難任，涉險乘危胡至此。世人欲速見利心，捷徑趨時豈君子？終南譏誚責未了，千古坦途人所履。笑揮植杖指東張，汝急去予無我浼⑪。若非隱者荷篠徒，行念斯言真到理。暮投僧舍不能眠，走賦鄙詩還自箠。

【校】

①「崗」，弘治本、薈要本同元刊明補本；四庫本作「岡」，亦可通。按：岡、崗，古今字。作「岡」者，「崗」省去形符之簡化字，俗用。

②「峯」，薈要本、四庫本同元刊明補本；弘治本作「蜂」，聲近而誤。

③「里」，弘治本同元刊明補本；薈要本作「座」，非是；四庫本作「坐」，非是。

④「折」，弘治本、薈要本同元刊明補本；四庫本作「仰」，非是。

⑤「眄」，弘治本同元刊明補本；薈要本、四庫本作「盼」，亦可通。按：詳見卷六《大雹行》校記⑥。

⑥「叱」，元刊明補本、弘治本、薈要本作「斥」，聲近而誤；據四庫本改。按：叱馭，語本《漢書》卷七六《王尊傳》：「先是，琅邪王陽爲益州刺史，行部至邛郲九折阪，歎曰：『奉先人遺體，奈何數乘此險。』後以病去。及尊爲刺史，至其阪，問吏曰：『此非王陽所畏道邪？』吏對曰：『是。』尊叱其馭曰：『驅之！王陽爲孝子，王尊爲忠臣。』」後以此爲報效國家、不畏艱險之典。《元豐類槁》卷五《酬王正仲登嶽麓寺閣見寄》：「叱馭犯冰雪，迴鑣馳九關。」

⑦「兢」，弘治本、薈要本同元刊明補本；四庫本作「競」，形似而誤。

⑧「掎」，元刊明補本作「椅」，形似而誤；弘治本作「裿」，形似而誤；薈要本、四庫本作「踦」，聲近而誤；徑改。按：文獻中木、扌形近而多有相混者，底本「掎」形誤爲「椅」；木、ネ亦多相混，弘治本襲底本之誤而再誤作「裿」。

⑨「問」，弘治本同元刊明補本；薈要本、四庫本作「文」，聲近而誤。

⑩「逕」，弘治本同元刊明補本；薈要本、四庫本作「徑」，亦通。

⑪「浼」，弘治本同元刊明補本作「浼」，形似而誤；薈要本、四庫本作「視」，非是；徑改。按：浼，俗作浼；浼、涚形近而誤作涚。涚，當爲涚之俗字。

題趙城南王開鋪樓壁①

老澗盤回幾千曲，洪水平來兩崖出。邑居遠邇依地形，南北經行看不足。羣山掩映肺腹如②，河水縈紆衣帶促③。畦田雖狹水所腴④，風俗儉勤仍歲熟。東西南北總除官，此心少盡物自安。區區薄宦封丘耳，有懷莫遂空長嘆。爲問霍河橋下水，驚湍能激懦夫肝。

【校】

①「鋪」，弘治本、薈要本同元刊明補本；四庫本作「堡」。

②「肺腹」，弘治本、薈要本同元刊明補本；四庫本作「肺腑」，亦通。

③「促」，弘治本同元刊明補本；薈要本、四庫本作「足」，亦可通。按：足、促本爲二字，此作「足」者，「促」省去形符

之簡化字，俗用。

④「腴」，弘治本同元刊明補本；薈要本、四庫本作「腴」，形似而誤。

清江引

爲僧永真賦

秋江水清深幾竿，漁郎放舟煙渚間。中流舉網紫鱗出，不祇博酒供盤飧①。借問漁翁樂何主，泛宅浮家無定所。賣魚生怕近城門，肯到紅塵汙人處。蘆花兩岸晚潮平，憶着蓴鱸思徑去。朝廷物色那可得，澤畔行吟何自苦。滄浪水清濯我纓，林婆酒熟容賒取。人間萬事一醉休，睡煞江南煙與雨②。覺來滿眼是青山，獨速緑蓑還自舞③。漁父樂，真可與，細瀉焦桐入新譜④。謂琴操有《清江引》也。堨來山城官事紛，簿書曹吏對斜曛⑤。開圖空會漁家趣⑥，我恨不若江頭人。

【校】

①「飧」，弘治本、薈要本同元刊明補本；四庫本作「餐」，亦通。後依此不悉出校記。

②「煞」，弘治本、四庫本同元刊明補本；薈要本作「殺」，亦通。按：殺，通煞。

③「速」，弘治本、四庫本同元刊明補本；薈要本作「着」，涉下而誤。按：作「着」者，涉下「緑蓑」而妄改。獨速，語本《孟東野詩集》卷八《送淡公》：「腳踏小船頭，獨速舞短簑。」

④「瀉」，弘治本同元刊明補本；薈要本、四庫本作「寫」，亦可通。按：瀉寫本爲二字，作「寫」者，「瀉」省略形符之簡化字，俗用。

⑤「簿」，薈要本、四庫本同元刊明補本；弘治本作「薄」，亦可通。按：簿、薄本爲二字，文獻中竹、艸多有相混者，作「薄」者，「簿」之形訛也。「曹」，元刊明補本、四庫本作「皃」，非是；弘治本作「亮」，非是；據薈要本改。

⑥「開」，弘治本、四庫本同元刊明補本；薈要本作「展」。

張郎中彦亨督太原栰運道出平陽索鄙語爲餞因賦是詩兼簡子初宣慰①

元年天策開明堂，千官劍佩争翺翔。當時張君正年少②，快書不減陳元康③。我初得子知遠到，自笑野鶴空昂藏。河山分陝嚴津吏，六道煩君居右地。十年坐聽棹歌聲，置散投閑非所憙④。試難去易凡幾書，思遇蟠根伸利器。南來督運并門煙，鞭箠心計驚孤騫。萬材蔽河晉山兀，目中已具龍驤船。生平故人王衛州，東南開府羊杜儔。竹頭木柹方並蓄，如君俊才當見收。自憐右屬櫜鞬意，射圃何時補唱籌。

【校】

①「棖」，弘治本、薈要本作「袄」，形似而誤；四庫本作「秋」，非。「是」，弘治本同元刊明補本；薈要本、四庫本作「此」，亦通。

②「時」，弘治本同元刊明補本；薈要本、四庫本作「年」，非。

③「快」，弘治本、四庫本同元刊明補本；薈要本作「挾」。「元」，弘治本同元刊明補本；薈要本、四庫本作「君」。

④「憙」，弘治本同元刊明補本；薈要本、四庫本作「喜」，亦可通。按：喜，同憙。作「喜」者，「憙」省略形符之簡化字，俗用。

平陽官府行奉送部掾劉文偉北還兼簡省臺諸公

平陽官府居上游，我來視事星未周。眼中之人競誰得①，東西兩曹李與劉。一朝歲貢入民部，折獄論文欲誰語。老夫雖獨心所喜，雙鶻乘秋看掀舉。自憐白髮一衰翁，終日區區簿領中。米鹽細碎固當略，要以不盡心爲忡。君不見鄭公温國兩通判，至今德業昭河東。嗟余何爲秩與等，正有報國公而忠②。何顒至言豈易得，耿耿孤懷庸自適③。因風寄謝臺省公，儻有伻來慰岑寂④。

【校】

①「誰」，弘治本同元刊明補本；薈要本、四庫本作「筆」。

②「正」，弘治本、薈要本同元刊明補本；四庫本作「止」。

③「耿耿」，弘治本同元刊明補本；薈要本作「眇眇」，形似而誤；四庫本作「渺渺」，非。

④「儻」，弘治本同元刊明補本；薈要本、四庫本作「倘」，亦通。「伻」，弘治本、薈要本同元刊明補本；四庫本作「信」，非。

鵓鴣詞

甲戌夏六月宿李將軍林館聞之有感而作寄友生王宣慰子初①

樹頭玄衣郎，往往人罕識。汝舌幾許長，音響乃爾激。穿空裂霜竹，借問何所職。農家呼汝爲夏雞，隴月向斜鳴不失。田間趣起早耕人，秀樾深藏曉無迹。陰陰夏木共山邑，二十年前讀書客。一聲驚夢入幽窗，露氣滿空庭樹黑。只今早暮無所爲，兩眼眵昏頭雪白。咄嗟禽鳥逐時新，我髮何由黑如漆？

【校】

①「鵯鵊」，元刊明補本、弘治本、薈要本作「鵯鳩」，非是；據四庫本改。按：鵯鵊，似鳩，身黑尾長而有冠，春分始見，淩晨先雞而鳴，其聲「加格加格」，農家以爲下田之候，俗稱催明鳥。《文忠集》卷九《鵯鵊詞》：「紅紗蠟燭愁夜短，緑窗鵯鵊催天明。……田家惟聽夏雞聲，夜夜壠頭耕曉月。」自注：「鵯鵊，京西村人謂之夏雞。」「農家呼汝爲夏雞，隴月向斜鳴不失」楊慎《升菴集》卷八一《批頰》：「或曰：即鵯頰也，催明之鳥，一名夏鷄，俗名隔𨻸鷄。」與正文所言「農家呼汝爲夏雞」正相吻合。

遊姑射山神居洞

至元十一年正月二十九日也①

幽巖洞如瞰陰壑，洞口飛甍架虛閣。真仙乘龍竟何在，香火千年事如昨。蒙莊一言疑萬世，槁死荒山凡幾輩②。何殊山石老且頑，我欲砭訂其能還？呼兒笑折山花看，淡白長紅恐自然。

【校】

①「至元十一年正月二十九日也」，弘治本同元刊明補本；薈要本、四庫本脱。

②「槁」，弘治本同元刊明補本；薈要本、四庫本作「稿」，亦可通。按：稾字分化而爲二：稾，亦作槁；稾，亦作稿；稿、槁二字形近聲近而義有可通。作「稿」者，「槁」之誤。

北洞　名王母洞

南山截然如案齊，東西兩崖相抱圍。洞中仙人去不返，老柏滿巖空翠微。我來天氣二月初，山鳥山花皆友于。野情本與樵漁熟①，莫遣遊人避使車。

【校】

①「與」，弘治本同元刊明補本；薈要本、四庫本作「於」，亦可通。按：於，同與。作「於」者，「與」之聲近而誤也。

銅方爵歌

爲翟器之賦①

荒陵盤盤枕山坰，石麟埋没秋草平②。陰燐夜出金作聲，牧兒走避羣雉驚。佳城一朝見白日③，神物還從野人得。勒銘壬子歲幾周④，考究古書猶可識。篆文鐫刻非近世，周鼎殷盤迺倫擬⑤。兩柱作一作撑貝形⑥，四趾垂象齒。雷章繞腹隱觚稜，老鳳喙長鷩下哆。土花鏽澀不敢蝕⑦，黏成翠羽丹砂紫。我觀三代制，飲器多圓體。咄爾形模方，劖刻殆神鬼。秋菌春蒲非可比⑧，物之隱顯固有數，流落君家得所止。士雖好尚具眼少，博雅如卿古君子。補亡吕氏尤取重，元氣淋漓開太始。君不見達人大觀者，今古一昏曉。人生極壽百歲止，作計千年意何藐。我歌君試聽，古人誰盡了。九原不復作，此器君當寶，一笑尊前爲傾倒⑨。

【校】

①「爲翟器之賦」，弘治本、《中州名賢文表》同元刊明補本；薈要本、四庫本脱。

②「麟」，弘治本、《中州名賢文表》同元刊明補本；薈要本、四庫本作「林」，聲近而誤。

③「日」，弘治本、《中州名賢文表》同元刊明補本；薈要本、四庫本作「石」，形似而誤。
④「周」，弘治本、《中州名賢文表》同元刊明補本；薈要本作「遷」，非是；四庫本作「許」，非是。
⑤「擬」，弘治本、《中州名賢文表》同元刊明補本；薈要本、四庫本作「比」，非是。
⑥「一作撑」，弘治本、《中州名賢文表》同元刊明補本；薈要本、四庫本作「撑□」。
⑦「土」，弘治本、《中州名賢文表》同元刊明補本；薈要本、四庫本作「玉」，非是。按：土花，謂金屬器皿表面長期受泥土剥蝕而留下之痕跡，《楊仲弘集》卷二《卧鐘》：「漢殿經焚後，啰然卧草中。雕鎪牙板廢，鏽澀土花蒙。」
⑧「蒲」，弘治本、《中州名賢文表》同元刊明補本；薈要本、四庫本作「蕭」，形似而誤。
「鏽」，元刊明補本、弘治本、薈要本、《中州名賢文表》作「繡」，非是；據四庫本改。
⑨「尊」，弘治本、《中州名賢文表》同元刊明補本；薈要本、四庫本作「樽」，亦通。按：尊、樽，古今字。樽，本即作尊，後又累加形符木而爲樽。後依此不悉出校。

短歌行山中寒食作

是日遊李馬二墳①

花枝入簾晴晝長②，游絲翻空網春光。一聲金縷酒滿觴，聽予短歌踏春陽。雲淡風清日將午③，信馬東城歷煙隖。人家野祭須墓頭④，白白紅紅滿原圃。飢鳶欲下影婆娑，不待墦間徹盤俎⑤。陂陵高下麥青青，貴賤賢愚同一土⑥。況兹百歲忽如寄，過眼浮榮誰比數。古人感此由重論，力取功名照千古。東崗畸人説隴西，攀附雲龍總風虎。鉅株枝散勢莫依，瀟索荒丘穴鼯鼠。豈期健婦持户門，一片豐碑論世譜。林宗不作蔡邕死，旌紀紛紜争媚嫵。銀罌酒煖藉草坐，滿引一杯私自語。吾家先壟在衛南，老柏如林百年許。起身耒耜世有澤，嗣及先君擬掀舉。生平抱負奈數奇，賫志下泉良獨苦。悲纏風樹逾一紀，業在青箱恨難抒⑦。伐柯有斧睨不遠⑧，負荷至予尤莫取。一官羈靮晉州城，竚望南雲淚如雨⑨。

【校】

①「是日遊李馬二墳」，弘治本同元刊明補本；薈要本、四庫本脱。

②「簾」，弘治本同元刊明補本；薈要本、四庫本作「籠」，非是。按：卷八《夢陳節齋》亦有「花枝入簾春夢香」之言。

③「清」，弘治本、薈要本同元刊明補本；四庫本作「輕」，聲近而誤。

④「須墓頭」，弘治本同元刊明補本，薈要本、四庫本作「澆墓田」。

⑤「墦間」，薈要本、四庫本同元刊明補本；弘治本作「墦閭」，形似而誤。

⑥「土」，弘治本同元刊明補本；薈要本、四庫本作「所」，非。

⑦「抒」，弘治本、薈要本同元刊明補本；四庫本作「杼」，亦可通。

⑧「伐」，弘治本同元刊明補本；薈要本、四庫本作「我」，形似而誤。

⑨「雲」，弘治本、薈要本、四庫本同元刊明補本；《中州名賢文表》作「天」。

風秀丹山歌

至元壬申來官平陽得之於録事參軍周幹臣處周予弱冠時同舍郎也十一年春三月十五日與兒子孺讀王黼朱勔傳及僧祖秀華陽宫記因作此詩以贈周云①

宣和寶石真淵藪，萬狀卿雲照靈囿。當年幾鑿太湖空，贏得綱船枯九有②。丹山風秀徽所譜，嬝嬝金書瘦於柳③。周郎攜自河陽城，夜壑雖深縱豪取。一峯突兀玉潺顔，曾在紅雲顧眄間④。先榮後悴物常理，我今感汝爲長嘆。揭來伴予茆屋底，憔悴秋娘歸故里。清燈摇摇光滿几，爐煙作雲研涵水。老虬蟠倔似求伸，隱隱猶能鱗甲起。此時對君心境閑，人爲物遷今亶然。掩書瞑坐清思遠，夢繞華陽松桂寒。我思象江老守尤酷嗜，不惜千金輦致來長安。家無婦兒居無廬，六石與伍歡有餘。義山賞識豈徒爾，愛蟠好尚極類古人之意歟？一杯下咽歌者誰，南鄘小子王共谿。

【校】

①「孺」，弘治本、四庫本同元刊明補本；薈要本闕。

②「羸」，弘治本同元刊明補本；薈要本、四庫本作「羸」，亦通。

③「嬝嬝」，弘治本同元刊明補本；薈要本、四庫本作「裊裊」，亦可通。按：裊裊，同嬝嬝。按，裊，本作褭；褭，從衣從馬；裊，從衣鳥聲；會意之字難識而另造形聲之字。褭，亦作嬝；嬝，亦嬝也。作「裊裊」者，「嬝嬝」省去「女」旁之簡化字也，俗用。

④「顧眄」，弘治本同元刊明補本；薈要本、四庫本作「顧盼」，亦可通。按：作「顧盼」者，亦襲宋儒之誤，詳見卷六《大雹行》校記所引《歷代詩話》卷一二之言語。

醉歌行

燕平湖作時爲平陽府判①

蒼陂水漲玻璃滑，堤柳含煙翠蒲茁。當年亭館已陳迹，老樹遺臺猶秀拔。我來置酒池上頭，使君不負驄馬遊。縣曹供張散平碧②，呼集妓樂羅珍羞。君侯一笑開懷抱，十日東風醉芳草。自嗟客子何所有，春色三分二分老。人生歡樂不易得，況值清明時節好。終年塵土簿書裏，未礙金尊重傾倒③。湖光照眼明羅綺，碧瀲瑶翻歌扇底。氣酣急遣張水孅，取樂不論冠佩委。溪風吹面縠紋生，兩葉蘭舟鐃鼓起。紅衣飛墜彩繩高，沒入蒼煙驚躍鯉。郡人亦喜歲華新，四面縱觀空巷里。佳人弄水袚不祥，公子聯鑣特觀美。錦筵香細酒不空，既醉窮歡忘誇靡。溪神捧出柘枝娘，翠袖娉婷矜便體。繡靴畫鼓隨節翻④，羅襪塵生步秋水。一春盛集固云樂，此會賓僚尤燕喜。山陰修禊晉諸賢，暢敍幽情差可擬。客言行春似蜀守，醉到浣花而已矣。樹梢晴日向斜暉，使君皂蓋先醉歸。就中二公最愛敬，移次臨流盡餘興⑤。一杯未了風翻浦，山公倒載尋歸路。自憐白髮非春事，多爲湘妃厭歌舞。呼兒覓紙紀歲時，不以斯文烏所靚。至元乙亥三月春，元巳纔過日在寅。浩歌月底還自笑，醉裏詩成似有神。上二公謂同知張明卿、治中忽英甫⑥。

【校】

①「燕平湖作時爲平陽府判」，弘治本、四庫本同元刊明補本；薈要本脫。

②「張」，弘治本同元刊明補本；薈要本、四庫本作「帳」，亦可通。按：供帳，亦作供張。作「帳」者，概「供張」少見、「供帳」常用而妄改底本。

③「尊」，弘治本同元刊明補本；薈要本、四庫本作「罇」，亦可通。按：尊、罇，古今字。罇，本即作尊，後又累加形符缶而爲罇。作「罇」者，概亦因「尊」之本義漸由其分化字「罇」、「樽」承擔，時人多用「尊」表動詞義，故而在傳抄過程中有意無意使用表義更加明確之今字。後依此不悉出校。

④「靴」，弘治本同元刊明補本；薈要本、四庫本作「鞋」。
⑤「移」，薈要本、四庫本同元刊明補本；弘治本作「栘」，形似而誤。
⑥「忽英甫」，弘治本、薈要本同元刊明補本；四庫本作「呼英甫」。

玉壁城懷古

至元甲戌冬十月廿五日由稷山入萬泉道出故城臨風弔古慨然有作①

我行河東幾欲遍②，大抵盤回山阜轉。南崖高與北山齊，玉壁城根分一綫。荒煙廢壘點杯土，砲具梯衝經百戰。短碑盛説鄖君靈③，萬騎陰風想平甸。一曲悲歌敕勒川，當時神武已淒然③。韋公守禦儘良策，更着百升飛上天。乃知誣殺咸陽日④，即是邕皇入鄴年。鄖君⑤，韋孝寬封號，有宋元祐間廣碑。邕，即宇文武帝名，建德六年平齊入鄴。

【校】

①「古」，弘治本、薈要本同元刊明補本；四庫本作「書」，非。「至元甲戌冬十月廿五日由稷山入萬泉道出故城臨風弔古慨然有作」，諸本本皆爲雙行注文而竄入詩題，徑改。
②「遍」，弘治本同元刊明補本；薈要本、四庫本作「徧」，亦通。後依此不悉出校記。

③「凄」，弘治本、薈要本同元刊明補本；四庫本作「悽」，後依此不悉出校記。

④「誣」，弘治本、四庫本同元刊明補本；薈要本作「誣」。

⑤「鄖」，弘治本同元刊明補本；薈要本、四庫本作「鄭」，非是。按：《周書》卷三一《韋孝寬傳》：「天和五年，進爵鄖國公。」《北史》卷六四、《通志》卷一五七亦同。

聽祥師彈琴　十二年四月初四日野莫崇福院作①

冠帶對凫吏，三年簿書叢。王事固鞅掌，我禄亦已豐。有時意不愜，耐此磈磊胸。濁酒餘妙理，中堅若爲攻。朝來偶過野僧話，禪房花木幽而通。坐中靈府覺虛寂，祥師爲我彈秋風。古人不復作，古意留焦桐。秋聲瀟瀟隨指發，煙篆裊裊縈簾重②。悠然拂衣起，遠日翻冥鴻。閑愁積思失所在，盡隨槁葉一掃千林空③。

【校】

①「十二年四月初四日野莫崇福院作」，弘治本同元刊明補本；薈要本、四庫本脱。

②「縈」，弘治本同元刊明補本；薈要本、四庫本作「索」，形似而誤。

③「盡隨」，弘治本同元刊明補本；薈要本、四庫本脱。

襄陵行

暮春庚辰日維丙，駕言出游事耕省。西郊微雨半晴陰，幾點殘雲霧山頂。馬蹄踏破落紅香，飛蓋追隨垂柳影。晉人熟食一月節，店舍無煙竈厨冷。春到襄陵滿縣花①，緑陰池館總姚家。清尊遠酌會心賞，不與鶯燕争春華。畫輪歸輾故堤沙②，金店西頭酒更嘉。舉杯爲憶劉漢事，雲龍風虎何紛挐③。帝淵東開蓄峻址，青衣行酒真鷩麛。褰帷一笑兩寂寞④，野老指點宫臺窪。萋迷碧草荒城曲⑤，依舊溪流帶北斜。

【校】

①「陵」，弘治本、薈要本同元刊明補本；四庫本作「陽」，非是。

②「輾」，弘治本、四庫本同元刊明補本；薈要本作「碾」，亦通。按：碾，同輾。

③「挐」，弘治本同元刊明補本；薈要本、四庫本作「拏」，亦可通。

④「褰」，弘治本、薈要本同元刊明補本；四庫本作「搴」，亦可通。

⑤「碧草」，元刊明補本、弘治本作「悲碧」，非是；據薈要本、四庫本改。

贈賈主簿德遠赴春官

唐風思遠非難治，竊戒官僚多自棄。賈君三載趙城簿，一縣至今稱事事。秋風告別赴春官，千里辭親不憚難。須知捧檄毛卿意，要盡平生菽水歡。

戴嵩畫牛圖①

吴儂四時耕瘴煙，吴牛見月心茫然。戴郎此本極閑逸，筆意遠出韓公前。解縻脱軛春事畢，江皋野草香芊綿。歸鞭影亂散平楚，考牧大似斯干篇②。因渠唤起歸耕興，夢到西山谷口田。

【校】

①「嵩」，弘治本、元刊明補本作「松」；據薈要本、四庫本改。

②「干」，元刊明補本作「千」，形似而誤；據弘治本、薈要本、四庫本改。按：斯干，語本《詩·小雅·斯干》：「秩秩斯干，幽幽南山。」毛傳：「干，澗也。」《六臣注文選》卷四六王融《三月三日曲水詩序》：「幽幽叢薄，秩秩斯干。」劉良注：「秩秩，水流皃；斯干，澗水也。」

李營丘寒江晚捕圖

古人不地着，所向無賦租。漁蠻舟爲家，一葉縱所如。斜陽淡淡明江湖，萬魚戢戢依寒蒲。幾家罾網晚未已，博酒欲得松江鱸①。卧檣傍舫宿波面，不爾風浪防艱虞。何當醉帶笭箵去，添我煙波作釣徒。

【校】

①「松」，弘治本、四庫本同元刊明補本；薈要本作「抔」，形似而誤。

七夕日同府僚觀稼西郊

秋風瀟瀟吹遠林①，兩山極望秋禾深。同來觀稼憩樹下，把酒一笑高槐陰。天公成事乃爾易，一雨變作豐年吟②。田家耘耔心未已，當午相看理荒穢。鋤端信有三寸澤③，更爲禾頭添粒米。自憐微宦西復東，且喜所向無災凶。丘民得所能事了，我禄雖薄亦已豐。老農堅話使君惠，我曰論功歸太空，天子仁聖感召和氣致時雍④。

【校】

①「吹」，弘治本、薈要本同元刊明補本；四庫本作「次」，形似而誤。

②「吟」，弘治本同元刊明補本；薈要本、四庫本作「金」，聲近而誤。

③「寸」，四庫本同元刊明補本；弘治本、薈要本作「寺」，非是。

④「感召和氣」，弘治本同元刊明補本；薈要本、四庫本竄入正文。

黃崖行

黃崖峪深能幾許，殆似赭餘無足數。寧知奇石産山腰，一脈砌如縈綬組。青章紫質含玉潤，錦罽斕斑鶩製縷。楚雖有材爲晉用，山節星馳來歷覩。簡書專摘正官臨，敢惜筋骸嘗險阻。褰裳上下谿谷間，石角鉤衣互撐拄。是時秋暑八月交，背汗浹流氣煙吐。班荆坐憩還自笑，汝是愛山王判府。守官四載愧無功，今次於公竭肱股。役夫分功日有程，荷鍤持鑱編什伍①。摧堅抉礙先墓脚②，不假鞭驅矜智取。風埃蔽壑散雲煙，巨石砰崖轟戰鼓。不遑蠟屐阮孚遊，真作伐山靈運舉。老翁炷香適何來，再拜向山親呪詛。溟涬纔分有此山，其在晉邦羣玉圃。山靈萃秀不自衒，埋沒荒山幾風雨。材爲世用出有時，一旦承恩藉君武。漢家制度陋嬴秦，大起明堂朝海宇③。堂堂天策干維城，建國分茆開雍土。正須壯麗稱王宮，不爾何能回萬舞④？我今問翁汝何爲，扶杖叮嚀前致語⑤。翁云匠業居此山，薄伎傳家自吾祖。我雖垂老喜見此，側陋明揚遇時主。夕陽欲下山更好，疊巘攢峯争媚嫵。人爲物蠹固亶然，石兮石兮今玉汝。

【校】

①「鍤」，薈要本、四庫本同元刊明補本；弘治本作「鍾」，形似而誤。

②「摧」，弘治本、四庫本同元刊明補本；薈要本作「推」，形似而誤。

③「海宇」，薈要本同元刊明補本；弘治本、四庫本作「海寓」，亦通。後依此不悉出校記。

④「回」，弘治本、薈要本同元刊明補本；四庫本作「爲」，亦可通。

⑤「叮嚀」，弘治本同元刊明補本；薈要本、四庫本作「丁寧」，亦可通。按：叮嚀，同丁寧。丁寧，本爲樂器名字，後以其樂器之聲比況人再三叮囑之聲而有「叮嚀」義，後又加「口」以明確其再三囑咐義。此作「丁寧」者，「叮嚀」省略形符之簡化詞，俗用。後依此不悉出校記。

曲沃道中與老農語

大尖山前好原隰，隴畝橫縱忘南北①。人家種麥秋社前，一片蒼煙朝雨濕②。田家稍豐即升平③，十年遊宦初無成。會須了卻人間世，白髮歸來伴汝耕④。

【校】

①「北」，元刊明補本作「比」，形似而誤；據弘治本、薈要本、四庫本改。

②「片」，弘治本同元刊明補本；薈要本、四庫本作「涉」，非是。

③「升平」，弘治本同元刊明補本；薈要本、四庫本作「昇平」，亦通。按：昇平，同升平，《漢書》卷六七《梅福傳》：「使孝武帝聽用其計，升平可致。」顏師古注：「張晏曰：『民有三年之儲曰升平。』」《後漢紀》卷二三《靈帝紀上》：「今宜改葬蕃武，選其家屬諸被禁錮，一宜蠲除，則災變可消，昇平可致也。」後依此不悉出校記。

④「來」，弘治本同元刊明補本；薈要本、四庫本作「家」。

新道成車中即事

蜀山天險古所畏，少陵有懷真宰罪。壯哉此舉見成功，一日連峯驚破碎。老農傴僂向余言，所謂一勞而永逸。相攜徑下弱羊巔①，鳥語山容兩豁然。牛箱籠負連連出，坐看輕塵抹白煙。

【校】

①「巔」，弘治本同元刊明補本；薈要本、四庫本作「顛」，亦可通。按：顛、巔，古今字。此作「顛」者，「巔」省去形符之俗用。後依此不悉出校記。

金店馬生者贈余峴山圖走賦是詩以謝之

平生愛山復愛畫，近歲長遊石林下。暫還大府宿金城，喜得馬生同夜話。共云馬生非畫徒，見來情性温而愉。坐間贈余峴首畫，江山秀潤與馬俱。取之非欲奪所好①，開卷即與馬生對坐隅。物微意厚將何答，走賦新詩當乘珠。

【校】

①「欲」，弘治本同元刊明補本；薈要本、四庫本作「云」，非是。

山中瓏研歌寄商左山副樞①

有石有石玳瑁色，遠出姑山兩崖側。我來伐采偶得之，玉潤金鏗駭清越②。海霞蒸發爛朝暾，蒼雪糊模點晴碧③。石中迺有此理存，斲就庚庚玄色璧。又如神龜負圖出淵水④，偃仆沙頭曝秋日。山中長夜有餘暇，老眼看書苦無力。挑燈礲洗愛奇章，憑几坐餘腰膝屈。書生習氣老不除，筆研留心朝復夕。自憐持此果安用，欲擬三冬文史畢。呼兒起視夜何其，斗柄參横插東北。

【校】

①「瓏」，弘治本同元刊明補本；薈要本、四庫本作「礲」，當以作「礲」爲是。按：正文作「挑燈礲洗」。

②「鏗」，弘治本同元刊明補本；薈要本作「鑑」，形似而誤；四庫本作「堅」，亦可通。

③「糊模」，元刊明補本、薈要本作「糊糢」，偏旁類化；四庫本作「糢糊」，倒；據弘治本改。

④「圖」，弘治本、薈要本同元刊明補本；四庫本作「山」，非是。

題董少平廟壁

湖陽蒼頭虧政刑，湖陽新貴帝女兄。漢家三尺有成約，臣宣守法身爲輕。主前取奴縛車下①，洛陽一市爲震驚。大奴走匿魄已褫，小奴側足回輿行。含悽入奏温明殿後漢殿名，萬乘起謝難爲情。秖知强項古遺直②，我愛世祖英而明。一丘荒土青山道③，下馬陵前拜秋草。應笑權奸百鍊剛④，比比柔荑指堪繞⑤。

【校】

①「主」，弘治本同元刊明補本；薈要本作「生」，非是；四庫本作「直」，涉下而誤。

②「秖」，弘治本同元刊明補本；薈要本、四庫本作「祗」，亦可通。後依此不悉出校記。

③「土」，元刊明補本作「上」，形似而誤；據弘治本、薈要本、四庫本改。

④「權」，元刊明補本、弘治本作「摧」，據薈要本、四庫本改。

⑤「荑」，元刊明補本、弘治本作「夷」，非是；據薈要本、四庫本改。

吴娃行

至元十三年丙子歲冬十月廿八日亡宋皇太后謝氏次衛州唐津渡是日即舟行東下故有是作

元年長星竟天芒，謂至元元年也。十年而後江東亡。元城老嫗忍不死，奉璽北走朝天王。内家監領分嬪嬙，魚冠高髻猶宫粧。翠衿縞袂不曳地，言語無異甌閩傖。南來初渡鐘山江①，羅襪去踏燕雲霜。風塵千里河朔道，慘淡粉黛無晶光。憶昔掖庭初選入，十五十六先後行。深宫花滿春晝長，芙蓉水殿薰風涼。朝儀雙引垂紫袖，珠櫳曉侍熏籠香。秪知秦娥一生花裏活②，眉嫵老學吴山蒼。一朝兵合景陽宫，故國繁華似夢中。兩宫問寢紫宸仗，往事盡逐江煙空。黄帷羃野待水次③，郡縣護送浮航東。萬人山立看且嘆，亡國大略今古同④。太極殿前天子班，玉觴上壽赬龍顔。柴家母子何負汝，賜與僅免飢與寒。悠悠萬事不可必，天道好還歸有德。就中此理誰會得，蓮華峯下高眠客。

【校】

①「鐘」，弘治本同元刊明補本；薈要本、四庫本作「鍾」。

②「秦娥」，弘治本、薈要本同元刊明補本；四庫本作「螓蛾」。

③「待」，弘治本同元刊明補本；薈要本、四庫本作「待」。
④「亡」，弘治本、四庫本同元刊明補本；薈要本作「二」，非。

鎮州懷古

吏部聲華山斗重，身處平時若無用。積年王湊失臣度，誘使賊庭撩虎鬨。舉朝嘆惜試不測，天意中間表奇節。血衣滿前盛氣臨，一語未畢兇鋒折。鎮人萬目矚使華，五紀得瞻唐日月。嗚呼！藏器於身利有餘，不遇蟠根何所别。

周卿二子歌

周曹兩家世系長，伯仁之德再世昌。諸孫詵詵見身後①，不數謝家蘭樹芳。大兒讀書書滿箱，小兒竹馬青衫郎②。掌中瑜珥生輝光，紅點杏蕾争晨粧。外家碧沼東西堂③，金粉滿貯芙蓉香。今冬書來召歸省，要畫百子春池傍④。伯仁有靈亦含笑，紫川淵流殊未央，紫川淵流真未央！

【校】

①「孫」，弘治本同元刊明補本；薈要本、四庫本作「生」，非是。

②「郎」，弘治本同元刊明補本；薈要本作「狂」，非是；四庫本作「颺」。

③「沼」，弘治本同元刊明補本；薈要本、四庫本作「治」，非是。

④「傍」，弘治本同元刊明補本；薈要本、四庫本作「塘」，涉上而誤。

冬十月朔展墓回有感

新壟多，故人少，野祭瀟瀟滿荒草。十年重到故鄉山，前日兒童冠佩好。我時引鏡還自憐，五十衰翁能不老？正須萬事聽天公，不用時情生熱惱①。流行坎止即吾師，試看古人誰盡了②。

【校】

①「情」，弘治本、四庫本同元刊明補本；薈要本作「晴」，非。

②「了」，弘治本、四庫本同元刊明補本；薈要本闕。

𥫗觴樽歌

爲宋少卿弘道作①

海居兩間勢雄尊，地維大荒足怪珍②。春雷奮蟄地軸裂，氣擁𥫗觴本驚輪囷③。雲蒸露濯玉幾圍，瓌異不數蒼筤孫。洞鑴杯飲變古法④，鬱屈斧斲蒼龍根。一朝六鑿混沌竅，海潤猶帶風濤痕。初疑神螺闖首髻鬟古，復訝凍芽出土䳄鶋蹲⑤。坤堣古非禁酒國⑥，桂醑碧瀲滇池春⑦。木蘭花發雲鸚囀，野飲挹彼供鯨吞。江妃竊弄山鬼看，深夜嘯擲吹燈昏。炎洲北走落君手，孝節閱世清而敦。廣平磊落書載腹，時浥妙理開清樽。金罍玉斝非我事，正須一日不可無此君。殷彝周卣列左右⑧，碧花鏽澀腥龍紋⑨，𥫗觴之爲尊尤可人。蹇予蕭散稽劉客，黄壚久爲河山隔⑩。來遊都邑徒永久，若戀明時無寸策。新豐樹色繞千官，滿馬京塵歌傴側。何時爲渠醉倒枕渠眠⑪，一夢婆娑竹林國。

【校】

①「爲宋少卿弘道作」，弘治本同元刊明補本；薈要本、四庫本脱。

②「大」，元刊明補本、弘治本作「火」，形似而誤；據薈要本、四庫本改。

③「本」，弘治本同元刊明補本；薈要本、四庫本作「木」。

④「枉」，弘治本、薈要本同元刊明補本；四庫本作「抔」，形似而誤。

⑤「芽」，弘治本、薈要本、四庫本作「芋」，形似而誤。

⑥「坤堣」，弘治本同元刊明補本；薈要本、四庫本作「坤隅」，亦通。按：堣，通隅，《隸釋·漢綏民校尉熊君碑》：「顧見農夫，泣淚路堣。」坤堣，猶坤隅，西南邊，謂蜀地。

⑦「滇」，弘治本、四庫本同元刊明補本；薈要本作「瀆」，形似而誤。

⑧「卣」，弘治本同元刊明補本；薈要本、四庫本作「鼎」，非是。按：《爾雅·釋器》：「彝、卣、罍，器也。」郭璞注：「皆盛酒尊，彝其總名。」彝、卣皆盛行於商、西周時期，卣者，《爾雅·釋器》：「卣，中尊也。」郭璞注：「不大不小者。」「周鼎」者，當謂夏禹所鑄之九鼎，歷商之周爲國之重器，與下文「觴之爲尊」之言相違。

⑨「鏞」，元刊明補本、弘治本、薈要本作「繡」，非是；四庫本作「鏥」，聲近而誤；徑改。按：詳見前校，後依此不悉出校記。

⑩「爐」，弘治本、薈要本同元刊明補本；四庫本作「壚」，亦通。按：黄爐，同黄壚，亦作黄盧、黄廬。

⑪「枕渠」，弘治本同元刊明補本；薈要本、四庫本作「花底」，非是。

西京王生歌

君不見，西京王生一布衣，游談公卿奚事爲？解紛畫策作陰助，顧眄勢利輕塵泥①。廷中結韤似倨傲，一語能釋當時疑。惜哉太史偶失世與諱，至今義烈猶光輝。乾坤英氣初不間②，乃今復得是子趨人之急逾己私。襟期有在許諾重③，駿足肯受黄金羈？凍雲曉拂銅駞陌，雪花澹與梅争白。平明東閤給事回④，家近沙堤儘春色。新詩吟繞錦窠香，笑作平原眼中客。人生百歲駒過隙，只有聲光爲可惜。丈夫適意杯酒間⑤，義氣愛君多感激。岷峨秀色錦江波，萬斛醲薰貯胸臆。絪緼都作濟時具⑥，辦與朽株爲粉飾。吹嘘寒律變陽春，未讓王生謀緩急。君家義鶻固有歌，更爲樊川揺醉筆。

【校】

①「眄」，弘治本同元刊明補本；薈要本、四庫本作「盼」，亦可通。按：此作「盼」、「眄」者，皆本作「眄」，盼、眄、眄三字俗字形似而有「顧眄」之作「顧眄」、「顧盼」者，後三詞漸可通用。後依此不悉出校記。

②「間」，弘治本、四庫本同元刊明補本；薈要本作「問」，形似而誤。

③「有」，弘治本同元刊明補本；薈要本、四庫本作「在」，涉下而誤。

④「閤」，弘治本、四庫本同元刊明補本；薈要本作「問」，非是。

⑤「丈夫」，弘治本、四庫本同元刊明補本；薈要本作「大夫」，非是。

⑥「絪緼」，弘治本同元刊明補本；薈要本作「綱絹」，非是；四庫本作「綱紀」，非是。

王惲全集彙校卷第八

七言古詩

人侍行贈董符寶

君家大兄吾故識，君家三兄乃友執。游談仰止有歲年，只有八郎初未覿。八郎内侍五雲深①，五雲宫闕何沉沉②。此時密邇司獻納，夙夕忠謹餘丹心③。人知掌中金窠篆屈蟠螭重④，豈識兩袖中有蒼生霖⑤？征聽民瘼懷惻怛⑥，細至稼穡艱苦歌謡情⑦。聖皇達聰豈有既？天語夜久何叮嚀。御孱香暖代鳴玉⑧，高枕安寢神遊清。輸忠往往捄時弊，筆諫不數公權誠。君不見西漢元封神爵間，兩朝貴幸張與金。長楊蓮勺滿宫館⑨，正以世閲遊從列九卿。何如董侯剛方見特立⑩，大冠脩劍明月簪。日華光動鬱金袍，鳴鳳翔集朝陽岑。一從通籍愈忠慤，四海知有萬石不爲富貴之所淫。書生薄游不足筭⑪，風化正爾基周南⑫。炎蒸幽朔今一軌⑬，好承清閑之燕，請君一鼓解慍南風琴。

【校】

①「侍」，薈要本、四庫本同元刊明補本；弘治本作「時」，形似而誤。

②「沉沉」，弘治本、薈要本同元刊明補本；四庫本作「沈沈」，亦可通。按：沈，《廣韻》直深切，《説文》已收此字，《字彙》：「沉，同沈。」沉，概沈之後起分化字；今者二字各有分工：沈，《廣韻》直深切，今作沉；沈，《廣韻》式荏切，今作沈；沈，今亦作爲瀋之簡化字。此作「沈沈」者，蓋「沉沉」書寫之變。後依此不悉出校記。

③「丹」，元刊明補本作「卅」，形似而誤；弘治本作「月」，形似而誤；據薈要本、四庫本改。

④「屈」，弘治本、四庫本同元刊明補本；薈要本作「握」，非是。

⑤「霖」，薈要本、四庫本同元刊明補本；弘治本作「⿱雨⿰目木」，非是。

⑥「征」，薈要本、同元刊明補本；弘治本作「⿰忄采」，四庫本作「採」。

⑦「細」，弘治本同元刊明補本；薈要本、四庫本作「納」，非是。

⑧「⿰忄屏」，弘治本、薈要本同元刊明補本；四庫本作「屏」，亦可通。

⑨「勺」，薈要本作「炬」，聲近而誤；弘治本、四庫本作「句」，形近而誤。按：句，俗字與勺形似，故弘治本誤作「句」，四庫本襲之；薈要本作「炬」者，「句」者之聲誤。

⑩「特立」，弘治本同元刊明補本；薈要本作「持五」，非是；四庫本作「持正」，非是。按：「特」之作「持」者，形似而誤。

⑪「慦」，元刊明補本、弘治本作「𢙼」，亦可通；薈要本、四庫本作「惜」，非是；徑改。按：𢙼，㤹之俗寫。《集韻》：「慦、㤹，巨鳩切，怨也。或作㤹，亦書作𢙼。」《集韻》：「㤹，音求。怨咎也。本作慦，亦作𢙼。」怨咎者，埋怨、責怪也。作「惜」，與詩意無涉。

⑫「南」，弘治本同元刊明補本；薈要本作「京」，非是；四庫本作「成」，非是。

⑬「軌」，弘治本、四庫本同元刊明補本；薈要本作「執」，非是。

小山行

馬子卿簽事贈予小山予目之曰共巖故作是詩以謝①

我昔東登泰山頂，直度天門歷參井。十年西走華陰東，仰面蓮峯落天影②。岱宗坐如太華立，夢寐至今猶耿耿。朅來塵土客京師，長往無時空自省。愛山復得馬簽書③，相對高談冠佩整。馬卿有石寄禪疏，護持擬與經函俱④。中峯魁岸大人坐，兩峯傍翼殆若庭立而議相承趨⑤。我因閑遊叩僧户，見之清興爲起予。摩挲攜去便許諾，喜過中流失舟還得千金壺。汲泉滌濯抉泥滓，特置棐几爲膏濡。君不見羅池謾作萬石記，娱悦已棄荒夷嵎。一拳泰岱墮吾前，寸碧點出遥岑圖。博山香煖黄金爐，細煙蒸潤翻飛鳧。芳菲來助怪石供，縞帶一縷山腰紆。有如岫雲雨歇歸洞府，變化滅沒還須臾。羌予本是山澤臞，澹然對之氣安舒。年來便静百念冷⑥，今復樂此依稀仁者之徒歟？山容忽開欣我主，瞑目便到秦觀吴觀之仙都。茶甌去手風生臆⑦，飄飄如駕天門舁⑧。月明窗影印庭柏，落落恍倚秦松株。地爐火熾紅豔發，又似日觀坐看日出海湧金輪孤。茅齋一夕得此樂，冷卻案上熊蹯腴⑨。微官不到奇章公，甲乙乃有奇章之一太湖⑩。它時南歸富潤屋，不愁室無僕孥居無廬。殷懃厚貺何以謝，我欲贈之雙瓊琚。瓊琚雖美未足報，拜贈新詩永爲好。

【校】

①「馬子卿簽事贈予小山予目之曰共巖故作是詩以謝」，弘治本同元刊明補本；薈要本、四庫本脱。

②「蓮」，元刊明補本、弘治本作「蓬」，形似而誤；據薈要本、四庫本改。按：蓮峯者，猶蓮嶽也，亦即下文之「太華」也，《元詩選・三集》卷一曹之謙《宿雲臺觀》：「蓮嶽三峯對，松林一逕通。」

③「簽」，弘治本同元刊明補本；薈要本、四庫本作「僉」，亦可通。按：僉、簽，古今字。簽書，本作簽署，官名。此作「僉書」者，蓋「簽」省略形符之簡化字，俗用。《漢語大詞典》失收「簽書」，但并收「簽事」、「僉事」，言：「簽事，

即僉事。」蓋亦同此類。後依此不悉出校記。

④「經」，弘治本、薈要本同元刊明補本；四庫本作「金」，聲近而誤。

⑤「而」，弘治本、薈要本同元刊明補本；四庫本作「面」，形似而誤。

⑥「冷」，弘治本、四庫本同元刊明補本；薈要本作「吟」，形似而誤。

⑦「臆」，弘治本、四庫本同元刊明補本；薈要本作「腋」，非。

⑧「舁」，弘治本、薈要本同元刊明補本；四庫本作「輿」，亦可通。按：舁，《廣韻》以諸切，通輿。作「輿」者，蓋舁、輿聲同義通而輿常用也。

⑨「蹯」，元刊明補本、弘治本作「蟠」，聲近而誤；據薈要本、四庫本改。「腴」，薈要本、四庫本同元刊明補本；弘治本作「腴」，形似而誤。後依此不悉出校記。

⑩「一」，弘治本、薈要本同元刊明補本；四庫本脱。

沙堤行

君不見漢家日月四百載，比隆三代追唐姚。經綸帝業顧多士，規隨始自曹與蕭。又不見丙與魏，孝宣中興賴宏濟。似慚燮理化權衡，重以文儒緣吏事。羽毛千古動雲霄，黃閣清風兩無愧。潭潭政府中書堂，朝廷思治具畢張。歷觀至元中統間，諸公翺翔佐時昌①。相君繼踵參幕畫②，快決不數陳元康。況今炎風朔雪混一統，軍國庶務何穰穰。一朝鳴佩見獨步，恩波鳳沼黐晴光。小心清慎富籌策，人望翕爾稱賢良。房謀古推帷幄傑，匪以杜斷疇能將。璣旋衡斡日萬計，夙夜密勿心靡遑。愛君南選儘公允，要使四海桃李俱芬芳。我常叩君見餘蘊，選進久已歸鞶囊③。柳陰大道沙堤長，迤邐遠並宫圍傍。錯金輕軟襯珂馬④，火城前導光煌煌。行人走避歎禮絶，焜耀爀奕何非常⑤。相君報國有能事，澤民三代君虞唐。火城沙堤誠足當，況兹三陽排凝出九地⑥，君子道長羣陰亡。惜哉時乎不易得，爲君一言陳斐狂。蕭曹開濟固云重，丙魏論思詎可忘？

【校】

①「佐」，弘治本、《中州名賢文表》同元刊明補本；薈要本、四庫本作「位」，形似而誤。

②「幕」，弘治本、《中州名賢文表》同元刊明補本；薈要本、四庫本作「摹」，涉下而誤。按：作「摹」者，涉下「畫」字而妄改。抄校者誤讀，將「幕畫」連讀，義不可通，認爲「幕」爲「摹」之形誤。此處，「參幕」連讀，「幕」者，衙署也。畫，動詞，猶摹畫，規劃也。卷八《長慶行酬暢純甫贈元白二集》亦有「臨江釃酒參幕畫」之言。

③「久」，弘治本、《中州名賢文表》同元刊明補本；薈要本、四庫本作「大」，形似而誤。「鞶」，元刊明補本作「盤」，形

似而訛；據弘治本、薈要本、四庫本、《中州名賢文表》改。

④「輕軟」，弘治本、《中州名賢文表》同元刊明補本，薈要本作「金軟」，非是；四庫本作「金軑」，非是。按：作「金」者，涉上「錯金」而誤；作「軟」者，「軟」之形誤；作「軑」者，亦「軟」之形誤，疑本亦當作「軑」，頓筆之點誤作爲文字之一部分。按，軑，《字彙·車部》：「軑，地名。」一説「軑」之訛字。

⑤「爀」，弘治本、《中州名賢文表》同元刊明補本；薈要本、四庫本作「赫」，亦可通。按：作「爀」者，「赫」省去形符之簡化字，俗用。後依此不悉出校記。

⑥「凝」，弘治本、《中州名賢文表》同元刊明補本；薈要本、四庫本作「疑」，亦可通。按：作「疑」者，「凝」省去形符之簡化字，俗用。後依此不悉出校記。

羽林萬騎歌 并引①

至元丙子歲立春后三日②，醉入奉御宅。明日，酒惡，隱几坐，殆不能爲懷，遂取《通鑑》，閲唐明皇帝清宫事蹟。作古樂府一章，號曰《羽林萬騎歌》，書示表弟韓從益③。且浮大白數四，覺酒氣拂拂從指間出去矣④。其辭曰：

韋娘雞晨遵篡武，牝雛啄李求太女⑤。履霜得冰忽深戒，禍始房陵帝私語。神龍殿前虹貫日，王氣龍池濯煙縷。羽林萬騎驍且雄，守捉内外生陰風。韉裁文豹虎衣炳，扼腕久弗諸韋容⑥。潞州别駕眼横電，虬髯英姿真太宗。暗中結納許清禁，繼以幽求玄禮仙凫忠。玄武門前聽二鼓，散亂天星隕如雨。平明一掃妖氛空，相王已是玄真主。東城瑞靄朝日鮮，五王甲第臨天淵⑦。三郎歸來龍在沼，晴波翠灧終南煙。開元隆平此張本，煙火萬里春熙然。誰圖勇斷蛾眉劍，翻作環兒並轡鞭。畫家有《玉環並轡圖》。

【校】

①「并引」，弘治本、《中州名賢文表》同元刊明補本；薈要本、四庫本脱。

②「后」，弘治本、薈要本、《中州名賢文表》同元刊明補本；四庫本作「後」，亦可通。按：后，通後，《儀禮注疏》卷八《聘禮》：「君還而后退。」鄭玄注：「而后，猶然後也。」此作「後」者，蓋后、後二字雖已相通，但各有本義所在，於時間先後義而言，本字「後」較爲通用，且於抄寫者而言首先想到的依然是「後」。還需注意，宋元時代，「後」之作「后」，多並非通假，僅僅是「后」之較「後」書寫更爲方便，故换用「后」來記「後」，《宋元以來俗字譜》：「後，后。」兩種情況需區别對待。後依此不悉出校記。

③「示」，弘治本、《中州名賢文表》同元刊明補本；薈要本、四庫本作「付」，非是。

④「出」，弘治本、《中州名賢文表》同元刊明補本；薈要本、四庫本脱。

⑤「雛」，弘治本、《中州名賢文表》同元刊明補本；薈要本、四庫本作「雞」，非是。按：作「雞」者，未諳史實而妄改，以「牝雛」難通而改之以常見之「牝雞」，誤以「牝雞」代指「韋娘雞晨」。

⑥「容」，弘治本、《中州名賢文表》同元刊明補本；薈要本、四庫本作「同」，非是。

⑦「王」，薈要本、四庫本同元刊明補本；弘治本、《中州名賢文表》作「三」，非。

瑞雪歌

丁丑歲正月初六日夜作

去歲一冬無雪雨，地不藏陽變恒煦。就中氣運北自南，江表嚴凝比燕土。今年正月日丙申，我游中堂聞好語。聖恩滂濡來九天①，四海包徭盡蠲取②。宰臣奔走播德音，雷厲風飛開萬宇③。油然雲葉合中天，一雪平明幾尺許。建章宫闕玉崔嵬，華柳蓬萊氣先吐。漢家燕南三百州，千里飛章賀恩溥。天人上下本一致，和氣致祥乖則異。方春甫頒寬大書，埃翳四開天地閉。春秋盈尺書有例，太史紀言真上瑞。都城十日沸歡聲，宿麥連雲見豐歲。民願聖皇千萬春④，長開明堂布恩惠。元和老臣愛君深，賀雨詩成伸戒勵。小臣今作瑞雪歌，要見天心愛民意。

【校】

①「滂濡」，弘治本、薈要本同元刊明補本；四庫本作「滂霈」，亦可通。按：滂者，廣大也，《楚辭章句》卷一〇《大

招》：「滂心綽態，姣麗施只。」王逸注：「言美女心意廣大，寬能容衆，多姿綽態，調戲不窮。」濡者，喻施受恩澤，《文選注》卷五一王褒《四子講德論》：「令百姓徧曉聖德，莫不霑濡。」滂濡，猶滂霈。滂霈，亦作滂沛，使用較廣。此作「滂霈」者，蓋「滂濡」不常見且「濡」、「霈」二字形似，而妄改作「滂霈」。

②「包」，弘治本同元刊明補本；薈要本、四庫本作「租」。

③「宇」，薈要本、四庫本同元刊明補本；弘治本作「寓」，後依此不悉出校記。

④「願」，弘治本同元刊明補本；薈要本、四庫本作「賴」，非是。

謁蘇墳

在汝州陝縣釣臺鄉娥眉山前①

神嵩崩騰萬馬東②，汝流西來横玉虹。山川秀潤不少悴，知有峨眉老仙宅其中。先生立朝有大節，南遊天使完其忠。胷中英氣蟠不盡，餘藴散作文章宗。天章昭回爛雲漢，下探萬古英靈空。前年西堂覩先生之真像，今年此山拜先生之堂封。嗟予何者有此幸，青藜得照龍淵宫。汝陽樓上重回首，安得追逐逸駕攀高風？滌濯固陋開顓蒙，公雖僵卧其猶龍。

【校】

①「在汝州陝縣釣臺鄉娥眉山前」，弘治本、《中州名賢文表》同元刊明補本；薈要本、四庫本脱。

②「嵩」，弘治本、薈要本、四庫本同元刊明補本；《中州名賢文表》作「篙」。

雜言送文郎中子周宣慰江西道

君侯交游二十秋，胷次磊落誰與儔。湖海豪氣老不減，百尺高卧元龍樓。三年京師驄馬客，搏繫快似鷹脱韝。郎官民部纔十月，持節撫慰江西州①。堂堂提封幾千里，陽開陰闔無深幽。滕王閣上洪都酒，孤鶩殘霞重回首。江山滿目詠我歌，一曲陽關渭城柳。聖恩柔遠思悠久，化自周南同九有。大司綜理固多端，急手先須撫瘡痏。四民樂業兵有制，盡徹湖陂變耕畝。時驅大旆擁行軒②，布德揚威趁春首。丈夫此時不有爲，何者功名垂不朽？ 我雖鎩翮思奮飛，會把一麾仍出守。

【校】

①「撫」，弘治本同元刊明補本；薈要本、四庫本作「特」，非。

②「旆」，弘治本、薈要本同元刊明補本；四庫本作「節」。

義士姜侯歌 并序

歲辛亥秋，燕留守府參謀劉坐事就死，屬其孤於友人姜君，諾焉。既藉沒①，姜爲伸理其子。達官怒其僭，張弓擬之②，姜不少懼，即裸胸以逆，遂義而從其請。自是，姜以義烈聞燕趙間③。後折節從趙雲夢學，非其義，一介不取諸人。丞相史公賢之，以賓客禮焉。至元丙子冬，同張彥魯入燕，聞姜云亡，追念往事，爲欷歔者久之。渡易水之悲風，荆卿已去；念朱家之長者，今復何人！爰作歌詩，庶幾紹擊筑之遺音云。姜諱迪禄，世燕人，子尚，其字也④。劉字正卿⑤。

參軍屬孤出鬼幽，姜侯諾之無滯留⑥。一朝赤手編虎鬚，義氣凛凛横霜秋。命輕義重泰山比，白羽迎射身熊侯。孤兒挈歸免孥戮，姜子拂衣無所欲。朱家素擅長者風，睚眦椎埋真碌碌。魚紋三尺濸秋波，千丈聲華光輦轂。至今燕市人嘆羨，五百年來未之見。張卿説似予作歌，庶激清風代君傳。

【校】

①「藉」，弘治本、薈要本、四庫本作「籍」，亦通。按：藉，通籍。後依此不悉出校記。

②「擬」，弘治本同元刊明補本；薈要本、四庫本作「射」，涉上而誤。按：作「射」者，涉上「張弓」之言且未申文義而妄改。既有「姜不少懼，即裸胸以逆」之言，當是不畏「達官」之武力威脅，何來「張弓射之」之言？「擬」者，指向也，《漢書》卷五四《蘇武傳》：「復舉劍擬之，武不動。」「張弓擬之」者，威脅之言也，姜「即裸胸以逆」以對。按，逆者，迎也。

③「以」，弘治本作「吕」，薈要本、四庫本脱。

④「字」，弘治本、薈要本同元刊明補本；四庫本作「子」，涉上而誤。

⑤「劉字正卿」，弘治本同元刊明補本；薈要本、四庫本脱。

⑥「滯」，元刊明補本、弘治本作「蔕」，非是；據薈要本、四庫本改。

趙穆篆隸歌

丁丑歲四月十六日作①

古人富席珍，璀璨玉無玷。兼善不並稱，例爲長所掩。予觀當塗文，雄放雜淒滄。一朝玉筋名，餘作鋒鍔斂。是知學與才，相須成琬琰。六經學淵會，熙緝光自焰。道藝貴自得，舍瑟想曾點。陽冰嚮匪斯文徒，秖解篆畫方圜橅②。千言落紙極停穩，一售而後將無餘。明昌王趙稱文儒，問書竹溪真起予。微言提撕何理到，歸讀六經玆本歟？趙郎翛翛姿態殊，十年弄筆好古書。嚮來客燕見其作，殆似蟬欲蛻殼蛇遺膚。去冬丙歲復入燕，趙郎篆學超於前。我爲驚愕問所以，答云近得松巖之秘傳。惜哉高君今已矣，黄壤不没蛟龍蟠。嶧碑岐鼓得遺法，趙郎手追忘寢餐。我因爲渠概一言，書至形似真徒然。行逢碧落卧其下，發塚親得中郎編。胸中塵俗何由蠲？正需力讀經與史，他時會見將與松巖並驅相後先。

【校】

①「丁丑歲四月十六日作」，弘治本同元刊明補本；薈要本、四庫本脱。

②「畫」，弘治本、薈要本同元刊明補本；四庫本作「盡」，形似而誤。

食梅子有感

稚歲食梅矜行輩，並掇連揮嘬長喙①。近年羅列雖滿前，黄熟有餘聊雋味。極餐不過三數枚，老頰流酸牙莫對②。物逐時新歲歲同，人到中年凡事退。潮陽南還幸不死，齒豁頭童足悲嘅。我今五十齒雖牢，食不能多行亦憊。只有區區行志心，昔與公同人不逮③。

【校】

①「掇」，弘治本、薈要本、四庫本作「撥」。

②「頰」，弘治本、薈要本同元刊明補本；四庫本作「翁」，涉上而誤。

③「公」，弘治本同元刊明補本；薈要本、四庫本作「今」，形似而誤。

潛齋歌贈中山知府史子華

潛齋有志操，不爲浮榮汙。彝衷剷豪習，概之詩與書。吴鉤佩錦帶，寶校千金駒。溢目不回顧，棄如履中苴。嘗出試所學，三年事徵輸。衛人樂安便，歲計公有餘。淵潛不自珍，昭然靄芳譽。不覿五載强，去冬會燕都。與語覺道勝，行身老諸儒。神王氣骨清，兩目秋鷹矍。扣門來別我①，朱幡擁高車。去作定州尹，志意何安舒。余思潛之功，於焉見容與。中山物繁稱奥區，燕南劇郡此要途。大兄持節官衡湖，四郎按部參旗墟。一門鼎足列清要，正有報國忠而劬。凝香燕寢供坐嘯，紅旗鐵馬無邊虞。心清事簡自多暇，輕裘錦爛光鄉閭。況君才高足爲治，聲聞日向天朝趍。書來不必諮蕘議，丈八盆邊有二蘇。

【校】

①「扣」，弘治本同元刊明補本；薈要本、四庫本作「叩」，亦通。按：扣，同叩。蓋側重點有異，作「扣」者强調敲門之動作；作「叩」者强調敲門所引起之動静。後依此不悉出校記。

長慶行酬暢純甫贈元白二集

長慶詞人幾勍敵，名動華夷説元白。拾遺樂府即諫章，相國絲綸號新格。天教韓柳出仝時，要使詩壇鬥清逸。年來愛白復愛元，老厭風花喜情實。圖書東壁黯晶熒，五十年來無是集。有時擬賦三兩題，斷簡殘編僅佔畢。暢君好書似鄴侯，荷囊去躍龍驤舟。臨江釃酒參幕畫①，佳麗看盡東南州。棄人所取取所棄，青帙萬卷堆行輈。蒼江夜静虹貫月②，不羨充室琳琅璆③。三吴歸來巾一幅，蝦蟆池頭兩椽屋。足跟不踏貴人門，磊落羣書載其腹。自欣滯貨潤有餘，贈我兩緡償不足。恍遊赤水得玄珠，笑入荆巖抱和玉。倏倏庭竹北窗風，準備殘年霑謄馥。

【校】

①「江」，弘治本同元刊明補本；薈要本、四庫本作「光」，非。

②「蒼」，弘治本、四庫本同元刊明補本；薈要本作「滄」，亦可通。按：滄，通蒼。作「滄」者，蓋涉下「江」字從水而改「蒼」爲「滄」，偏旁類化。

③「充室」，元刊明補本、弘治本作「克敵」，非；據薈要本、四庫本改。

虎牢關行

至元二年夏六月予與總管陳慶甫考試洛陽東還汴京道出其下①

鞏原北望河洛郊，嵩邙東走脊尾高。憶初洪水勢方割，湯湯北匯深淵壕。千年水去兩崖出，天險東扼開成皋。中原失鹿在所逐，河山戰氣秋蕭騷。當年劉項儘勍敵，阮生猶爲嘆非豪。竇王掎角更可笑②，如蛾赴燎其能逃？秋煙古戍深黄蒿，狐狸夜上關頭嗥。

空餘千古荒城路，輸與行人説爾曹。

【校】

①「至元二年」，弘治本、薈要本、四庫本同元刊明補本；《中州名賢文表》作「至元三年」。按：皆誤，當作至元十三年，詳見附録「年譜」五十歲條。

②「王」，弘治本、薈要本、《中州名賢文表》同元刊明補本；四庫本作「生」，涉上而誤。「掎」，弘治本、四庫本同元刊明補本；薈要本作「犄」，亦可通。按：掎角，本作犄角，仿牛角之格局而有相互牽扯之義；掎，牽制也，從詞表義明確之要求，以「掎」代「犄」以表牽制之動作義，這是以義類推之造詞。此作「犄」者，蓋「犄角」較「掎角」常用。後依此不悉出校記。

送齊彦簽事湖南

廣平一生真相業，老坐朝堂振孤節。理明有守見不疑，萬事坌來能勇決。我游洛師北盧龍，嗣侯共事多相從。文章翰墨有定價，落落真有先相之遺風。今年白麻拜新寵，去去按部江西東。朝廷妙選正有謂，雅志不負温郎驄。江南緑水天四圍，秋風吹野百草腓。

煩君華岳峯尖舉，着眼飛翔覽德輝。

商鼎歌 并序

燕士張君文季讀書不求官，治生不務富，稍有羸餘，即購求古器、書畫爲事①。故其家藏三代已來鼎、彜、敦、卣及前賢法書名畫甚富，素負藻識。遇夫奇妙，不惜資貨，期於必得。既得之②，傳觀借玩③，初不吝惜。暇則明窗棐几，展布陳列④，灑沾沾而喜曰：「古人不作，古意尚在。三代之英精，諸賢之純粹，今吾何修，一朝盡得而有之？」其稽古尚友之誠，静觀適懷之樂，於斯時也，中心充實，意得所寓，回視晉楚之富、趙孟之貴，不啻如雲煙之過目。遇佳客踵門，焚香煮茗⑤，盡發秘藏，爲序説家數，評論其優劣。雍容文雅，有都城故家風味，於足稱也⑥。仙露寺僧寶藏商鼎有年，不惜百金易而得之，愛玩不足，復求館閣諸名勝詩詠⑦，喜爲序⑧。其平生濬癖⑨，仍以古調歌之。其辭曰：

維商賢君六七作，禮重烝嘗制於鑠。只緣近古俗忠厚，象形作器窮精鑿。敦彜鍾鼎賜臣工，重比謚贈縻天爵。當時文獻不足徵，故家餘俗歸寥索。蒼銅不逐太社亡⑩，千古流傳誇灝噩。供佛牀頭夜壑深，物歸所好得真托⑪。張君稽古負精識，入手摩挲三歎息。

兩耳高撐足拱三，六乳附觚何的歷。饕餮繞腹雜雷紋⑫，紫翠英英帳猶濕⑬。細觀款識商父丁，崑玉南金非所惜。平生澹癖心不足，此日大嚼情暢適。模形遠紹考古圖，發揮假手詞人筆。君不見當年莘叟負謁湯，高宗肜祭雉雊鬲。黄金塗耳玉鉉光，此事傳聞已陳迹。一朝怳墮三亳間⑭，神明之器今目擊。或梟沉煙讀誥盤，或挹殷谿煮巖石⑮。尚友直探三代英，平生閲古心方畢。

【校】

①「書」，弘治本、《中州名賢文表》同元刊明補本；薈要本、四庫本脱。

②「既得之」，弘治本、《中州名賢文表》同元刊明補本；薈要本、四庫本作「既得之後」，衍。

③「借」，薈要本、四庫本、《中州名賢文表》同元刊明補本；弘治本作「惜」，形似而誤。

④「布」，《中州名賢文表》同元刊明補本；弘治本作「師」，非；薈要本作「席」，非；四庫本作「玩」，非。

⑤「茗」，元刊明補本闕；據弘治本、薈要本、四庫本、《中州名賢文表》補。

⑥「於」，弘治本、《中州名賢文表》同元刊明補本；薈要本作「洵」，非；四庫本作「信」，非。按：《詩·鄭風·有女同車》：「彼美孟姜，洵美且都。」鄭玄箋：「洵，信也。」洵、信，亦猶足也，言「洵足稱也」、「信足稱也」，語失之繁複。作「於足稱也」者，「於」發語辭也。

⑦「諸名勝」，弘治本、《中州名賢文表》同元刊明補本；薈要本、四庫本作「諸公」，非。

⑧「喜爲序」，弘治本、薈要本、《中州名賢文表》同元刊明補本；四庫本作「予喜爲序」，衍。按：「喜爲序」者，張文季也，言張氏「喜而爲之序」，所序者，「館閣諸名勝詩詠」也。作「予喜爲序」，義不可通，上下文義歧矣。

⑨「澹」，弘治本、《中州名賢文表》同元刊明補本；薈要本、四庫本作「淡」，亦可通。按：淡，同澹。此不當作「淡」者，正文有言「平生澹癖心不足」。後依此不悉出校記。

⑩「太」，弘治本、四庫本、《中州名賢文表》同元刊明補本；薈要本作「大」，亦可通。按：大、太，古今字。太社，本作大社。社大之極即爲太社也。此作「大」者，蓋抄寫者爲圖效率而有意使用古字，是書「太社」之作「大社」者凡多見。後依此不悉出校記。「亡」，弘治本、《中州名賢文表》同元刊明補本；薈要本、四庫本作「凶」，形似而誤。按：「亡」，俗作「亾」，「亾」、「凶」形似。

⑪「托」，弘治本、薈要本、《中州名賢文表》同元刊明補本；四庫本作「託」，亦通。

⑫「饕餮」，弘治本、薈要本、《中州名賢文表》同元刊明補本；四庫本作「餮饕」，倒。

⑬「帳」，元刊明補本、薈要本、四庫本、《中州名賢文表》作「悵」，形似而誤；據弘治本改。

⑭「亳」，元刊明補本作「豪」，形似而誤；據弘治本、薈要本、四庫本、《中州名賢文表》改。

⑮「挹」，弘治本、四庫本、《中州名賢文表》同元刊明補本；薈要本作「浥」，形似而誤。

歸夢謡 丁丑歲九月二十三日夜夢陳總管作時爲浙東宣慰使十二月二十日密縣王縣尹至知公於九月七日爲越之玉山賊所害

五更歸夢東南長，越州城府山蒼蒼。我遊不省夢中客，浮雲樓觀争翱翔。節齋枉駕來就見，上簾遥喜瞻清光。倒衣走欲降階接，陳公出避朱門傍。斯須往謁登西堂①，要話久别傾肝腸。我公不之見，蕃師滿禪牀。卉服魋結古②，碧眼須眉厖③。争先問訊展恭恪，青松亂踏天花香。就中老沙彌，合爪伸圓吭。向予致呪語，陰福來穰穰。思公罔覿對佛子，坐久心思方彷徨。傔來促起公召汝，導我前往穿行廊。追奔接踵欻不見，如瞽失相徒倀倀。平頭闖首告前路，終惑所往心爲狂。惘然推枕若有喪，但看落月滿屋梁。我思與君别，屈指一載加。相思葉黄江水碧，神交日夜心曾遐④。自春徂秋三入夢，似恨海角天之涯。吹燈信筆成詩句，病眼溪藤亂紫花。時目病新愈⑤，又暗用樂天、元九紫藤花事⑥。

【校】

①「謁」，弘治本同元刊明補本；薈要本、四庫本作「請」，非是。

②「古」，弘治本同元刊明補本；薈要本、四庫本作「舌」，形似而誤。

③「須」，弘治本、薈要本同元刊明補本；四庫本作「鬚」，亦通。按：須、鬚，古今字。後依此不悉出校記。「厖」，弘治本同元刊明補本；薈要本、四庫本作「龎」。

④「曾」，弘治本同元刊明補本；薈要本作「馳」，非是；四庫本作「魂」，非是。

⑤「目」，元刊明補本作「日」，形似而誤；據弘治本改；薈要本、四庫本脱。

⑥「又」，薈要本、四庫本同元刊明補本；弘治本作「乂」，形似而誤。「事」，弘治本同元刊明補本；薈要本、四庫本脱。

日蝕詩

至元十四載，維龍集丁丑。孟冬丙辰朔，詰旦陰風吼。朝家有移告，日蝕百司守。伐鼓幣用社①，庶嗇閧奔走。都城十萬家，竟日喧釜缶。壯於田單兵②，聲勢助衝掊。盎水觀日景，占刻入午辰。蝕午正三刻③。陽精從西虧，若有物噬吞。初看偃珥玦，再覩已半輪。

終風轉蓬勃，天影慘以昏。斯須食之既，陽光蔀無垠。始似昏暈鏡，久乃挂鐵鉦。團團溢陰影，環輪玉爲繩。晴天朗晝藏厚夜，九衢草草人面青。衆宿不多出，争光見三星。謂填星角大角三宿也。只愁六鑿渾沌死，蒼生百萬淪幽冥。盻盻向申正④，輪圓復其明。炷香再拜立前廡，心魄動盪久尚驚⑤。鄰翁行年八十一，如此災變見未曾。我聞長老説⑥，日月中有烏兔精。顧兔固微物，性狡陰邪萌。人間三窟厭不處，緣雲入月爲家庭。太陽養火烏，爀爀森神兵。飼肉祝融家，渴飲咸池泠。三足利鉤戟⑦，炬火燃兩睛。婪婪鐵作喙，喙雲下開變陰晴。曜靈壯汝觜與距，外侮有犯烏維憑。六龍頓轡或少衂，知有神物擁護終是陰爲懲。不然日圍千里不一蓄，棲爾其内將何營？及兹陰精盛，所歷乖常經。陽烏雖神力寡弱，勢重不敵從侵凌。避集扶桑枝，噤縮潛威靈。想當既厄時，如何炎官赤熛不率其徒來助勢與聲？彤幢絳天鼓雷霆，振烏挾日騰兩翮，火吻噴薄摧陰凝。逐兔入月脅，隱伏跧其形。撲朔知所懼⑧，迷離黯光晶⑨。含章合玄度，安曜周八紘。天公此兩目，萬古更不盲。嗟予既匪羲和官，區區空抱傾陽誠。天高不可階，此事難具陳。作詩擬月蝕，欲見此志終或伸。盧仝撫掌韓愈笑，吾等狂德君其鄰。

【校】

①「社」，弘治本、薈要本同元刊明補本；四庫本作「牲」，非是。

②「田單」，弘治本同元刊明補本；薈要本作「田軍」，形似而誤；四庫本作「甲軍」，形似而誤。

③「三」，弘治本、薈要本、四庫本作「二」。

④「眄眄」，弘治本同元刊明補本；薈要本、四庫本作「盼盼」，形似而誤。按：詳見卷六《大雹行》之校記⑥。後依此不悉出校記。

⑤「久」，弘治本同元刊明補本；薈要本、四庫本作「人」，形似而誤。

⑥「聞」，元刊明補本、弘治本作「問」，聲近而誤；據薈要本、四庫本改。

⑦「三」，四庫本同元刊明補本；弘治本、薈要本作「二」，非是。按：作「三足」者，語本「太陽養火烏」。此「火烏」，亦名「三足烏」，日中之神鳥也，王充《論衡》卷一一《説日》：「儒者曰：日中有三足烏，月中有兔、蟾蜍。」

⑧「撲」，元刊明補本、弘治本作「樸」，形似而誤；據薈要本、四庫本改。

⑨「迷」，元刊明補本、弘治本、四庫本作「彌」，聲近而誤；據薈要本改。

南宮老仙雲山圖　米襄陽筆應奉李受益藏

南宮玉堂春晝晴，瑣窗霧垂幽思清。先生胸次幾丘壑，淡墨落紙詩無聲。白雲滅没春山碧，萬木淋漓元氣濕。風煙自昔鹿門深，似愛龐公不浪出。襄陽雲卧思怡悦，不爲濃纖争巧拙。虚堂生白定何如，玉氣柱空虹貫月①。

【校】

①「柱」，弘治本、薈要本同元刊明補本；四庫本作「拄」。

盧仲傑送所逸東萊集二帙

盧卿贈我東萊編，偶逸二帙心茫然。朝來覓送喜欲舞①，有似合浦珠還蠙。要書不必三萬軸，插架所貴皆成全。風軒讎校忘午寢，一讀三嘆鏗朱絃。每逢佳處時再款，不惜兩眼遮昏煙。就中細味官箴作，覺我疏愚性最便。

【校】

①「喜」，薈要本、四庫本同元刊明補本；弘治本闕。

簽院趙公許惠歐蘇集作詩以問之

平生性癖耽墳籍，細字牛毛早年筆。只今五十眼昏花，清晝看時滿行黑①。投身散地百無事，不著書遮如有失②。趙公嗜書似鄴侯，不爲章句非雕搜。縮持樞紐日多暇，借箸自有胸中籌。更尋往事較所處，有夢不到琳瑯璆。嗟余何者登瀛洲③，殘膏未免窺前修。翕然淵海斂鰐鬺④，洞視千古蘇韓歐。文如不作作取法，捨是三子將誰求？窮閻雖具何足玩，破碎熏黑支吟頭。牙籤插架三萬軸，誰省浙本鋪銀鉤？或蘇或歐兩俱可，勿使石壁成空投⑤。仁存義舉侯門事，卻恐乘機似巧偷。「仁存義舉」用《史記》「侯之門，仁義存焉。」石壁見《管子》。

【校】

①「黑」，弘治本同元刊明補本；薈要本、四庫本作「墨」，亦可通。按：墨，同黑。作「墨」者，涉上「滿行」而誤。

②「著」，弘治本同元刊明補本；薈要本、四庫本作「着」，非。

③「何」，弘治本、薈要本同元刊明補本；四庫本作「向」，形似而誤。

④「簷」，弘治本、四庫本同元刊明補本；薈要本作「淵」，涉下而誤。「淵」，弘治本同元刊明補本；薈要本、四庫本作「潤」，形似而誤。

⑤「璧」，薈要本同元刊明補本；弘治本、四庫本作「壁」，形似而誤。

涇陽鎮中秋贈馬御史

時予授監德昌司南下①

去年中秋客燕山，把酒望月空雲煙。今秋此夕涇陽鎮，六合一鏡懸青天。乾坤軒豁開真境，萬籟無聲露華冷。京居多暇賞心違②，長路無家此清景。須知世事皆偶然，賸卻私憂胸刺梗。同行喜得馬少遊，月下一樽還對影。愛君才氣白眉良，攬轡澄清知所省。豸冠自古出儒冠，老鶴何爲隨露警。人生幾度中秋月，不學羣兒歎圓缺③，舉杯酹月月應聞。安得玄霜變華髮，追逐諸君昌晚節？

【校】

①「涇陽鎮中秋贈馬御史時予授監德昌司南下」，元刊明補本、弘治本作「涇陽鎮中秋贈馬御史時予授監德昌司南下」，非是；薈要本、四庫本作「君」，非是；徑改。按：元刊明補本、弘治本「時予授監德昌司南下」之注文誤入詩題；薈要本、四庫本是詩詩題之主文脱，改「御史」爲「君」。

②「居」，弘治本、四庫本同元刊明補本；薈要本作「華」，非。「暇」，弘治本、薈要本同元刊明補本；四庫本作「華」，非。

③「歎」，弘治本、薈要本、四庫本作「欲」，非是。

小邊行一百五日同總尹張彦亨赴小邊口相視河流回馬上偶作此詩

北趨小邊相河害，坐看長堤驚裂壞。中流忽起劉子歎，疏濬神功思禹大。憶當殘金竟河界，兩涯峡束如縈帶。靈鼉萬鼓動地來，洶洶聲聞千步外。堤防不議四十年，河行虚壤任徙遷①。乃今去京無一舍，衝波南卧翻鯨鱣。今年築堤捍滹水，明年捲掃防洄淵。濤頭況與酸棗直，南北高下尤相懸。既非經瀆久遠計，徒費民力妨農田。止有避移策上聞②，放之曠野從奔衝。不然建議以土湮，大堤縷水横西東。楗以木石東逾鐘③，遞河東去過京角。此是永逸無窮功，作詩擬達宣房宫。

【校】

①「徙」，弘治本同元刊明補本；薈要本、四庫本作「從」，形似而誤。

②「止」，元刊明補本、弘治本作「正」，形似而誤；據薈要本、四庫本改。按：是書多有「正有」寫作「止有」者。「策」，弘治本同元刊明補本；薈要本、四庫本作「簡」，非。

③「東」，弘治本、薈要本同元刊明補本；四庫本作「束」，形似而誤。

夢陳節齋

至元十六年己卯寒食夜，卧開封後堂，夢節齋陳公。既覺，呼童吹燈，信筆賦此，追憶往事，令人短氣。書示正甫、敬甫二君子，同爲一慨也。

花枝入簾春夢香，遊絲翻空清晝長。今年寒食客梁苑，追憶往事心彷徨。前年考試登兹堂①，陳侯館予羅酒漿。拊牀高詠逸興發②，不覺燈前大雨聲淋浪。生平胸臆向予盡，使我肝膽争開張。重來物是人不復，夜夢見之晝微茫。誰期此會乃死别，剗血不滅吴雲蒼③。攬衣起行步落月，梅影滿庭空斷腸。

【校】

①「兹」，弘治本同元刊明補本；薈要本、四庫本作「斯」。

②「拊牀」，弘治本同元刊明補本；薈要本作「扶牀」，非是；四庫本作「扶杖」，非是。

③「剗」，弘治本同元刊明補本；薈要本、四庫本作「口」。

信陵公子行

與西溪同遊

春風獵獵吹輕裘，聯鑣來作夷門遊。令人遠憶魏公子，徑上吹臺臺上頭。郤秦存趙震九土，誰意抱關老吏能此帷幄之良籌？飢腸自古出奇策，功成何害屠沽流①。高皇布衣重公賢，大梁城邊幾遲留。一朝龍驤開漢業，舉功不復詢來由。豈非慕藺承餘休？嘗讀太史公，今日把酒酹墓周。當時朱門滿歌舞，此日野草荒山丘②。醉歌信陵行，碧雲日暮寫我憂。英雄割據雖已矣，高義凛凛横清秋。追攀逸駕那復得，落日倚劍看神州。

「倚劍」一作「徙倚」③。

【校】

①「屠沽」，弘治本、薈要本同元刊明補本；四庫本作「屠酤」，亦通。

②「當時朱門滿歌舞，此日野草荒山丘」，弘治本同元刊明補本；薈要本、四庫本作「當日朱門滿歌舞，此時野草荒山丘」。

③「「倚劍」一作「徙倚」」，弘治本同元刊明補本；薈要本、四庫本脱。

題子猷迴舟圖

勾吴四時無正天，盛寒之月猶春妍①。朝來一雪天地白，田父適喜争狂顛②。宜其佳客逸思發，乘興逕上山陰船，煩襟囂慮一洗爲瀟然。江東名流説戴逵，高談禮法殷春雷。子猷恐是虚華士，竟棹空舟夜半回。

【校】

①「盛寒」，弘治本同元刊明補本；薈要本作「嚴冬」；四庫本作「玄冬」。

②「狂」，薈要本、四庫本同元刊明補本；弘治本作「狃」，形似而誤。

山陽早發

疏星綴空殘月炯，我行早發山陽境。太行九月未黄落，一片秋光蕩林影。愛山竟作三日留，心下快活還自省。江山登覽能幾度①，素髮飄蕭已垂領。愧無明略濟清時，性蹇才堪卧雲嶺。長疑造物苦倒顛，馬使守閭車拄鼎。十年欲作百巖游，此度徑來猶事梗。勒迴俗駕似有意，未許巖耕遂幽屏。醉臺劍沼兩寂寞，夢寐賞心終耿耿。馬頭回首望山門，白雲抹盡青山頂。

【校】

①「能幾」，弘治本同元刊明補本；薈要本、四庫本作「幾能」，倒。

雄狐行 按部唐縣爲小縣尉作①

黄蒿古城狐晝行，窟宅深固通精靈。羣貍闖首潛助勢，跳煙嘯月妖腰輕。社翁不神名則在，將假其柄先憑陵。西鄰有田奪已饜②，東家有羊頤指烹。乘機侵刻恣所欲，草棘蔽翳無由鷹③。老羆惑媚過不睨，飢烏噤啄寒無聲。我雖老鷙爪距秃，一擊欲示終身懲。遽然脱去成漏網，固厚其毒羣心驚。眼中雉兔盡何益，使我怫鬱難爲情，斂翮坐覺秋風生。

【校】

①「按部唐縣爲小縣尉作」，弘治本同元刊明補本；薈要本、四庫本脱。

②「田」，弘治本同元刊明補本；薈要本、四庫本作「雞」，非。

③「由」，弘治本同元刊明補本；薈要本、四庫本作「田」，形似而誤。

月老招飲

禪師慰我從事勞，臨皋置酒來相邀。西軒雖小面流水，柳塘風物春飄瀟。觵船一棹入法海，照眼孤月翻雲濤。既逢方外對佳景，不飲亦復心陶陶。況師有酒藏已久，快吸儘足供鯨鼇。張侯引吭歌未闋，嘉甫抗首賡其騷。杜卿尚子噪於側，冠佩倒落軒須毛。僧云劉君更開爽，惜不同醉持霜螯。連揮大白不知數，醉眼四顧天爲高。出門乘馬復班如，罍酌已罄猶瓢操①。一聲鄰笛起落日，追憶往昔懷英髦。陵川已矣九帥死，此樂無復爭禪逃。眼中文武驚墜地，悲風爲我從空號。予雖老驥志有在，爲國涕下沾綈袍。陌頭柳色春向晚，南塘碧水深幾篙。簡書有程促又去，悠悠離思懸干旄。醒來信筆紀其事，雅集難再誇吾曹。阿師深藏莫輕示，政恐見哂螟蛉豪。

【校】

①「瓢」，薈要本、四庫本同元刊明補本；弘治本作「飄」，聲近而誤。

望黄金臺歌

寄贈劉夢驥①

君不見孔子修《春秋》，二百四十有二年。燕人歃血纔一見，下逮戰國尤茫然。維南聲教恥不與，苦羡齊魯多英賢。黄金不惜築此臺，當時何限郭隗材②。政緣市駿售其骨，雲煙轉盼龍媒來③。古稱得士國無小，甘棠世業如天開。悲風瀟瀟易水暮，往事不復令人哀。昭王之名傳永世，黄金高臺安在哉？

【校】

①「寄贈劉夢驥」，弘治本同元刊明補本；薈要本、四庫本脱。

②「時」，弘治本同元刊明補本；薈要本、四庫本作「眼」，非。

③「盼」，元刊明補本、弘治本作「眄」，據薈要本、四庫本改。按：眄，本讀如《廣韻》五計切，與盼無涉。轉眄，本作轉盼，《漢語大詞典》言：「眄，同盼。」蓋二字久已混用。後依此不悉出校記。

越雞行贈柔明憲使

君家素雞何異常，來自越裳天一方。又聞越溪之女天下白，臨水照影長相將①。久之氣感與俱化，不覺粲粲争輝光。兩足不盈握，軟玉紅鱗芳。孤唱有餘韻，滿喙鏘風簧。丹砂暈頬絳冠小，雪毳覈背銀絲長。雅宜宫閣催曉箭，欄干五夜凝秋霜。主人前年列朝行②，風雲劍珮争翺翔。歸來故家對此物，夜夜夢到雞人傍。呼僮愛養無遠出③，飲啄長使居中唐④。深沉庭院縈回廊，離離花影翻春陽。今春哺雛凡幾輩，晴雪亂點筠籠香。我從公子偶見索，苦要鄙語爲相償。初心玩物物反玩，戲吐綵綬信嗚吭。他日雛孫求執贄，不愁無物餉韃郎。

【校】

①「水」，弘治本同元刊明補本；薈要本、四庫本作「流」。

②「主」，弘治本同元刊明補本；薈要本、四庫本作「玉」，非。按：作「玉」者，蓋抄寫者不認真，將「主」之「丶」的位置寫得過於靠下而誤。「年」，弘治本同元刊明補本；薈要本、四庫本作「頭」，非。

③「僮」，弘治本同元刊明補本；薈要本、四庫本作「童」，亦可通。按：童、僮古今字。此作「童」者，蓋「童」、「僮」二字雖已分化，但「童」仍較「僮」常用，在抄寫時首先想到「童」而使用古字。

④「唐」，弘治本、薈要本同元刊明補本；四庫本作「堂」，妄改。

春溪小獵行

經略史公子明春溪小獵，九公子有詩以紀其樂，索予同作。至元庚辰三月三日五夜，燈下走筆賦此。

春風兩岸春草碧，漫漫溪流野鳧集。花邊高塚卧麒麟，拜掃歸來見豪習。一聲畫鼓警鳧飛，霜鶻翻空看橫繫。離披五色墮馬前，血灑平蕪驚半濕①。野橋淡淡夕陽低，回風颯颯溪神泣。不愁歸具衆賓須，紅燭金盤快鮮食。將軍往歲東西征，苦竹崖傾江島赤。高勳烈烈在雲臺，婉變龍姿見平昔。平生得意在戰酣，州郡徒勞非我職②。明時政有逐禽樂，醉聽清商還自適。鼻端出火耳生風，夢裏弦聲聞霹靂。君不見姚崇奉詔趨新豐，徑入長圍吐奇策。呼鷹縱犬少年事，大拜曾從指蹤得。君侯逸興浩無邊，老作獵師三萬日。帕車過市奄新婦③，此事終爲景宗叱。自憐白髮兩眼昏，矻矻窮年大玄筆④。君王有夢渭濱畋，苦恨非熊深自惜。

【校】

①「驚」，弘治本、薈要本同元刊明補本；四庫本作「警」。

②「郡」，弘治本、薈要本同元刊明補本；四庫本作「羣」，形似而誤。

③「奄」，弘治本同元刊明補本；薈要本、四庫本作「掩」，亦通。按：奄，通掩。曹景宗事見《梁書》卷九《曹景宗傳》。

④「大」，弘治本同元刊明補本；薈要本、四庫本作「太」，亦可通。按：大、太，古今字。作「太」者，蓋大、太義漸分化，「大之極」義多由「太」承擔，而使用今字。後依此不悉出校記。

野兕行

東山何高與雲齊，松柏薈蔚深巖棲。龍潛虎伏變叵測，野兕何者依貔羆。暮學貔怒嗥，朝循羆所蹊。睥睨弱者肉，獵食長林麋。内助陰血盛，外增長豐肌①。厖然非不偉，椎魯初何知。時時具饜餘，啖羆假其威。復從羣猱弄，舉措甘傾危②。同類忌投鼠將爲，真得二獸之幾微。浸淫犯行路③，跋扈恣所爲。窺竊乘物便④，大笑狸怯狐多疑。孤鴞憚弗繫，林烏噪而飛。獵師厚其毒，使之自猖披。一朝果投穽，慘悴兩耳垂。掉尾乞衆憐，趨蹌曾不如狐狸。吁嗟野兒兮，一懲不省爲福基，惴惴且免行人悲。

【校】

①「長豐肌」，元刊明補本、弘治本作「兇豔平」，非是；據薈要本、四庫本改。

②「措」，弘治本同元刊明補本；薈要本、四庫本作「指」，形似而誤。

③「浸」，弘治本同元刊明補本；薈要本、四庫本作「淫」，形似而誤。

④「竊」，元刊明補本、弘治本作「切」，據薈要本、四庫本改。按：作「切」者，蓋「竊」俗作「窃」，「窃」省去穴旁，俗用。

哀老殷辭

至元十七年三月二十日，南詔進象過安肅州，軍户老殷爲象鼻束而死。余適覩其事，乃作此辭。

哀老殷，平時皞皞爲王民。荷戈幸不死鋒鏑，胡爲此獸戕其身？哀老殷，賤且貧。有兒十歲纔解語，有婦出户無完裙。髮膚一旦委巨齒，身後名在征南軍。朝來棺斂哭過市，慘慘悲動梁臺人。我聞白傅引馴象，爲君諷諫何忠勤。禽珍奇獸貴不畜①，此雖至馴安用云，偉哉欒天古良臣。

【校】

①「禽珍」，弘治本同元刊明補本；薈要本、四庫本作「珍禽」。按：作「珍禽」者，蓋因薈要本、四庫本後有「奇獸」之言，二者構詞皆爲偏正結構。但此處元刊明補本、弘治本皆缺「奇獸」之言，未詳孰是。「奇獸」，元刊明補本、弘治本闕；據薈要本、四庫本補。「畜」，弘治本、薈要本同元刊明補本；四庫本作「蓄」，亦可通。

憫雨行

至元十七年夏四月廿四日，自東鹿縣入深澤，午憩西河鄉，録父老語，車中足成此詩。時所在祈雨。

旱蟲食桑桑葉無，穀不出壟麥欲枯。人間四月號清潤，物色慘悴幾焚如。車前田畯向予說，半歲無雨曾霑濡①。春蠶滿箔棄欲盡，鋤户趁熟多空廬。社翁致禱略不神，盼盼一雨何時蘇②。嘗聞古人遇災懼，牲幣徧走山川雩③。外脩政務内自責，念及女謁并包苴④。昨朝冠蓋稱勸使，田務督責須勤劬。農非耕稼何所事，勸至無勸將何趨？一和繆盭良有謂⑤，蝪蜥滿盎真無辜⑥。我初聞言顔已厚，食不下咽心爲痡。憑軾歸時長嘆息，欲對畸人意先屈。因思漢相問行牸⑦，燮和恐是三公職。近年氣運例險食⑧，忍待須臾莫倉猝。驅車疾去指前途，落日蒼茫下喬木。

【校】

①「曽」，弘治本同元刊明補本；薈要本、四庫本作「祈」，當作「祈」。

②「盼盼」，元刊明補本、弘治本作「眄眄」，形似而誤；薈要本、四庫本作「仰盼」，亦可通；徑改。

③「牲」，薈要本、四庫本同元刊明補本；弘治本作「性」，形似而誤。

④「包」，弘治本同元刊明補本；薈要本、四庫本作「苞」，亦可通。按：包、苞，古今字。包苴，亦即苞苴也。作「苞」者，涉下字「苴」偏旁類化而於「包」字上加「艸」。

⑤「盭」，弘治本、薈要本同元刊明補本；四庫本作「戾」，亦可通。按：盭，戾之古字。作「戾」者，蓋古字「盭」書寫不便而用今字。

⑥「蝪蜥」，弘治本、薈要本同元刊明補本；四庫本作「蜥蝪」，亦可通。按：蜥蝪，亦作蝪蜥。作「蜥蝪」，蓋抄寫時

使用了較「蜴蜥」常用的「蜥蜴」耳。

⑦「牸」，弘治本、四庫本同元刊明補本；薈要本作「犉」，亦可通。按：犉，《袖珍字海》：「犉，母牛。」同牸。作「犉」者，概「牸」之形誤耳。

⑧「險」，弘治本同元刊明補本；薈要本、四庫本作「儉」，亦可通。按：險，《集韻》巨險切，通儉。作「儉」者，蓋「少」義之詞本字「儉」較借字「險」常用，且「儉」、「險」二字形近。

王惲全集彙校卷第九

七言古詩

滹沱流澌行

《馮征西傳》云：世祖自薊馳至饒，陽蕪蔞亭①，南渡滹沱入信都。王將軍霸稱冰堅可渡處，今鼓人指縣東北龍華鄉故河道，曰：「全渡者，即其處也。」且以饒陽取直趣冀②，其經鼓縣東界無疑。但河自收國庚午徙縣南行流③，問諸父老，云：「今七十有一年矣。」春秋鼓聚在今縣西五里，廢城尚在，今曰「下曲陽」者是也。至元庚辰夏，余按部是州，士子張春卿者請余紀其事，因爲賦此：

王郎何人著柘黄，欲與赤伏争翱翔。漢炎中斷入復熾④，肘後頑石胡爲光。蕭王揮戈指幽薊，戰血滿野風塵蒼。募兵返得市人噱，當時南馳亦蒼皇⑤。鳶鶗城東滹水長，北風烈烈天雨霜。前驅候騎兩失色，河雖流澌無可航⑥。菀肩麥飯未下咽，大冰横合堅於梁⑦。古稱王者阨不死，淮陵一言殆天使。赤龍已渡凌四開，白魚躍舟未逾此。壇亭王氣如水清，妖彗邯鄲死灰耳⑧。彼蒼有意開真主，固令若輩先驅處。君看隴蜀最健者⑨，一旦等蛙終漢虜。王郎區區安足數，蒼茫此日龍華渡⑩。漠漠野煙生緑樹，留在長河閲世人，萬古朝宗浩東騖。

【校】

①「蔓」，弘治本同元刊明補本；薈要本、四庫本作「婁」，半脱。

②「冀」，元刊明補本、弘治本、薈要本作「異」，半脱；據四庫本改。

③「收」，弘治本、薈要本同元刊明補本；四庫本作「遜」，非是。按：收國，立足于佔領者（元）；遜國，立足于亡國者（南宋）。王惲生於金之末世，未以宋臣居，故言「收國」耳。

④「入」，弘治本、薈要本、四庫本作「天」，當作「天」。

⑤「蒼皇」，弘治本、四庫本同元刊明補本；薈要本作「倉皇」，亦可通。按：倉皇，同蒼皇。作「倉皇」者，「蒼」省去形符耳。

⑥「航」，弘治本、薈要本、四庫本作「舫」，亦可通。按：舫，同航。作「舫」者，「航」之形誤。

⑦「合」，弘治本同元刊明補本；薈要本、四庫本作「水」，非是。

⑧「彗」，弘治本同元刊明補本；薈要本、四庫本作「氛」，亦通。按：妖氛，同妖彗，《晉書》卷一二《天文志》：「妖星：一曰彗星，所謂掃星……見則兵起，大水。」《隋書》卷六三《衛玄傳》：「近者妖氛充斥，擾動關河。」

⑨「者」，元刊明補本闕；據弘治本、薈要本、四庫本補。

⑩「華」，元刊明補本闕；據弘治本、薈要本、四庫本補。

布穀辭

按部饒陽，行次劉楚，馬上聞布穀，偶得此辭。

平卯寒涼朝雨濕①，耕壟離離引繩直②。一聲布穀動前林③，□耒相望竟朝夕④。良苗芠芠入我鋤，結舌深潛綠蔭密⑤。田家衣食仰堪輿，一勤之外初無餘。嗚呼禽鳥司農務，勸課之吏當何如？

【校】

①「平卯」，元刊明補本、弘治本闕；據四庫本補；薈要本作「平郊」，非是。按：平，《文選注》卷八司馬相如《上林

賦》：「填坑滿谷，掩平彌澤。」李善注：「《廣雅》：『大野曰平。』」平，即平野，亦猶「平郊」也。卯，時也，謂早晨五點到七點之間，是時，天猶「寒涼」而凝水汽，農夫還未下田，故有「耕壟離離引繩直」之一片平静之農田景象，有「一聲布穀動前林」後農田繁忙之景象。作「平郊」者，「卯」俗書作「夘」，「夘」、「郊」形似，蓋抄寫者未申文義，「平卯」連讀而以爲「平郊」之誤。

②「壟」，薈要本、四庫本同元刊明補本；弘治本作「瓏」，形似而誤。按：壟，亦作壠；壠、瓏形似。耕壟，猶田壟也。

③「林」，元刊明補本、弘治本闕；據薈要本、四庫本補。

④「□耒」，弘治本同元刊明補本；薈要本、四庫本作「臺笠」，非是。按：臺笠，《詩・小雅・都人士》：「彼都人士，臺笠緇撮。」陳奐傳疏：「《南山有臺》傳：『臺，夫須。臺皮可以爲衰（蓑）。』因之御雨之物即謂之臺……臺與笠明是二物。」作「臺笠」者，蓋涉上「朝雨濕」之言而妄改。農夫被「臺」戴「笠」以禦雨之義，有違下文「相望竟朝夕」之言。「朝雨濕」者，非謂下雨也，言早晨田間濕氣較大而在農作物上凝成水滴，太陽出則水汽即蒸發矣。被「臺」戴「笠」是時既無用且有礙勞作效率，何來「竟朝夕」之言？「布穀」者，鳴於播種之時，爲勸耕之鳥。「一聲布穀動前林」即暗示農夫要下田播種矣，「□耒」疑當作「秉耒」，謂執耒勞作也，田壟之間「秉耒」相望而早晚不息也。

⑤「蔭」，弘治本、薈要本、四庫本作「陰」，亦可通。按：陰、蔭，古今字。作「陰」者，「蔭」省略形符之簡化字，俗用。

惡鵙行

有鳥不世用，其名曰鵙鴞。前林崖窟黑，飛鳴假狐妖。啄食公私間，遼野爲瀟條。嬉飽摩高空，遠觀聳盤鵰。不憂穴破老妖死①，惡聲向人恣喧嚻。正爲腐鼠嚇，有鬚無迺撩②。病鶻困孤縶，霜秋此其朝。我病非若饑，我困非爲調。跕跕垂兩翅③，坐使窺雲霄。老拳固有利不利，搏逐之志常超遥。倘不與之護，返爲物所憢④。主人一呼良未報⑤，不緣自獵矜風標。會當攫大惡，併驅若類直出六合分鸞梟⑥，錦韝脱落青絲條。

【校】

①「破」，元刊明補本作「被」，據弘治本、薈要本、四庫本改。

②「有」，弘治本、薈要本同元刊明補本；四庫本作「虎」，非。

③「垂」，弘治本、薈要本同元刊明補本；四庫本作「乘」，形似而誤。

④「憢」，弘治本同元刊明補本；薈要本、四庫本作「撓」。

⑤「主」，元刊明補本作「三」，非是；據弘治本、薈要本、四庫本改。

⑥「大」，弘治本、薈要本同元刊明補本；四庫本作「犬」，非是。按：作「犬」者，蓋抄寫中頓筆之「、」誤入「大」字右上角而誤。

鴻雁歌

爲馬仲温求姊賦①

膠船幸脱長河津，朔風慘慘吹兵塵。天摧地圮井峪易②，骨肉離散如驚麕。吾宗積德僅不死，有淚空灑天街雲。欻傳伯姊落斥漳，女固有行遠弟昆。怙恃既失寧復得，得見女嫛如見親③。最虞身在墮羈縠，彼此契闊尤酸辛。裹糧物色不憚遠，西走懷洛東嬴秦。眼穿足繭幾萬里，歲月荏苒三十春。朅來古鄆天假便，鴻雁遽接秋風羣。相看喜極淚如雨，恍若夢裏招離魂。軒軒喜氣溢須眉④，此事希有爭讙聞。金鸞誥書五花文，紫藤肩輿繡羅茵。馬君初非羨此樂，一念有在明天倫。君不見守真禄養殆常事，慎矜母奉宜相鄰⑤。高平王氏觀津馬，兩族丕顯全親恩。更因識姊表宗系，衰俗乃爾逢斯人。爲君濡毫紀孝愛，要使竹帛流清芬⑥。

【校】

①「爲馬仲温求姊賦」，弘治本同元刊明補本；薈要本、四庫本脱。

②「井峪」，弘治本同元刊明補本；薈要本、四庫本作「岸谷」，非是。

③「嬃」，弘治本、薈要本同元刊明補本；四庫本作「壻」，聲近而誤。

④「眉」，元刊明補本、弘治本作「勾」，非是；據薈要本、四庫本改。

⑤「毋」，薈要本、四庫本同元刊明補本；弘治本作「毋」，形似而誤。按：作「毋」者，「母」、「毋」形似，書寫中連筆以致誤。文獻中凡多見，後依此不悉出校記。

⑥「要」，弘治本同元刊明補本；薈要本、四庫本作「長」。

健兒歌贈李裕卿

南來見君喜殊常，不爲秩滿身精强。掌中擎出一珠新，大覺門户生輝光。此生抱弄萬事足，晚景雖迫心無遑。頭圓骨緊眉目爽，已解顧語呼爺娘①。阿宜自是樊川秀，剩備詩書滿百箱。

【校】

①「爺」，弘治本同元刊明補本；薈要本、四庫本作「爹」，妄改。按：爺，爹也，古詩中凡多見，《木蘭辭》「軍書十二卷，卷卷有爺名。阿爺無大兒，木蘭無長兄。」作「爹」者，蓋後世多「爹娘」并舉，古今用語有異。

贈滑州龍教授取新

蜀山相繆鬱蒼蒼，龍君來自西南方。馳聲場屋少年事，筆底秀色翻巴湘。滑臺一落三十載，冉冉青鬢今秋霜。敕書在手無所得，坐老茅屋青衿庠。𨈖來聞君擅術數，萬有飛跳天星光。方圖據説賾蘊奥①，解我中熱心遑遑。又聞天人本一致，物欲將至先開祥。紫垣昨夜動光彩，進賢奕奕三台芒。書生薄命何足道，此去蒼生得小康②。

【校】

①「賾」，弘治本同元刊明補本；薈要本、四庫本作「窺」，非。

②「小」，弘治本、薈要本同元刊明補本；四庫本作「少」，形似而誤。

馬天章畫廬山清曉圖

平生愛讀廬山高，不識廬山何面目。眼中忽墮此山真，萬疊蒼煙彭蠡曲。江南地卑苦炎蒸，暖翠濃嵐氣多鬱。馬卿幻作清曉圖，特爲千峯濯秋骨。恍疑坐我瀑流下①，浄盡煩襟貯清淑。何當杖履東林游，一樽共吸江山醁②。

【校】

①「恍」，弘治本、薈要本、四庫本作「恍」，亦可通。按：恍、恍，通。恍疑，同恍疑。作「恍」者，蓋「恍疑」連讀較「恍疑」常用。檢《四庫全書》，「恍疑」用例四百七十五條，「恍疑」僅五十條，別集類明、清人文獻作「恍疑」者僅四例。《漢語大詞典》亦收「恍疑」而未收「恍疑」。

②「山」，弘治本同元刊明補本；薈要本、四庫本作「水」。

放猿詞

爲提刑副使程介甫作有齊號俯仰①

霜林萬果翻朝紅，老狙夢到秋巖重。幾年胥靡辨兒劇②，物失本性心爲忡。主人誰似俯仰翁，放之遠野將何從？封龍雲深洞穴暖，東山之西西山東。銜煙嘯月恣汝嬉，曉驚無復山人扉。歸時物情喜兩適，豈爲爾心知不知？

【校】

①「爲提刑副使程介甫作有齊號俯仰」，弘治本同元刊明補本；薈要本、四庫本脱。

②「辨」，弘治本、薈要本同元刊明補本；四庫本作「辦」，亦通。按：辨、辦，古今字。

田家謡

至元十八年九月九日作①

君不見紇干山頭雀②，翔集止其所。正緣生處樂，凍死不飛去。人生重鄉情，疇非戀吾土。丘壟蓋世守，耕鑿自父祖。一旦委之去，倉皇事羈旅。豈不知朝辭弊廬空，暮宿何人塢。身負逋逃名，比訣心良苦③。我本耘田客，挨排爲主户。歲無儋石儲，日有箕斂聚。刻肌醫卻眼前瘡，肉至無剜瘡愈腐。支持非一朝，窘至空棰楚④。東鄰匠色日優游⑤，西里征家厭温飫⑥。平時皞皞等王民，一苦一甘遽如許。兩淮悠悠田四開，差徭不及無天災。比之老稚轉溝壑，一飽而死猶春臺。水深林茂魚鳥樂，此雖古語爲時哀。可堪大府督州縣，親臨之官胡爲哉？我初聞言爲嘆息，天網恢恢疏不失。只今六合混一家，此雖遠逃何所適？但思逋負灑餘民，似此被躭轉疲極⑦。

【校】

①「至元十八年九月九日作」，弘治本同元刊明補本；薈要本、四庫本脱。

②「紇」，弘治本同元刊明補本作「訖」；據薈要本、四庫本改。

③「比訣」，弘治本、薈要本同元刊明補本；四庫本作「此別」，非是。

④「棰」，弘治本同元刊明補本；薈要本、四庫本作「捶」，亦可通。按：棰楚，同捶楚。捶楚，本作棰楚，「棰」、「楚」本皆爲製鞭、杖之材，并舉用作鞭杖之刑具，亦以代鞭杖之刑。後世以鞭杖之刑爲以手持鞭、杖擊打，故以「捶」代「棰」而作「捶楚」。此作「捶楚」者，亦源於此。

⑤「匠色」，弘治本同元刊明補本；薈要本、四庫本作「富室」，非。

⑥「征家」，弘治本同元刊明補本；薈要本、四庫本作「豪家」，非。
⑦「被尤」，弘治本、薈要本同元刊明補本；四庫本作「催科」，非。

素馨辭　并序

五代漢劉隱女曰素馨，死，其墓生花甚香，因以女名目之。後人削降香作薄柿①，以此花蒸之，及爇，比本品極清遠，無濃重勃鬱之氣。顔公仲復謁余，試之誠然，作是辭以紀其異。

紫檀爲屑世所珍，降香變體吾未聞。漢宫有女號素君，殁而墓花香若薰。降檀氣味多濃鬱，蒸以素馨清且淑。顔公袖出赤龍鱗，入手如游衆香國。夜深一柱雲滿室②，素馨之魂降鶴骨。君不見西施苧蘿山下子，膏沐深宫轉清美③，一朝吴亡隨范蠡。鄰女效顰終莫儗④，素馨得名從此始。

【校】

①「柿」，弘治本作「株」；薈要本、四庫本作「㭊」。

②「柱」，弘治本同元刊明補本；薈要本、四庫本作「炷」，亦可通。

③「宫」，弘治本、薈要本同元刊明補本；四庫本作「恩」，非。

④「儗」，弘治本同元刊明補本；薈要本、四庫本作「擬」，亦可通。

宣和寶墨歌

贈顔提點仲復①

宣和殿深春晝長，老徽宸翰昭回光。墨卿入奏少許可②，追逐五李參三張③。猶卑古法出新意，萬笏細搗和龍香。宫鴉借色翻朝日，三十六宫香霧濕。鳳飛龍舞九天來，雙影盤盤落玄璧。流傳人間今幾春，顔公得之知所珍。有時一勺試曹溪④，翠研霮䨴看玄雲。錦囊舉世爲寶玩，阿知尤物反玩人⑤。以兹過客目有屬⑥，重似連璧輕埃塵⑦。厖眉書客秋澗子，老不道進技乃伸⑧。右軍筆端有陣法，需此甲盾方通神，作詞一笑師應聞⑨。

【校】

①「贈顔提點仲復」，弘治本、《中州名賢文表》同元刊明補本；薈要本、四庫本脱。

②「墨」，薈要本、四庫本、《中州名賢文表》同元刊明補本；弘治本作「黑」，非是。

③「李」，弘治本、薈要本、《中州名賢文表》同元刊明補本；四庫本作「季」，形似而誤。

④「曹」，弘治本、《中州名賢文表》同元刊明補本；薈要本、四庫本作「龍」，非是。

⑤「阿」，弘治本、《中州名賢文表》同元刊明補本；薈要本、四庫本作「何」，非是。按：作「何」者，未申文義，以爲「阿」爲「何」之形誤耳，妄改。

⑥「目」，弘治本、《中州名賢文表》同元刊明補本；薈要本、四庫本作「自」，形似而誤。

⑦「似」，弘治本、《中州名賢文表》同元刊明補本；薈要本、四庫本作「以」，亦可通。按：以，《易·明夷》：「内難而能正其志，箕子以之。」陸德明釋文：「以之，鄭、荀、向作『似之』。」高亨注：「按『以』借爲『似』。」《春秋左傳正義》卷四〇《襄公三十一年》：「令尹似君矣，將有他志。」孔穎达疏：「服虔云：『言令尹動作以君儀，「故云以君矣」。』是服虔所见本『似』作『以』。」

⑧「道進」，弘治本、《中州名賢文表》同元刊明補本；薈要本、四庫本作「進道」，倒。「技」，弘治本、薈要本、《中州名賢文表》同元刊明補本；四庫本作「伎」，亦可通。按：伎，《廣韻》渠綺切，同技。作「伎」者，「技」之形誤。後依此不悉出校記。

⑨「謌」，弘治本、薈要本、《中州名賢文表》同元刊明補本；四庫本作「歌」，亦可通。按：歌、謌，同；從欠者，言「歌」之動作；從言者，言「歌」之内容。此作「歌」者，蓋「謌」本作「歌」且「歌」較「謌」常見耳，此以常見字代生僻字也。後依此不悉出校記。

寶鼎歌贈開元僧法恒

僧回來自勾吴天，袖攜寶鼎心欣然。遠遊萬里無長物，愛此古色暈碧玉有煙。土華千年不敢嗑，夾底錚錚堅比鐵。雲雷繞腹走神光，兩耳孤撐伸蠖屈音闕①。我初驚見心魂動，老眼增明喜生頰。憶在玉堂觀博古，此鼎依俙冠周譜②。摩挲龍款四十九，王自成周徙居楚。細看云是季妘彝，享錫臣麦無乃祖。君不見殷盤夏鼎今何有，此物區區歷年久。供佛牀頭夜壑深，一旦胡爲落吾手。斯文三代周爲鬱，孔意姬情子素守。嗜心既至開有先，夜半燈前負之走。僧恒拊掌喜有歸，卻恐獅王怒如吼。

【校】

①「音闕」，弘治本闕；薈要本、四庫本脱。

②「依俙」，弘治本同元刊明補本；薈要本、四庫本作「依稀」，亦可通。按：依俙，本作依稀；作依俙者，涉上字「依」從人而改下字「稀」爲「俙」也，偏旁類化。作「依稀」者，以本來之謂代偏旁類化耳。

義俠行 并解題

予爲王著作《劍歌行》，繼更曰《義俠》。或詢其所以，因爲之解曰：「彼惡貫盈，禍及天下，大臣當言，天吏得以顯戮①。而著處心積慮，一旦以計殺之，快則快矣，終非正理。夫以匹夫之微，竊殺生之柄，豈非暴豪邪？不謂之俠，可乎？然大奸大惡，凡民罔不憝，又以《春秋》法論，亂臣賊子，人人得以誅之。不以義與之，可乎？又且以游俠言，古今若是者不數人，如讓之止報己私②，軻之劚軀無成，較以此舉，出于尋常萬萬也。凡人臨小利害，尚且顧父母，念妻子，慮一發不當且致後患。著之心，孰爲不及此哉？然所以略不顧籍者③，正以義激於衷，而奮捐一身爲輕，爲天下除害爲重。足見天之降衷，仁人義士有不得自私而已者，此著之心也。何以明之？事既露④，著不去，自縛詣司敗，以至臨命，氣不少挫。而視死如歸，誠殺身成名，季路、仇牧死而不悔者也，故以『劍歌』易而爲『義俠』云。」著字子明，益都人。少沉毅有膽氣，輕財重義，不屑小節。嘗爲吏⑤，不樂，去而從軍。後與妖僧高北行⑥，假千夫長⑦，歸有此舉，死年二十九。時至元十九年壬午歲三月十七日丁丑夜也。

君不見悲風瀟瀟易水寒，荆軻西去不復還。狂圖祇與螢蛛靡，至今恨骨埋秦關。又不見豫讓義所激，漆身呑炭人不識。劘軀止酬一己恩，三刜襄衣竟何益。至今冠古無與儔⑧，堂堂義烈王青州。午年辰月丁丑夜，漢元策祕通神謀。春坊代作魯兩觀⑨，卯魄已褫曾夷猶。袖中金鎚斬禹劍，談笑馘取奸臣頭⑩。九重天子爲動色，萬命拔出顛崖幽。陂陀燕血濟時雨，一洗六合妖氛收。丈夫百年等一死，死得其所鴻毛輶。我知精誠耿不滅⑪，白虹貫日霜横秋。漸頭不作子胥怒⑫，地下當與龍逢遊⑬。長歌落筆增慨慷，覺我髮豎寒颼飀⑭。燈前山鬼忽悲歗，鐵面御史君其羞。是時授南臺侍御史，故云。⑮

【校】

①「言」，抄本同元刊明補本；薈要本、四庫本作「唯」，非是。

②「止」，元刊明補本作「上」，形似而誤；據抄本、薈要本、四庫本改。「減」，抄本同元刊明補本；薈要本、四庫本作「滅」。

③「籍」，抄本作「藉」，薈要本、四庫本作「惜」，涉上而誤。按：作「惜」，未申文義，涉上正字「顧」而妄改。籍者，猶法令，《戰國策・趙策二》：「國有固籍，兵有常經。變籍則亂，失經則弱。」鮑彪注：「籍，猶令甲。」「略不顧籍」者」婉言觸犯國法也，正與下言「義激於衷，而奮捐一身爲輕，爲天下除害爲重」之以身試法相吻矣。

④「既」，抄本、薈要本同元刊明補本；四庫本作「之」，非是。

⑤「嘗」，抄本同元刊明補本；薈要本、四庫本作「常」，亦可通。按：常，通嘗。作「常」者，概「嘗」之聲誤。

⑥「北」，元刊明補本、抄本、薈要本、四庫本作「北」，《元文類》、《中州名賢文表》作「比」。按：王著與高和尚事詳見《元史》卷一六九《高觿》。

⑦「行假」，抄本、薈要本同元刊明補本；四庫本作「假行」，倒。

⑧「至」，抄本、薈要本同元刊明補本；四庫本作「超」，非是。

⑨「代」，抄本、薈要本同元刊明補本；四庫本作「伐」，形似而誤。

⑩「奸」，抄本同元刊明補本；薈要本、四庫本作「佞」，非是。按：王著誅丞相阿合馬，《元史》卷二〇五《列傳第九二・奸臣》有《阿合馬傳》。《元史》卷二〇五《阿合馬傳》：「時阿合馬在位日久，益肆貪横，援引奸党郝禎、耿仁，驟升同列，陰謀交通，專事蒙蔽，逋賦不蠲，衆庶流移，京兆等路歲辦課至五萬四千錠，猶以爲未實。民有附郭美田，輒取爲己有。內通貨賄，外示威刑，廷中相視，無敢論列。」

⑪「精」，元刊明補本作「清」，非是；據抄本、薈要本、四庫本改。

⑫「漸」，抄本作「潮」，薈要本、四庫本作「斬」。按：漸，殁也，《文選注》卷一九韋孟《諷諫詩》：「享國漸世，垂烈于後。」李善注：「應劭曰：『元王立二十七年而薨，垂遺業於後嗣。漸世，没世也。』漸，没也。」漸頭，猶殁頭，謂刎首也，《吕氏春秋》卷一九《高义》：「不去斧鑕，殁頭乎王廷。」

⑬「龍逄」，元刊明補本、抄本、薈要本作「龍逢」，亦可通；據四庫本改。按：逄、逢本二字，「逄」、「逢」二字形似，

「逄」俗用作「逢」。龍逄，即關龍逄，《莊子·胠篋》：「昔者龍逢斬、比干剖。」今正之。

⑭「髮豎」，抄本同元刊明補本；薈要本、四庫本作「鬢髮」，非是。

⑮「是時授南臺侍御史，故云」，抄本作「是月授南臺侍御史，故云」；薈要本、四庫本脱。

贈僧芝庵

我吟越雞行①，君在西溪席。軒然一笑喜相逢，秋水爲神犀插骨。西溪提筆顧余言，渠乃芝庵名甚籍。下階揚袂遽别去，三載不聞音與迹。揭來扣門忽相過，促膝高談論平昔。升堂幾作獅子吼，雨花散空衣不濕②。近便野水洗心法，塔廟龍宫如避敵③。南游梁園東入魯，所在英豪多舊識。公材吏用衆所稱，風土河東見雄碩。皇皇仁義昌黎公，當時救世心何亟。浮屠往還非一輩，例欲加冠嗟莫及。芝庵灑落澄觀流，我匪潮陽徒感激。歷山風煙春事深，七十二泉俱可吟。一庵静卧挂飛錫，布地不羨千黄金。只緣萬象森羅妙，到處行窩是賞音。

【校】

①「雞」，抄本、薈要本同元刊明補本；四庫本作「溪」，涉下而誤。

②「空衣」，抄本同元刊明補本；薈要本、四庫本作「衣空」，倒。

③「如」，抄本同元刊明補本；薈要本、四庫本作「知」，形似而誤。

題右相文獻公畫鹿圖

明昌昇平兵四偃，帝樂餘閑見丕顯。時從靈囿讌嘉賓①，復引詞臣事秋獮。風流右相東丹孫，不爲丹青侍游輦②。睠焉德業魏文貞，下逮物宜隨氄毨。泰和行宮漢五柞，槲葉秋山如繡錯。鹿鳴不盡君臣歡，扈從歸來寫麑角③。羣遊知擇美蔭遊④，雅馴似應騶虞作。食苹呼友見天全，筆底龍騰驚濯濯。蒼然角尾千金姿，我拭老眼三見之。至元甲寅年，觀王氏所藏公畫《臥鹿》一⑤；十六年，李正之處觀所畫《行鹿》二⑥；二十一年甲申三月十四日⑦，於曾孫耶律義甫處又觀《三鹿圖》⑧。就中雪毳何多出，恐是當年獻瑞詩⑨。

【校】

①「讌」，元刊明補本闕；據抄本補，薈要本、四庫本作「集」。

②「侍」，抄本、薈要本同元刊明補本；四庫本作「待」，形似而誤。

③「寫」，抄本同元刊明補本；薈要本、四庫本作「雁」，非是。

④「迸」，抄本、薈要本同元刊明補本；四庫本作「奔」，亦可通。按：迸，本作奔，後起字。作「奔」者，蓋「迸」字少見且造字稍顯累贅，故用其本字。後依此不悉出校記。

⑤「臥」，抄本同元刊明補本；薈要本、四庫本作「即」。

⑥「二」，抄本同元刊明補本；薈要本、四庫本脱。

⑦「一」，抄本、四庫本同元刊明補本；薈要本作「七」，非。按：（至元）二十一年，即一二八四年，以干支紀則恰好「甲申」；（至元）二十七年，即一二九〇年，於干支則「庚寅」。

⑧「耶」，元刊明補本、薈要本作「即」，形似而誤；據抄本、四庫本改。

⑨「詩」，抄本同元刊明補本；薈要本、四庫本作「圖」，非。

桑災歎

稚桑發暮春，緑葉光旎旎。田家歲計固不常，農婦相桑掃蠶蟻。黑霜一夜從天來，萬樹焦枯遭燎燬。今春繼以海多風①，翦碎枝條生意靡。天孫仰訴錦機空，寓氏倚壇如喪妣。蠶生時序三月尾，過晚終非應時美。只緣闕飼勒遲生，往往中乾空滿紙。山東自古絲纊窟，大收之年有不熟。一婦不蠶天下寒，況復例災過慘酷，緼袍雖敝歲可卒。所嗟盛陽月，陰凝返爾肅。府州文移速於火，稍緩申期慮難復。不知和氣誰所傷，田野疲甿先被毒②。部家科勘動正月，中省限催嫌不促。老農拊樹嘆不已，頻年桑災免絲徵楮幣③。人言此是前省過，但恐已免復徵又似去年秋税例。

【校】

①「今」，元刊明補本作「令」，形似而誤；據抄本、薈要本、四庫本改。

②「甿」，抄本、薈要本同元刊明補本；四庫本作「氓」。

③「頻」，抄本作「須」，薈要本、四庫本作「頃」，非是。「桑」，抄本、四庫本同元刊明補本；薈要本作「乘」，形似而誤。

按：桑，俗作桒；乘，俗作乗；桒、乗形似。

入奏行

美聖政而重民急也 一作免租謡贈崔中丞①

君不見燕南饑民行且泣，膏澤屯來三百日。蠶沙嚙盡木皮空②，剉末草根充糗食。追胥星火縣帖嚴，官不汝憐需税石。人生鄉土孰不戀，一殍迫臨那得惜！扶羸載瘠總南逋③，鵠面鳥形猶努力④。比之坐斃不相保，趁熟庶幾延旦夕。刑司府解兩虚文，道路無言空嘆息。吾皇德並唐虞聖，軫慮斯民期日靖。傳聞一介或可相，不問草茅分政柄。因思治道責有歸，未洽鴻熙臣下病。纔豐禄秩即患失，又以材疏難仰稱。蹲而不去噤無聲，老鳳飢烏同一證。西臺入奏沃淵衷，蹴踏羣疑開善政⑤。盡蠲秋賦出御女，百色支供皆省併⑥。若稽黄屋帝堯心，一語乂安無不聽。萬方歡喜聲一概，遠過漢家寬大令。三錢斗米説開元，二税户除聞大定⑦。限田固是平世法，未免區區與民競。況今江淮歲入數不貲，經畫有方財恐賸。人和天地氣自舒，一雨行隨明詔應。老癃扶杖願少留，又賴鴻恩拯懸罄⑧。兩河千里麥青青，預賀有年天子慶。是年三月廿七日，燕迤南至河南省大雨，有三二尺處。⑨

【校】

①「一作免租謡贈崔中丞」，抄本同元刊明補本；薈要本、四庫本脱。

②「噛」，抄本、薈要本同元刊明補本；四庫本作「齧」，亦通。按：齧，同噛。

③「道」，抄本、四庫本同元刊明補本；薈要本作「道」，形似而誤。

④「鴟」，元刊明補本、抄本、薈要本作「鶻」，聲近而誤；據四庫本改。

⑤「疑開」，弘治本同元刊明補本；薈要本、四庫本作「癡聞」，非。

⑥「併」，弘治本、四庫本同元刊明補本；薈要本作「屏」，非。

⑦「二」，弘治本同元刊明補本；薈要本、四庫本作「免」，涉下而誤。

⑧「罄」，弘治本同元刊明補本；薈要本、四庫本作「磬」，亦通。按：懸磬，本作懸罄。磬，通罄。

⑨「是年三月廿七日」至「有三二尺處」，弘治本同元刊明補本；薈要本、四庫本脱。

紫藤花歌　并序

癸未歲三月二十八日，宋賓客乘澤車，過道宫訪余。時庭中紫藤花盛爛若錦，摘道師蕭公邀宋與余坐藤陰下，尋友人張明之亦至。酒數行，開口笑粲，殊適然也，宋因出名紙屬予作字。一春天氣不佳，此日頗清潤可愛，既援毫，覺幽香馥鬱，時集筆端，放手喜書，初不計其工拙也。遂話及樂天夢元九故事，予曰：「二公雖神交如此，恐未若今日之樂衎也。若取紫桐詩例，賦長句歌之，以爲他年林下一段奇事，可乎？」宋曰：「吾子便可承當。」遂率爾而作歌曰：

竹宫瑣窗雲霧垂，紫藤花發何葳蕤。仙家駐景出異供，横擠桃李無晶輝。羣蛟奮蟄力猶困①，鱗鬣不耐凄風吹②。天孫夜擲紫霞被③，滿意下覆須春曦。幽禽縮喙不敢啄，因鎖恐泄蒼精機。又如王愷紫絲障，誇雄鬥侈光陸離④。倒冠落佩衆賓醉，臨風零亂千纓緌⑤。虬柯扶疏散蒼翠，季倫繫碎珊瑚枝。青宫賓客今園綺，杖藜來扣仙人扉。遥驚紫豔翻半空，造物乃爾争新奇。君不見香山老居士，夢與元九神交馳。覺來清吟增悵望⑥，紫桐花下空懷思。何如吾儕時燕集，對牀話久藤陰移。興餘屬我掃牋素，爛柯不着山間棋⑦，刺檐入户要學騰蛟螭。鳥歸花落香下來⑧，時集毫彩霑人衣。一杯春露助香潤，清氣貯滿詩人脾。依依青裊厨煙起，好命庖人辦新美⑨。炷香供具禱羣龍，莫學癡藤蟠未已，燕南饑民饑欲死。時普旱無雨二載矣。⑩

【校】

①「困」，元刊明補本作「田」，形似而誤；據弘治本、薈要本、四庫本改。

②「淒」，弘治本、薈要本同元刊明補本；四庫本作「凄」。

③「被」，弘治本同元刊明補本；薈要本、四庫本作「帔」，亦可通。按：被，《左傳·昭公十二年》：「雨雪，王皮冠，秦復陶，翠被。」陸德明釋文：「被，普義反。」楊伯峻注：「被當讀爲帔，《釋名·釋衣服》云：『帔，披也，披之肩背不及下地。』」

④「誇」，元刊明補本、弘治本作「跨」，非是；據薈要本、四庫本改。

⑤「綫」，弘治本同元刊明補本；薈要本、四庫本作「縷」，形似而誤。

⑥「悵」，薈要本、四庫本同元刊明補本；弘治本作「帳」，形似而誤。

⑦「着」，弘治本、薈要本同元刊明補本；四庫本作「著」，亦可通。

⑧「下」，弘治本同元刊明補本；薈要本、四庫本作「撲」。

⑨「美」，弘治本同元刊明補本；薈要本、四庫本作「醑」。

⑩「時普旱無雨二載矣。」，弘治本同元刊明補本，薈要本、四庫本脱。

聽馬姬彈明妃引

疏簾映閣春晝晴，篆煙一線浮雲縈①。主人娛賓出雅樂，疑是雪江一派分得岷峨清。當窗初調逸餘響，大絃琅然小者音泠泠②。衣冠四顧静且好，漸覺指頭淅瀝風沙驚。自云明妃出塞引，當時去國難爲情。黄雲馬上幾千里，昭陽宫殿孤鴻冥。琵琶恨絶環珮泠，漢月空照黄昏城。千年謾向圖畫見，一曲能寫離鸞聲。我非聲學固不解，古道古琴誰復聽，洋洋盈耳紛秦筝③。

【校】

①「煙」，弘治本同元刊明補本；薈要本、四庫本作「香」，非是。

②「泠泠」，弘治本、薈要本、四庫本作「泠泠」。

③「秦筝」，元刊明補本、弘治本作「篆筝」，亦可通；薈要本作「蓁蓁」，形似而誤；據四庫本改。按：「篆筝」，本作「秦筝」，作「篆筝」，涉下字「筝」從「竹」而於「秦」上加「竹」，偏旁類化。作「蓁蓁」者，「篆筝」之誤也。

讀舜廟碑

至元廿年二月七日，同劉節使景融由西園過舜祠入真陽庵，觀唐貞元間顔魯公子頵所書幽州節度使韋稔重修舜祠碑①，書畫端莊，殊有父風。劉君邀予閑散適，行過西園感疇昔。來遊長憶至元初，隱隱故牆猶竹色。半陂春水浸遺臺，歲與都人作寒食。緑波乾後燕無泥，野粉飄香土華碧。相將步入野人廬，求訪貞元虞廟迹②。我欲遠叫蒼梧雲，重華一去寧復得。殘碑不逐劫灰空，扶持信有神明力。道人拱手説向予③，拂拭顔書三嘆息。

【校】

①「顔」，弘治本、薈要本同元刊明補本；四庫本脱。

②「貞」，弘治本、薈要本同元刊明補本；四庫本作「真」，形似而誤。

③「拱」，薈要本、四庫本同元刊明補本；弘治本作「栱」，形似而誤。

星聚鳳池硯歌①

宋賓客弘道出端硯示予②，背有七眼，題曰「星聚鳳池」。其狀皆作人目，平昃蓋未嘗見也。先生喜翰墨，又目疾新愈，即得此硯，豈尤物有歸，將爲文字之祥耶？將洞發神光③，增雙明於桑榆之境耶？喜爲作詩以歌之，其詞曰：

硯之同功甲與鋋，試之敵埸惟利堅。其或返是奚用焉，嗚呼此硯從何傳？墨華猶帶紅雲鮮，景星會弁舌有泉。鳳池春漲光流淵，松風瑟瑟聽磨研。君看淚眼真茫然，斵手愛惜猶珠蠙。江山秀發駭一世，乃今碧眼開癯仙。先生神光還舊觀，皎如明月澄秋煙。潛心雖澹開有兆④，不爾此物胡爲前。硯園喚起襄陽米⑤，走虺驚蛇見醉顛。

【校】

①「星聚」，元刊明補本、弘治本、《中州名賢文表》作「聚星」，倒；據薈要本、四庫本改。

②「硯」，元刊明補本、弘治本、《中州名賢文表》作「研」，亦可通；據薈要本、四庫本改。按：研，通硯。端硯，亦可作端研。下言「即得此硯」，正文亦三見皆作「硯」，知此處當作「硯」。

③「將」，弘治本、《中州名賢文表》同元刊明補本；薈要本、四庫本作「抑」。

④「兆」，弘治本、薈要本、《中州名賢文表》同元刊明補本；四庫本作「先」，形似而誤。

⑤「硯園」，弘治本、《中州名賢文表》同元刊明補本；薈要本作「硯因」，形似而誤；四庫本作「何因」。

贈張道士

字懷玉孟津人自童子入道通易學莊老等書曾爲長春宮講師①

大方之家本静虚，天地俯仰真蘧廬。鷃鵬氣化分小大，二者角勝相乘除。天真所至自行火，閬風蓬苑皆焚如。先生超超萬里鶴，跼蹐肯受樊籠拘？潛心大易中有得，南華禦寇資譚餘。未容飲啄遠雞鶩，歷遍物表須人徒。紫微二兄老且健，一念天顯存斯須。今春挂囊海子觀，此身之外簞瓢無。鵜鴣何嘗沙水寒，心迹自與閒雲俱②。君不見三茆道士稱博洽，當暑講説方舒徐。怪魅適從何處來，怒罵似泄仙經樞。張鍊師，宜何居？談天有舌儘雄辨，閱世雖泊寧忘軀。神仙近日足官府，道心元與時情疏③。屨盈鄭圃適爲累，慎勿出口它人狙。河南秋熟一萬里，遁身丘壑真良圖。少室山，玉華溪，紫芝曄曄青松肥，吾獨胡爲坐長飢？約君歸袖風披披④。

【校】

①「字懷玉孟津人自童子入道通易學莊老等書曾爲長春宫講師」，弘治本同元刊明補本；薈要本、四庫本脱。

②「閒」，元刊明補本、弘治本作「間」，形似而誤；據薈要本、四庫本改。

③「元」，弘治本、薈要本同元刊明補本；四庫本作「原」，亦可通。

④「披」，弘治本同元刊明補本；薈要本、四庫本作「投」，形似而誤。

辛夷花歌

癸未四月十三三新樂道中作①

樂城城南沙水湄，在漢名爲新市里。中山遊燕此離宫，亭沼當年百花底。至今辛夷植縣圃，我初來觀欣細履。碧桐爲身梅作葉，好雨初晴更娟美。千年故苑風土香，草木含滋猶泥泥。每逢臘盡花已苞，滿眼故家毛穎子。宛然白賁插秦冠②，載事彤庭紛内史。春風芙蓉散木末，紅影亭亭失秋水。騷人取爾爲楣橑，託物豈獨誇芬芳③。柔姿中有孤潔操，首出庶物翻春陽。我因繞樹三嘆息，唤起湘纍共一觴。

【校】

①「癸未四月十三三新樂道中作」，弘治本同元刊明補本；薈要本、四庫本脱。

②「賁」，弘治本、薈要本同元刊明補本；四庫本作「筆」，當作「筆」。

③「託」，弘治本、四庫本同元刊明補本；薈要本作「記」，形似而誤。

至元癸未夏四月廿五日同獲鹿主簿蓋義甫同遊封龍上觀

宋人碑云昔趙駱元遇徐來勸授丹元素服之遲老還童白日飛升又云徐童花徐所種①

龍首峯高幾千尺，暮雨濯山山更碧。我游上觀風日清，手弄寒泉看龜石。幽人愛泉説向余，藉此嵒棲從自昔。駱元真遇事微茫，丹素曾傳不死方。山林長往世所有，白日仙去誠荒唐。衹有徐童花色異②，秋風開處滿山香。

【校】

①「遲」，弘治本同元刊明補本；薈要本、四庫本作「返」。

②「有」，弘治本、薈要本同元刊明補本；四庫本作「言」。

題桃源圖後

至元癸未夏五月二十日，經略史公邀余樓居燕語①，仍出示桃源古畫二大軸，蓋佳筆也②。公因詢兹事有無，其意果云何者。明日，賦此詩以呈。

君侯示我桃源圖，絹素剥裂丹青渝。衣冠俎豆三代古，髫鬌物色開華胥。當時傳記羡樂土③，序説本末何敷腴④。半山歌詠似摭實，昌黎論列疑其虚。千年繪彩見遺迹，桃源之境誠有無？君不見淵明千古士，心遠與世疏。羲皇而上每自況，肯隨澤雉樊籠拘？絃歌歸來朝市改，故山田園松菊蕪。斜川風景固足佳，未免結廬人境車馬時喧呼。復讎宣力兩不可，天運乃爾將無如。遐觀高舉深意在，安得超出物表冥鴻俱？因緣開此武陵説⑤，託彼奥隱稱樵漁。不然果有繼問津，雲煙出没何須臾。又不見山林不外天壤間，迥與世隔皆仙居。桃花流水窈然在⑥，放浪而即斯人徒，放浪而即斯人徒！

【校】

①「燕」，元刊明補本、四庫本作「蕪」，形似而誤；據弘治本、薈要本改。

②「蓋」，薈要本、四庫本同元刊明補本；弘治本作「荒」，形似而誤。

③「土」，元刊明補本作「士」，形似而誤；據弘治本、薈要本、四庫本改。

④「腴」，弘治本、四庫本同元刊明補本；薈要本作「諛」，非。

⑤「開」，弘治本同元刊明補本；薈要本、四庫本作「聞」，形似而誤。

⑥「窃」，弘治本、薈要本同元刊明補本；四庫本作「竊」，形似而誤。按：竊，俗作窃；窃、窈形似。

贈九萬户

昂藏野鶴誰能馴，澤雉雖美終無神。一篇秋水江海闊，兩袖醉墨雲煙春。猿翁學劍事迹秘，蘭舌解紛詞調新。萬事人間歸一噱，雙旌燭影見來頻。用淮西將劉沔事。沔嘗爲捉生將①，及拜大將，有人授燭二枝，後常見燭影在雙旌上。出《酉陽雜俎》。

【校】

①「捉」，弘治本、四庫本同元刊明補本；薈要本作「李」，非。按：作「捉生」者，詳見《酉陽雜俎》卷四《喜兆》。

嗟嗟住河濱

嗟嗟住河濱，瀕河之患漗溵人①。虎狼雖暴猶可禦，秋水時至其容奔？農民家近野河居，活計趁種河之淤。比年旱暵我頗穫，餬口之外供王租。昨時一雨川澤通，黑浪夜捲田廬空。畸人何止賦分薄，有家舉葬魚腹中。嗚呼！山虞虎害水即毁，捐瘠斯民老則已。

【校】

①「漗溵」，弘治本、薈要本、四庫本作「愁殺」。按：漗，當爲「潩」之誤。

滹沲秋漲行

七月十日次淯家渡①

君不聞蒙莊説秋水，兩涘猶見馬與牛②。今年滹沲水大漲，墟落濈濈生魚頭。雲蒸老雨注萬壑，上不少止下可憂。馮夷不受上所制③，黑浪怒蹴鼋鼍遊。望洋東視誇海若，似憒蛙比跳躍井坎湫。金行氣肅坎宜縮，狂瀾不逐西風收。東行我濟小范口，水勢淼漭方淫流。秋禾盡爲魚鼈餌④，廬舍漂蕩迷田疇。二年旱暵例乏食，彼稷幸得逢今秋。嗟哉一飯到口角，渰沒無望將誰尤？河防久廢不復古，惟預揵治爲良疇⑤。翻堤決岸勢不已，雖有人力誰能謀？近年遇災幸無事，其或成患徒嗟諏⑥。兩河農民被災者，逃避無所棲林丘。夜深投宿聞聚哭，悲聲暗與蟲聲啾。

【校】

①「淹」，弘治本同元刊明補本；薈要本、四庫本作「沱」，亦可通。「七月十日次淯家渡」，弘治本作「七月十日次沽家度」；薈要本、四庫本脱。

②「涘」，弘治本、四庫本同元刊明補本；薈要本作「埃」，非。

③「上」，元刊明補本作「土」，形似而誤；據弘治本、薈要本、四庫本改。

④「禾」，弘治本、薈要本同元刊明補本；四庫本作「水」，非。

⑤「揵」，弘治本、薈要本同元刊明補本；四庫本作「楗」，亦可通。按：揵，本作楗；木、扌形似，揵（按，《廣韻》渠焉切）誤作楗，二字相混。此作「楗」者，改常見之本字耳。

⑥「成」，弘治本同元刊明補本；薈要本闕；四庫本作「有」，非。

謝安從事見贈放生池碑本

我嗜顔書觀欲遍，獨有放生碑未見。昨過高齋偶得之，喜氣津津晬吾面。安卿捧持即見遺，物遇真賞兹何爲。掇渠所愛適余願，風義矯矯非君誰？君不見集古書成敍説長，玩而欲老希歐陽。最憐苕霅溪邊月①，一夜分光照客牀。

【校】

①「霅」，元刊明補本作「雲」，非是；弘治本闕；據薈要本、四庫本改。按：「最憐苕霅溪邊月，一夜分光照客牀」，語本《新唐書》卷一一九《隱逸·張志和傳》：「顔真卿爲湖州刺史，值志和來謁。真卿以舟敝漏，請更之。志和曰：『願爲浮家泛宅，往來苕、霅間。』辯捷類如此。……李德裕稱志和『隱而有名，顯而無事，不窮不達，嚴光之比』云。」

紀夢

癸未夏六月十一日夜，夢劉使君相過，腰間佩二寶劍，解以示予。又袖出書一卷，曰：「此君先世筆也。」紙色黯慘，字類離堆，用朱鉤填，若新髹漆者。與之語，甚洽，劉貌肖河間劉清卿。既而爲風雨驚覺，聞夜漏下三十刻矣①。

劉使君，跨蒼驎，翩然而來空際雲。腰間寶玦佩兩劍，青蛇躍出光粼粼。誰爲昧平昔②，款語情何親。復爲袖出先世書一卷③，紙色黯慘皆奇文。大如離堆幾百字，鉤絡朱墨殆似髹漆新。殘夢忽隨風雨斷，破窗驚聽怒濤奔。

【校】

①「聞」，薈要本同元刊明補本；弘治本、四庫本作「間」，非是。

②「爲」，弘治本、薈要本同元刊明補本；四庫本作「謂」。

③「世」，弘治本、薈要本同元刊明補本；四庫本脱。

平原行

至元甲申歲正月作①

羯奴騁兵傷濫恩②，天寶之禍將自焚。三郎宮中略不省，履霜有戒知何人。平原蹇蹇真王臣，沈慮久識幽營氛。泛舟從酒運奇略，一日樓櫓驚雲屯。鐵輿南來縱獵火，河朔風靡煙塵昏。孤城平地獨與抗，勇鼓義旅爭鯨吞。西開土門掎蛇陣，南激睢守遮淮垠③。滔天腥穢思一掃④，誓與此羯不兩存⑤。書生信能立大事，竟掣賊肘西南奔。事雖曠代有足感，魯公之義世所尊。我來弔古增永慨，蒼煙草樹連荒闉。欲尋遺廟不復見，實刻留在東方珉。棲蓋亭前野日曛，平原城下酹忠魂⑥。朝廷何嘗容直道，志士蹈難甘捐身。此心自視無愧己⑦，一時知否非所論。嗟余何者敢跂慕，屢書不厭梟鸞分。當年紀載兩鬼蜮，九泉奄奄隨埃塵。先生一死固不朽，雅操何翅同松筠。故應烈日秋霜氣，千古堂堂凜若神。

【校】

①「至元甲申歲正月作」，弘治本同元刊明補本；薈要本、四庫本脫。

②「羯奴」，薈要本同元刊明補本；弘治本作「羯怒」，非；四庫本作「祿山」，亦可通。按：羯奴，亦即安祿山也。作「羯怒」者，「奴」、「怒」聲近耳。作「祿山」者，涉下「天寶之禍」而妄改，下亦有言「誓與此羯不兩存」足證其非。後依此不悉出校記。「騁」，弘治本、四庫本同元刊明補本；薈要本作「驟」，非。

③「淮」，弘治本、元刊明補本作「進」；據薈要本、四庫本改。

④「滔」，抄本同元刊明補本；薈要本作「溜」，非；四庫本作「滿」，非。「腥穢」，弘治本、薈要本同元刊明補本；四庫本作「塵氛」，非。

⑤「羯」，抄本、薈要本同元刊明補本；四庫本作「寇」，非。

⑥「酙」，抄本、四庫本同元刊明補本；薈要本作「酬」，亦通。

⑦「己」，抄本同元刊明補本；薈要本、四庫本作「色」，非。

常山太守歌

天寶之政植禍根，明皇宴安如不聞。海棠紅嬌荔支緑，玉笛吹滿長安春。潼關之車空轔轔①，曲江水邊多麗人。羯奴東歸叛意決，先以羽獵驅其羣。朔風萬馬捲遼碣，殺氣已慘滹沲垠。常山太守臣顏昕②，聲勢東合平原軍。憤提一旅徇國難，捡臧心手遮横奔。桓桓袁侯復何壯，旁翼勁翮張其鱗③。長蛇中繫斷首尾，後掣其肘前行屯。西開土門引義幟，再廓宇宙清埃氛。天令完節畀二子④，漁陽游騎徒紛紛。天津一死有餘烈，夢入帝寢何其神。只應千古雷霆氣，長與先生灑怒嗔。

【校】

①「轔轔」，元刊明補本、弘治本、四庫本作「璘璘」，據薈要本改。

②「昕」，弘治本同元刊明補本作「昕」；據薈要本、四庫本改。
③「旁」，弘治本同元刊明補本；薈要本、四庫本作「傍」，亦通。
④「畀」，弘治本、四庫本同元刊明補本；薈要本作「昇」，形似而誤。

負籠行

至元九年四月邢臺作命植於易等處①

炎風吹沙官路赫②，穰穰羣奔密如織。鉤籠脩擔不留行，一寸蔓藤土膏濕。蔓藤來自海南陬，厥貢不入禹所收。一朝進御列珍品③，何異草澤加公侯。昌黎不須感二鳥，物有時遇非人謀，志士何苦身巖幽。

【校】

①「至元九年四月邢臺作命植於易等處」，弘治本同元刊明補本；薈要本、四庫本脱。
②「官」，弘治本同元刊明補本；薈要本、四庫本作「高」，非。
③「一」，弘治本同元刊明補本；薈要本、四庫本作「熙」，非。

王惲全集彙校卷第十

七言古詩

華不注歌

齊州山水天下無，濼源之峻華峯孤。秦鞭有力驅不去，天遣一柱標齊墟。初疑太素女蝸氏，補天斷手兹遺餘。又如翠鳳翥郊藪，來應世瑞開昌圖。南山連絡雖可愛，未免阿附相承趨①。孤撑直上夾石碣②，猛視又似天門貙③。慶封齊豹兩元惡，哆噅猶露雄牙須。不然齊太史，寃血凝碧老不渝。化成直筆插天外，堂堂使表春秋誅。乾坤乃有此雄跨，未許鵲藥争頭顱。江山勝概儘軒豁，遠客吟眺增躊躇。李白上天不可呼，雲煙變化何須臾。後人摹寫覷天巧，百匝空遶青芙蕖。文章李杜光焰在，有詩無詩將何如。我思齊晉迭雄長，山靈枉被兵埃汙④。桓公九合猶霸事，三周其下真誇諛。會須扶策凌絶頂⑤，望入蒼梧叫帝虞。

【校】

①「附」，薈要本、四庫本同元刊明補本；弘治本作「拊」，亦可通。

②「石」，元刊明補本、弘治本作「右」，形似而誤；據薈要本、四庫本改。

③「又」，弘治本同元刊明補本；薈要本、四庫本作「大」，非。

④「埃」，弘治本同元刊明補本；薈要本、四庫本作「戳」，非。

⑤「頂」，薈要本、四庫本同元刊明補本；弘治本作「項」，形似而誤。

趵突泉歌

沇流峻發王屋顛①，世以獨達神其源。不知悍駃勢所激，玉虹那待馮夷鞭。洑流渴馬穿歷背，海眼洞徹開龍淵。嘗聞棄糠黑灣復此出，明見下與地脈相勾連。雲魚吹浪雪濤湧，鱗屋鼕鼓春雷翻。我初來觀冬十月，陰火下煮湯池煙②。洪濛元氣東山作，蒼江屈注倒景懸。少陵撫掌嘆奇絶③，未若玉塔突起掀晴瀾。天機幻出此怪供，欲灑飛雨清塵寰。當年小白會水上，春秋見書名不刊。咄哉齊晉兩蠻觸，千古事往風雲閑。漢家包海歸一統，霸氣何有諸侯壇。清冷無復歃血汙，觱沸不洗陳恒奸。我讀太史書，風聲氣習隨山川。齊人闊達多匿智，政恐功利爲當然。安得此泉盡變作醇酎，一醉浩浩還吾天。

【校】

①「顛」，弘治本、四庫本同元刊明補本；薈要本作「巔」，亦可通。按：顛、巔，古今字。作「巔」者，涉上「王屋」之言而於「顛」上加「山」，偏旁類化。後依此不悉出校記。

②「湯」，弘治本同元刊明補本；薈要本、四庫本作「陽」，非。按：湯池，即温泉也；陰火，即地熱也。《石倉歷代詩選》卷三二一程本立《晚至安寧》：「湯池水底皆陰火，鹽井煙中半夕嵐。」作「陽」者，蓋亦涉上「陰火」而誤，以「陽池」對「陰火」，《晏子春秋・雜上十七》：「陰水厥，陽冰厚五寸。」王念孫《讀書雜誌・晏子春秋二》：「陰冰者，不見日之冰也；陽冰者，見日之冰也。」吴則虞集釋：「黄以周曰：『按王讀是也，而義又未盡。陰冰者，陰寒之冰，凍于地下者也；陽冰者，陽烜之冰，結於水上者也。』」《文選註》卷一二木華《海賦》：「陽冰不冶，陰火潛然。」

③「撫」，弘治本、薈要本同元刊明補本；四庫本作「拊」，聲近而誤。按：撫掌、拊掌，皆言拍手。但二者傳達之情緒不同：前者謂高興，言愉快而興奮；後者謂歡樂，言感到幸福或滿意。「歎奇絶」，即言「撫掌」之「興奮」之情，而非單純之「感到幸福或滿意」，作「拊」不若「撫」切合詩意。

東坡海南醉歸圖

元祐諸人等圭璧，司馬之相國柱石。仆碑錮黨無不至，棄若泥沙初不惜。當時何有雪堂翁，一斥南荒無復比①。那知兹遊奇絶神所相，海水天容清一色。纖杖橫秋瘴霧空②，新詩落筆魚龍泣。楓香樹高溪雨濛，醉挽黄衫兩頰紅。多隨父老燕同社，或喜契順來相從。一朝竟作遷客沒，造物未見哀龍鍾。豈其中州淑氣到爾恐終絶，故令着此眉山公③，故令着此眉山公④。

【校】

①「比」，弘治本、四庫本同元刊明補本；薈要本作「北」，形似而誤。

②「纖」，弘治本、薈要本、四庫本作「鐵」，形似而誤。

③「着」，弘治本、薈要本同元刊明補本；四庫本作「著」，亦可通。按：著，同着。令着，猶着令，同著令。着，著之後起俗字，六朝隋唐時期始産生。後使用漸廣，而二字意義開始分化：讀如《廣韻》陟慮切、《廣韻》丁吕切、《集韻》丈吕切者，作著；餘者作着，作著者愈益少用。此作「著」者，以古字代今字也。後依此不悉出校記。

④「故令着此眉山公」，弘治本、薈要本同元刊明補本；四庫本脱。

河冰篇

庚申前三年，予以事赴汴，次中灤①，值雪者三日。時大河走凌，因卧船蓬間，聽河冰拉船而下，其聲瑟瑟可愛。嘗欲一詩，執筆輒罷。今日率爾得此，殊適然也，時至元廿二年秋七月廿一日也。

大河凝寒冰走片，岸深争逐盤渦轉。沙頭卧艑凍欲僵，細戛船舷聲自顫。幽人蓬底聞何清②，錚錚劍佩相磨鳴。鳴如竹軒瀟灑紙半罅，醉枕夢破風泠泠。錢塘水樂世所愛，求音寂寞將誰聽。安得湘妃鼓瑶瑟，波間細寫宫商聲。朝來賦就河冰篇，胸中餘韻猶翛然。浮聲切響何足異③，記我深津待渡年。

【校】

①「次中灤」，弘治本同元刊明補本；薈要本、四庫本作「途中行」，非是。

②「何」，薈要本、四庫本同元刊明補本；弘治本作「河」，形似而誤。

③「響」，薈要本、四庫本同元刊明補本；弘治本作「嚮」，亦可通。按：嚮，通響。嚮、響二字本不同，響俗作响，嚮亦從向，二字漸混。作「嚮」者，蓋亦源此，而非有意使用通假字也。

短歌行　□□政彦村作

君自分攜今一紀，疇昔四更來夢裏。金鞍相值瘦陶南，君亦遠回還故里。酡顔喜意見眉間，欲敘寒暄先稱椅。君諱也。相隨行過縣廨西，指説民居昔何美。邀臨甲第予力辭，亦爲前征趣行李。夢中不悟死生分，别後寄聲無棄鄙①。探囊傾下粔籹香，送余不到河之梁。囑余南去路亦遠，持此贈君爲裹糧。怳然形開無所見②，落月照屋空微茫。瀟瀟春草宫牆緑，暮雨梨花寒食曲。樽前浩唱意何長，轉首先輸光景促。我思夢境再自開③，君侯施施胡爲來？賦詩非欲徵後事，今世死别真堪哀，因見故人雖遠猶在當時懷。

【校】

①「後」，弘治本、薈要本同元刊明補本作「后」；據四庫本改。

②「怳」，弘治本、薈要本同元刊明補本；四庫本作「恍」，亦可通。

③「自」，弘治本、薈要本、四庫本作「目」，形似而誤。

荒雞行

乙酉九月四日①

茆檐月落霜稜稜，半夜起聽荒雞聲。不知首唱自何處，喔喔滿城争亂鳴。爾緣氣類司早晏，乃今失職能無驚？淒風吹空星斗黑，漫漫長夜何時明。萬事紛紜每如此，不煩劍舞蹴琨興②。

【校】

①「乙酉九月四日」，弘治本同元刊明補本；薈要本、四庫本脱。

②「煩」，弘治本、薈要本同元刊明補本；四庫本作「須」，形似而誤。

龍在田詩

我夢長橋秋水落，俯瞰澄淵見蛟鰐。絳綃百尺卧彩虹，足尾鱗蒼閃煙壑。我因投石起幽潛，不待雷轟隨奮躍。神光照野鷺在田，驤首徐行嶄觺角①。野人奔看若雲從，洶洶呼聲動寥廓。余方闖視女牆間，走欲攀鱗不知卻。超危如坦略無難②，欻墮巖梯扣丹閣。寶香佛界幾龍龕，萬栱千梁金碧錯③。怳然夢覺聽夜漏，四鼓將闌五更作④。因車夢蓋此何因，無乃吉徵先我覺。龍爲乾陽主善幻，既見于田德施博⑤。乘高臨下近清光，雖險當前無所遏。行穿巖閣得金界，動止其間爲善樂。援毫億度兼記時，仲冬辛卯之夕歲在噩。

【校】

①「嶄」，元刊明補本、弘治本作「斬」，半脱；薈要本作「斡」，形似而誤；據四庫本改。

②「如」，弘治本同元刊明補本；薈要本、四庫本作「坦」，涉下而誤。

③「栱」，弘治本、四庫本同元刊明補本；薈要本作「拱」，形似而誤。

④「五更」，弘治本同元刊明補本；薈要本、四庫本作「更五」，倒。

⑤「于」，元刊明補本作「于」，弘治本、薈要本、四庫本作「禾」，涉下而誤。

讀五代史記作古樂府五首

楊柳枝辭

唐昭宗天復三年，梁王温辭歸鎮，留宴壽春殿，又餞於延喜樓上。臨軒泣別，因賜《楊柳枝辭》。今亡，乃爲補作。

楊柳枝，風吹何裊裊。暖煙如織緑絲柔，延喜樓前春色好。臨軒奏曲送行頻，梁王重有回天勳。一忠之外何復云，安得高祖太宗之業如柳新。

檀來歌

汎樓船，下淮浦，百萬貔貅歌且舞。不殺降，不掠虜，吾君弔伐真湯武。爾檀來，不欺汝，皞皞王風樂吾土①。

椒蘭怨

昭皇迫東遷，望絶忠臣援。堂堂雁門兵，秖足速禍變②。帝酣長星杯，醉魄迷椒殿。神龍失水机上肉，惡梟啄門夜漏半。龍興赤霧天爲紅，一窶三百皆皇宗。唐家大業至此盡，自古亡國未有若此之哀恫。梁王歸罪將誰紿，奴輩雖誅天有在。金祥殿空殺氣高，賊珪白刃專相待。

汜水行

五季權在兵③，逆順係財賄。同光當宁能幾朝，牝雞司晨傾内外④。添都買宴物山積，盡入掖庭充内費。君王政荒優宦狎，將相無辜恣誅殺。蜀資百萬賊所徼，縱有其能供近渴？一夫夜呼汜水東，絳霄樓頭兵反攻。雍陵竟墮所好死，英武杳逐仙音空。先皇有識如相問，三矢雖還未克終。

劉山人歌

劉山人，黄鬚模糊衣袖褸。著囊藥笈手自攜⑤，親詣宫門來省女。將軍物色不少差，其奈后方争寵嫵。被驅吾父已兵死，何物田翁來辱汙。椒房恩遇望遂空，破帽東歸心痛楚。長吁行念樂天歌，不重生男重生女，此事到吾爲妄語⑥。嗚呼五季皆天民⑦，人倫濁亂疏反親。當時乖盭同一氣，天理何有劉山人。劉山人，莫悲泣，伎方終老固賤貧，卻免誅夷爲外戚。

【校】

①「王」，薈要本、四庫本、《中州名賢文表》同元刊明補本；弘治本作「芏」，形似而誤。

②「秪」，弘治本、四庫本、《中州名賢文表》同元刊明補本；薈要本作「祗」，亦可通。按：秖，通祇。作「祇」者，非以本字代通假字，形似而誤耳。後依此不悉出校記。

③「五」，元刊明補本、弘治本作「王」，形似而誤；據薈要本、四庫本、《中州名賢文表》改。

④「傾」，弘治本、薈要本、四庫本同元刊明補本；《中州名賢文表》作「頒」。

⑤「笈」，弘治本、薈要本、四庫本同元刊明補本；《中州名賢文表》作「籠」。

⑥「到吾」，弘治本、《中州名賢文表》同元刊明補本；薈要本作「對吾」，形似而誤；四庫本作「對君」，形似而誤。

⑦「五」，弘治本、四庫本、《中州名賢文表》同元刊明補本；薈要本作「吾」，涉上而誤。

後飼牛辭

春半我田耕未辦，兒輩休稱牛力緩①。自冬皂養日已久，當用猶羸功有間。吾今勖汝汝則聞，朝昏飲食無過勤。兩家計口三百指，一飽入手皆渠身。三公投筆當歸畝②，況我本是蓬蒿人。微茫煙雨孤村底，思與天隨作近鄰。

【校】

①「輩」，弘治本同元刊明補本；薈要本、四庫本作「童」，涉上而誤。

②「畝」，弘治本、薈要本同元刊明補本；四庫本作「畂」，訛字。

春寒曲

家居對病妻，書空咄怪事。人生百歲能幾時，風雨憂愁還半是。一春寒光中傷人①，紅朋碧友潛酸辛。今朝晴暖烏鵲喜，寒食數日無多春。脱巾自漉牀頭釀，待與東皇共一樽。

【校】

①「光」，元刊明補本、弘治本作「克」，非是；據薈要本、四庫本改。

驅狼行

隔溪衆號呼，驚視驅兩狼。竄伏草莽間，毛色隨蒼茫。此物胡爲來？顧睨何揚揚。我觀五行書，據理論災祥。吏貪政暴狼囓人，此説聞自蔡邕與京房。近傳共縣東，殺人食路傍。獸威孰擅恐自爾，竿不擉刃良弓藏。又云村墟去山邇，羣行獵食爲尋常。豺狼當路無所畏①，野獸走壙何庸傷。君不見漢家良吏龔與黃，當年異績何章章。嘉禾朱草滿郊藪，麒麟鳳鳥争翺翔。

【校】

①「路」，弘治本同元刊明補本；薈要本闕；四庫本作「道」，亦通。「無」，元刊明補本、弘治本作「古」，非是；薈要本闕；據四庫本改。

寶鴨歌

天雨新晴秋氣肅，時秋霖晴霽，暗用賈誼、宋昌訪、司馬季主事。秘書近住城西曲①。入門坐定有餘清，既領玄談出奇物。翩然寶鴨立玉洲，儘著龍香貯脩腹。麝煤融液須臾間，藍田春暖煙生玉。引亢不惜吐氤氳②，要徹天心穿月窟。漢宫豈數博山高，晉惔休談鵲尾禿。劉著作，勿輕出，長慮王孫金彈丸，醉中疑似來相觸。

【校】

①「近」，弘治本同元刊明補本；薈要本、四庫本作「遷」，形似而誤。按：遷，俗作迁；迁、近形似。

②「亢」，弘治本同元刊明補本；薈要本、四庫本作「吭」，亦可通。「氲氤」，弘治本、薈要本同元刊明補本；四庫本作「氤氲」，亦可通。按：氤氲，同氲氤。氤、氲，皆平聲，故作「氲氤」、「氤氲」皆與詩韻無違。此作「氤氲」者，蓋「氤氲」較「氲氤」較常見，抄寫時首先想到「氤氲」耳。

漢宣帝幸池陽宫圖

李伯時筆①

武皇雄吞老未已②，歲歲開邊兵四起。嫖姚出塞屢策勳，武縶陵降終國恥。騰凌蹂藉五十年，饗功歸到曾孫宣。萬方解辮盡内屬，龍庭南北無烽煙。池陽五柞郊歌裏，五日賜酺餘燕喜。呼韓稽顙謁甘泉，欲示雄誇先就邸。大陳還縱萬人觀，豈獨珍奇紛錦綺？歡呼歸作北庭藩，萬代稱觴甥舅禮。君王燕犒不知勞，鸞旗直上中渭橋。茂陵王氣如水清，建章宫殿春雲高。從此臨軒舒化日，一聲宫漏出花遥。「出花遥」一作「等虞□」，「宫漏」一作「清蹕」。③

【校】

①「李伯時筆」，弘治本同元刊明補本；薈要本、四庫本脱。

②「未」，弘治本同元刊明補本；薈要本、四庫本作「無」，非。

③「出花遥」一作「等虞□」，「宫漏」一作「清蹕」，弘治本同元刊明補本；薈要本、四庫本脱。

入奏行送右丞史侯

十年不見汾陽面，萬里朝天來海甸。神鋒照眼倚青冥，黄色充庭明羽扇。張燈開宴見談噱，慘澹風雲餘百戰。嚮來作牧與開府，總道臨機能制變。漢家六合頓宏綱，民事正煩真空便。只緣報國忠義炯，幾度恩綸回睿眷。我識君侯禮數寬，德威無地不交驩。此行入見想膚奏，大計不出兵民安。兵民安，古人念此良爲難。因思先相台衡口①，退食歸來事簡編。

【校】

①「口」，弘治本、薈要本、四庫本作「日」。

送雪堂南行

雪堂矯矯僧中英，今年遠作餘杭行。竭來過衛首謁余，特以贈言爲寵榮。君不見韓潮陽，昔交僧縱暢與澄①。詠歌序别欲傾倒，秖以文雅爲推稱。不似阿師高義炯，要飛花雨到南溟。

【校】

①「縱」，弘治本同元刊明補本；薈要本作「穎」，非；四庫本作「徒」，涉上而妄改。

樂閒老人歌

奴哥總管姓柏德①，名繼昌，以小字行②，蓋灞陵舊將軍也③。今閑居鄧下，自號樂閑老人。聞予名甚喜，詢所以，襟抱有不期同而同者。千里求詩，此意不可辜也④，因賦是歌以贈。庶幾酒酣耳熱後，放聲而歌之，猶足以見故家餘習云。

浮生擾擾駒過隙，守虜抱囚真可惜。晦明光景一月間，開口笑談能幾日。一閑未老方是閑，已老謀閑何所及。須信閑人是貴人，束縛軒裳梏亡客。況復筋骸血氣衰，聖有嘉言戒貪得。樂閒老人達此理，自放閒身樂山水。君侯年甫五十踰，解官歸卧南陽廬。風雲寤寐鞍馬事，錦韉脱落秋鷹孤⑤。飛揚跋扈竟何用⑥，此身健在閒爲娱⑦。大弨挂壁龍在匣，追逐弋釣須鳧魚。有時逸氣蟠不盡，猶擬去射南山菟。君不見邵平東陵時，何若瓜田心自如。後堂種竹前圃蔬，月下自理淵明鋤。客來大笑猶有事，茶鐺煮月糟丘餔⑧。古人往往以樂老，此意殆與君相符。我今天地亦佚老⑨，聞君此懷良起予。何當杖屨與君約，江山佳處身巖居。半山唤起浮休仙，窪尊一醉傾吾餘。風流肯落六客後，吟嘯當作三賢圖⑩。醉中爲捋桓侯鬚，君其樂矣歌嗚嗚。

【校】

①「奴哥」，弘治本同元刊明補本；薈要本作「弩克」，四庫本作「努格」。「柏德」，弘治本同元刊明補本；薈要本、四庫本作「伯特」。

②「小」，弘治本、薈要本同元刊明補本；四庫本作「爾」。按：爾，俗作尔、尒；作「小」者，蓋「爾」之誤。

③「陵」，弘治本同元刊明補本；薈要本、四庫本作「陝」，非。

④「辜」，弘治本、薈要本同元刊明補本；四庫本作「孤」，亦可通。按：孤，同辜。作「孤」者，「辜」之聲誤耳。

⑤「韝」，弘治本、薈要本同元刊明補本；四庫本作「韝」，亦可通。按：韝、韝本一字，後字義稍異。《説文》有「韝」無「韝」，概「韝」字後起，只是反映所用材質之變化而已，同類若《説文》：「韤，足衣也。從韋蔑聲。臣鉉等曰：今俗作襪，非是。」作「韝」者，蓋亦以古字代今字。後依此不悉出校記。

⑥「揚」，薈要本、四庫本同元刊明補本；弘治本作「楊」，形似而誤。

⑦「閒」，元刊明補本、弘治本作「間」，形似而誤；據薈要本、四庫本改。

⑧「丘」，薈要本、四庫本同元刊明補本；弘治本作「立」，形似而誤。

⑨「亦」，弘治本、薈要本同元刊明補本；四庫本作「一」，聲近而誤。

⑩「當」，弘治本、薈要本、四庫本作「常」，形似而誤。

醉道士歌

秋九月二十四日，予方曳杖出門，有道士野服褐冠①，倚立棖下。予邀坐階所，瞪目視予者久之，曰：「觀君風骨，蓋李唐人也。心事好，但蹤迹蹉跎，多失事機，可惜，可惜！雖然，得年八十餘，數八八後，當有顯擢②。予言可切記也。」飲之酒，醺然而去。

時至元二十四年丁亥歲也，因作歌以紀其事③。辭曰④：

門前落葉秋風哀，麻衣道士從何來？翛然倚立兩棖下，若有所諭心悠哉。我因植杖邀與坐，拂拭熊韋堂之階。無言瞪目視余久，徐謂風骨真文楷。前生落度晚唐士⑤，心事最好無纖埃。所嗟蹤迹多後時，勃窣不顧羣兒咍⑥。雖然得年數極廣⑦，八八而後聯星台。呼兒沽酒與之飲，勸以數行浮大杯。醺然徑去不少顧，怳若仙遇神爲開。當生所賦諒自知，過望榮顯青黄菑。書稱五福壽爲至，得到八十真洪崖。生平夢異復此遇，晚節無乃其行諧。吾看浮世孰不死，我已天篤培其才。濁醪麤飯有餘幸⑧，過此以往非予懷。君不見通都與大邑，真仙往返時爲偕。蒼蒼雲路望不及，爲渠更上凌風臺。

【校】

①「褐」，弘治本作「揭」，形似而誤；薈要本作「葛」，亦可通；四庫本作「鶡」，非是。按：葛，通褐，《穀梁傳·昭公八年》：「置旃以爲轅門，以葛覆質以爲槷。」范甯注：「葛或爲褐。」

②「擢」，弘治本同元刊明補本；薈要本、四庫本作「櫂」，形似而誤。

③「其」，弘治本同元刊明補本；薈要本、四庫本脱。

④「辭」，弘治本同元刊明補本；薈要本、四庫本作「其辭」。

⑤「度」，弘治本同元刊明補本；薈要本、四庫本作「拓」，亦可通。按：落度，猶落拓，《三國志·蜀志》卷一〇《楊儀傳》：「往者丞相亡没之際，吾若舉軍以就魏氏，處世寧當落度如此邪！令人追悔不可復及。」作「拓」者，蓋「落拓」較「落度」常用耳。

⑥「窣」，弘治本同元刊明補本；薈要本、四庫本作「崒」，亦通。

⑦「年數」，弘治本「儒□」；薈要本作、四庫本作「儒譽」。

⑧「麤」，弘治本、薈要本同元刊明補本；四庫本作「粗」，亦可通。按：麤、粗同，「麤」會意字，「粗」形聲字，「粗」字後起。作「粗」者，以常見之今字代少用之古字。後依此不悉出校記。

雙峯歌

士達察判攜手植檜小山見贈，願博一詩，爲信氏家傳①，其志殊可嘉也。遂賦此歌，并以其山奉還。蓋詩非山無以見狀物之體，山非詩無以表處静之用，抑又在彼猶在此之義也。

金絲堂前雙檜碧，氣幹凌雲三百尺。蒼精久墮劫灰寒，蟠柢輪囷堅似石。枝條已蔭百王芳，膏潤猶含三代澤。土花漬嚙又幾年，爲像爲山豈多得②？君不見召公甘棠武侯柏，特以兩賢猶愛惜③。後人歌詠尚如此，況是東家手親植。憶嘗遊魯得餘材④，入手摩挲三嘆息。信生爲予好奇觀，攜來比視吾家蟠。泰山梁木萬世仰⑤，何翅如到日觀秦觀雙峯間？顧瞻巖巖儘足樂，譬彼物有小大聖學俱能全。此雖體微道則具，終日儼侍參吾前。古人尚行不尚説，正可安静如山然。我今木朽不可雕，後來聳壑争昂霄。君家兒子玉雪比，向學説是神超遥⑥。還汝山，聽我謡，仰止茲木思惟喬。學該本末貴通徹，無使磊磊落落徒有拔俗之高標。

【校】

①「氏」，弘治本同元刊明補本；薈要本、四庫本作「生」。

②「像」，弘治本、薈要本同元刊明補本；四庫本作「象」。

③「特」，弘治本同元刊明補本；薈要本、四庫本作「時」。「猶」，弘治本同元刊明補本；薈要本、四庫本作「爲」。

④「嘗」，弘治本、薈要本同元刊明補本；四庫本作「昔」。

⑤「萬」，弘治本同元刊明補本；薈要本、四庫本作「方」，形似而誤。

⑥「向」，弘治本同元刊明補本；薈要本闕；四庫本作「好」。

過宋義墓

予往年東走魏，過楚上將軍宋義墓，欲作詩爲弔而未暇。今日與諸生講讀至義之本末，前後諸儒略不見論説，因賦此篇以發前賢之所未發者。

秦兵西來勢莫當，羣雄假義尊懷王。我雖三户秦可滅，彼蝨可搏微者或莫傷。將軍乘勢思一掃①，當時籌策誠難量。項家父子本强暴，以謀制勝非渠長。義維去暴失之易②，一死竟墮貪如狼。重瞳子，何猖狂！只知帳中奇兵化青血，不悟鉅鹿之戰開天亡。風雲慘淡蛇作龍，安得即遇隆準翁，使我目亂狐裘茸？高陽酒徒號狂客，醉中兩眼何其瞳。攀鱗掉舌纔數語，兩女輟洗來趨風。英雄有時利不利，俛首何限甘長終。楚王店頭土一丘，至今草棘荒煙愁。我來弔古還一慨，西風黄鳥聲啾啾。

【校】

①「思」，弘治本、《中州名賢文表》同元刊明補本；薈要本、四庫本作「惡」。

②「維」，弘治本、《中州名賢文表》同元刊明補本；薈要本、四庫本作「雖」。

中秋吟

中統二年，予客上都，館于太醫使王宣之家。中秋夜，伯禄宣慰攜酒相過，同會者館主王丈洎省郎宋庭秀。近人來索舊賦，亂道：「今亡之矣。」因追作是詩以寄。

二年中秋客灤陽，灤江陸海天中央。秋風吹空一萬里，誰復斫桂增清光。平分秋氣無少陂①，但覺霜露非尋常。玉繩滅没澹鳷鵲，衆宿何有争光芒。煙霄幸附應時翼，佳節共下今霄堂②。鳳池鳴佩有餘暇，白兔搗藥秋正香。故人攜酒喜見過，慰我久客同一觴。謫仙杯杓思浩浩，芙蓉城闕天茫茫。眼中賓主侯與宋，胡牀更對牆東王。九遷初不羨時貴，一醉逕入無何鄉。人生相逢貴適意，浮世聚散真參商。當時少陵客，愛國心遑遑。夜深飲散卧不寐，醉聽金鑰鏘倉琅③。夜如何其夜未艾，被衣顛倒尋封章。只今潦倒百事廢，感嘆歲月徒悲傷。書來索詩敍往事，盛集難再須揄揚。興來追作固狂斐，念君久要曾不忘。鄭重西樓花上月，金波重約醉秋涼。

【校】

①「平」，弘治本同元刊明補本；薈要本、四庫本作「年」，形似而誤。

②「霄」，弘治本同元刊明補本；薈要本、四庫本作「宵」，亦可通。

③「倉」，弘治本同元刊明補本；薈要本、四庫本作「瑲」，亦可通。按：作「瑲」者，涉下字「琅」從「玉」而偏旁類化。

花工王氏歌

城南劉郎攜斗酒，與客來參秋澗叟。當隅踧縮不敢坐，王姓珪名三十九。平生有技真可人，好箇春風接花手。木翁奪秀孕黄婆，轉眼紅朋棲碧友。劉郎秀春趣已成，往往豪家門招誘。王生本出方技家，品味神經無不有。流芳轉入百花香，豈止橐駝法堪取①？只今家住圃田西②，小橋流水遮高柳。會邀一醉百花堂，要藉我詩傳不朽③。我自東歸今五年，小園栽種期幽妍。城中糞壤雜瓦礫，雖有美植何由蕃。結根失所固可惜，異品奚獨冰霜纏。君不見芳蘭種不生，惡草翦不去，此事人間自今古。門園子④，聽予語，本根或撥非所宜，一接千金戒輕與。

【校】

①「止」，抄本同元刊明補本；薈要本作「此」，非；四庫本作「比」，非。

②「圖」，抄本同元刊明補本；薈要本、四庫本作「園」。

③「詩」，抄本同元刊明補本；薈要本、四庫本作「書」，非。

④「門」，抄本、薈要本同元刊明補本；四庫本作「田」。

河圖篇答伯明學官

河龍負圖自崑崙，包羲畫出乾與坤①。聖昌拘幽演餘蘊②，六十四卦相氤氳。姬情孔思本傳註③，行簡别出尊皇墳。經從東漢亂古制，綴合爻象爲全文。韓康輔嗣轉殽雜，操以莊老何紛紜④。東萊探賾復古定，太極既判二氣終然分。女媧撫掌爲驚絶⑤，天地再位開玄根。易包萬象無不至，若以一爻爲一事，其道反局而不伸。考亭專以筮爲主，豈非天道似遠人事親。當時厄火燎九地，不爾亦墮秦坑屯。君緘越本遠見贈，老眼一洗空花昏。細披五贊得要妙，餘作孰敢光争新。君不見行逢市兔具此理，桶氏有見爲伊訢⑥，作詩寄謝君應聞。

【校】

①「包」，元刊明補本作「包」，抄本、薈要本、四庫本作「庖」。

②「昌」，抄本、四庫本同元刊明補本；薈要本作「德」。

③「註」，抄本、薈要本同元刊明補本；四庫本作「注」，亦可通。按：傳註，本作傳注。注者，灌也。註者，謂以言語注也。「傳註」，以義類推造詞也。然「傳註」行而「傳注」未廢，「傳注」仍爲常見詞，今乃廢「傳註」而行「傳注」，亦是明證。作「注」者，蓋以本字代後起字。後依此不悉出校記。

④「操」，抄本、薈要本同元刊明補本；四庫本作「棎」。

⑤「撫掌」，抄本、薈要本同元刊明補本；四庫本作「拊掌」，非是。

⑥「氏」，抄本同元刊明補本；薈要本、四庫本作「底」。「訢」，元刊明補本作「訴」；據抄本改；薈要本、四庫本作「新」。

風字瓦研歌示陳生

平生蓄研空纍纍，其名曰端猶可嗤。世間萬有珉作玉，堅則墨褪軟則泥。或濃或淡不成字，終日與伍空嗟咨。東家瓦研面尺五，其狀宛似維南箕。松風小試漲玄霧，臨視黯霮羲之池。朝來揮洒儘快意，一筆掃出千蛟螭。東坡黼研不可見，咄此朽壤争神奇。君不見莫鄒神寶不適用①，補履曾不如囊錐。黼研，北渡藏商左山家，參政任敬甫坐上見之。②

【校】

①「莫鄒」，抄本、薈要本同元刊明補本；四庫本作「莫耶」，亦可通。按：莫耶，同莫鄒。作「莫耶」者，蓋抄寫爲圖效率而省「金」。

②「黼研，北渡藏商左山家，參政任敬甫坐上見之」，抄本作「黼研，北渡藏商左山家，參政杜敬甫坐上見之」；薈要本、四庫本脱。

雷將軍歌

名時舉京兆同州人①

雷舉秦人家將種，不學齊高賈餘勇。温然酬接縫掖流②，照眼容刀輝玉琫。朔風憶捲關隴破，西走巴渝爲勢擁。宋人重漢不内任，閫貴豪英制邊聳③。將軍守戍分劍關，劍門天險石巃嵷。當時一軍號安靖，玠去羣狺鬭呼洶④。俞玠⑤，字義夫，官至侍郎。在亡宋時⑥，最善守蜀者也⑦。龍旂西狩萬壁空，石角此心隨北拱。天顔喜動詔賜金，一日康侯三接寵。盤盤大獲金湯牢，雲間猛將鬚髯豪。片言因壘引降出，風義不減曹王皋。蜀山破碎凱歌裏，六軍喜溢秋天高。破崗山頭望回旆，小臣墮地空烏號。櫜弓歸來血洗箭⑧，又許拜舞趨新朝。命妻賜第恩轉渥，纔得主曹浮綱艘⑨。憶昨先聲躡鼓鼙，只今騎馬似雞棲。朝來攜酒過予飲，細話往昔非余悲。事機翻覆古如此，一椽僦舍甘調飢。我方讀詩至秦仲，《車鄰》《駟驖》生光輝⑩。迺知風聲氣習遠自文武始，歌頌不到秦家非。

【校】

①「名時舉京兆同州人」，抄本同元刊明補本；薈要本、四庫本脫。

②「縫掖」，抄本、薈要本同元刊明補本；四庫本作「逢掖」，亦可通。按：「逢掖」，同「縫掖」，儒者也。作「逢掖」者，爲圖抄寫效率而省去「縫」之「糸」。後依此不悉出校記。

③「貴」，抄本、薈要本、四庫本作「責」，形似而誤。

④「羣」，抄本、薈要本同元刊明補本；四庫本作「重」，非是。「鬭」，元刊補本漫漶不清；薈要本、四庫本作「闘」，據抄本補。

⑤「俞」，抄本、薈要本同元刊明補本；四庫本作「余」，非。

⑥「時」，元刊明補本、抄本、薈要本闕；據四庫本補。

⑦「善」，抄本、四庫本同元刊明補本；薈要本闕。

⑧「橐」，抄本同元刊明補本；薈要本、四庫本作「囊」，形似而誤。

⑨「曹」，抄本同元刊明補本；薈要本、四庫本作「漕」。

⑩「驖」，元刊明補本作「鑯」；抄本、薈要本作「鐵」，亦通；據四庫本改。按：《詩補傳·篇目》、《詩緝·目録》、《詩集傳名物鈔》卷四、《詩集傳》卷六皆作「驖」，《毛詩稽古編》卷五作「鐵」。

革故謡　一作復隍謡①

南城囂囂足汙穢，既建神都風土美。燕人重遷朽厥載，睿意作新思有泚。一朝詔徙殊井疆②，九陌香生通戚里。煬城密邇不剗去，適足囊奸養狐虺。城復池隍莫歎嗟，一廢一興固常理。今年戊子冬十月③，天氣未寒無雨雪。禁軍指顧舊築空，郊遂坦夷無壅隔。寂寞千門草棘荒，佗年空有銅駝説④。我詩雖小亦王風，庶配商盤歌帝哲。

【校】

①「一作復隍謡」，抄本同元刊明補本；薈要本、四庫本脱。

②「徙」，抄本同元刊明補本；薈要本、四庫本作「從」，形似而誤。

③「今」，抄本、薈要本同元刊明補本；四庫本作「令」，形似而誤。後依此不悉出校記。

④「佗」，四庫本同元刊明補本；抄本、薈要本作「他」，亦可通。按：容庚《金文編》卷一三：「它，與也爲一字，形狀相似，誤析爲二，後人别構音讀。」清李調元《卍齋璅録》亦言：「也，古通它。」他、佗，本爲一字。後依此不悉出校記。

通漕引

漢家鼎定天西北，萬乘千官必共億①。近年職貢仰江淮，海道轉輸多覆溺。東阿距泉清泉縣二百八，淪濟西來與清合②。安流取直民力省，積水浮綱纔兩閧③。自昔河防争横議，秖辦薪芻不勝計。宣防瓠子至今悲，以彼方兹功極細。役徒三萬期可畢，一動雖勞終古利。裹糧荷鍤去莫遲，行看連檣東過薊。休説春潭得寶歌，長笑韋郎空侈麗。從今粒米斗三錢，狼藉都城樂豐歲。

【校】

①「共」，抄本同元刊明補本；薈要本、四庫本作「供」，亦可通。按：共，通供「供」者，蓋涉下字「億」而偏旁類化。後依此不悉出校記。

②「濟」，抄本同元刊明補本；薈要本作「濬」，非是；四庫本闕。

③「闃」，抄本同元刊明補本；薈要本、四庫本作「日」，非是。

珍珠果詞

有果有果名珍珠，厥苞葱翠二寸餘。絶類王瓜未變赤，紺穰滋膩甘酸俱①。就中結核大於指，狀似萆麻色微紫。遠供來自廣南州，臣子獻芹心爾耳②。然觀夏賦皆邦用，口腹所充須錫貢。若論橘柚亦常材，此物胡爲勞驛送。

【校】

①「穰」，抄本、薈要本同元刊明補本；四庫本作「瓤」，亦通。

②「耳」，抄本、四庫本同元刊明補本；薈要本作「爾」。

當熊詞

戊子冬十二月廿五日，聽韓、陳二生讀《通鑑綱目》至中山馮太后事蹟，壯其貞節，感而作《當熊詞》。馮，元帝倢伃①，哀帝祖母也。

漢家九葉時清宴②，帝拱深宫樂游讌。魚龍萬舞閱來屢，鬥戰雄觀臨虎圈。老熊駭逸突笠出③，被髮攀楯來御殿。昭儀散走虎士驚，盛氣前當無少變④。大駕臨軒問物情，斂容前對香雲顫。妾聞獸猛得人止，萬一不虞身殉難。日華翻動喜歸來，香飄合殿春風轉。君不見東西兩漢五百載，班馬徽音儘堪羨。元城投璽媛當熊⑤，能以至柔馳至健。大笑陳妃望幸心，千金空買長門怨。

【校】

①「倢伃」，抄本、四庫本同元刊明補本；薈要本作「婕妤」，亦通。按：《漢書》卷七《昭帝紀》：「孝昭皇帝，武帝少子也。母曰趙倢伃。」顔師古注：「倢，接幸也。伃，美稱也。故以名宫中婦官……字或並從女。」

②「宴」，抄本、薈要本同元刊明補本；四庫本作「晏」，亦通。按：清晏，同清宴。

③「笠」，抄本、四庫本同元刊明補本；薈要本作「苙」，亦可通。按：苙，同笠，《孟子·盡心下》：「今之與楊墨辯者，如追放豚，既入其苙，又從而招之。」苙，本作笠，畜圈也，以竹爲之，故從竹；從艸者，文獻中竹、艸多不分，故二字相混，若答俗作荅（按，答、荅本爲二字）。

④「前當」，抄本同元刊明補本；薈要本、四庫本作「當前」，倒。按：語本《資治通鑑》卷二一九：「馮倢伃直前，當熊而立。左右格殺熊。上問：『人情驚懼，何故前當熊？』倢伃對曰：『猛獸得人而止，妾恐熊至御座，故以身當之。』」

⑤「媛」，抄本同元刊明補本；薈要本作「嫋」，形似而誤；四庫本作「馮」。

東征謡

海徼春涵物生廣①，芽孽中間厲心長②。盡忘累世卵育恩③，大悖先王志忠奬④。馳驅鱗介千萬群⑤，西來洶洶擁魑魍⑥。海波騰沸聚使殲，怒鰐奔鯨歸一網⑦。去秋剪馘得渠魁⑧，谷静川空骨如莽。今年復作欲盡殪，逸德熛炎駭天吏⑨。孽餘走死黑龍東，詔勿窮追令自斃。就中縱殺勢難分，梟婦耕夫同一例⑩。天兵南伐六十年，楚女吴兒供北婢。欲知天道返覆心⑪，看取東人復爲隸。

【校】

①「海徼」，抄本同元刊明補本；薈要本、四庫本脱。

②「中間厲心長」，元刊明補本、薈要本、四庫本闕，據抄本補。

③「盡忘累世卵育恩」，元刊明補本、薈要本、四庫本闕，據抄本補。

④「大悖」，弘治本同元刊明補本；薈要本、四庫本脱。

⑤「千萬群」，元刊明補本、薈要本、四庫本闕，據抄本補。

⑥「西來洶洶擁魑魍」，元刊明補本、薈要本、四庫本闕，據抄本補。

⑦「殲」，抄本、薈要本同元刊明補本；四庫本作「殲」。「一網」，元刊明補本、薈要本、四庫本闕，據抄本補。「鯨」，抄本、薈要本同元刊明補本；四庫本作「鰐」。

⑧「去秋剪馘得」，元刊明補本、薈要本、四庫本闕，據抄本補。

⑨「熛炎」，元刊明補本、薈要本、四庫本闕，據抄本補。

⑩「梟」，弘治本、薈要本同元刊明補本；四庫本作「梟」。「一」，元刊明補本、薈要本、四庫本闕，據抄本補。

⑪「返」，元刊明補本、薈要本、四庫本闕，據抄本補。

下瀨船　交趾漢羸陘縣地戊子三月失利①

家中之木同灰槁，炎海波翻震天討。彼交事大天理常，歲歲卑辭掉虛表②。舟師陸騎問罪來，力審難支施機巧。彈丸所據五郡地，瘴氣爲兵稱地利③。我來彼遁還則尾④，一弩千人不容避。老天限作羈縻邦，不以衣裳介鱗易。昔賢有戒是貪兵，若論彼資才具翠。《南越志》：「尉佗將安陽王治交趾。有神人曰皋通，造神弩，一張一放，殺越軍萬人。後佗子始質于安陽王，切其弩⑤，毁其機，馳報佗。佗興師擊之，弩折衆散，遂破之⑥」。漢家聲教初無外，下瀨戈舩微主帥⑦。一軍膽落陷泥湖，二萬選鋒同日敗。裹糧載甲力有餘，正坐無人作吾氣⑧。軍聲稍振需所援，春水旋艫可弘濟⑨。古人堂上有奇兵，安得營平與動輩⑩。

【校】

①「交趾漢羸陘縣地戊子三月失利」，抄本同元刊明補本；薈要本、四庫本脱。

②「掉」，抄本同元刊明補本；薈要本、四庫本作「悼」，形似而誤。

③「兵稱」，元刊明補本闕；據抄本補，薈要本、四庫本作「災稱」。

④「尾」，抄本、薈要本同元刊明補本作「娓」；四庫本作「尾」，當作「尾」。

⑤「切」，抄本同元刊明補本；薈要本、四庫本作「竊」，亦通。按：後依此不悉出校記。

⑥「弩折梟散，遂破之」，抄本同元刊明補本；薈要本、四庫本脱。

⑦「舩」，抄本、薈要本同元刊明補本；四庫本作「船」。

⑧「氣」，抄本、薈要本同元刊明補本；四庫本作「愾」。

⑨「艫」，抄本同元刊明補本；薈要本作「艫」；四庫本作「船」。

⑩「動」，抄本、四庫本同元刊明補本；薈要本作「勃」。

征士謡 己丑正月晦①

東風連日沙塵昏，兵威撩盡春氣温②。漢家武備遍九有，南來探探一作獷騎何紛紛③。今年十抽一椎去④，千里起赴和林屯。御河西岸殷牧野，萬甲照水光粼粼。觀容有使親閲實，不許代名須正身。神牙獵獵見北靡，精鋭全是嫖姚軍。嫖姚出塞路幾千，遠戰不過封狼山。征人莫憚行役苦，廟謀素具車攻篇。君不聞王師有征古無敵，何況强弩之末魯縞其能穿？念渠愛惜腰間箭，會聽長歌入漢關。

【校】

①「己丑正月晦」，抄本同元刊明補本；薈要本、四庫本脱。

②「揜」，抄本同元刊明補本；薈要本、四庫本作「掩」，亦可通。按：掩，同揜。作「掩」者，以常見字代生僻字。

③「探探一作獱騎」，元刊明補本作「探騎探一作獱」，倒；抄本作「探騎探一作彍」；薈要本、四庫本脱，徑改。「何紛紛」，抄本同元刊明補本；薈要本、四庫本作「絡繹何紛紛」。

④「椎」，抄本、薈要本同元刊明補本；四庫本作「北」。

天星行

正月十七日①

天星蓬蓬若爲祟②，彗掃長空徂巽位。六龍推墮日車翻，萬火分崩碎於地。老天變色赤祲如，西北繼聞天狗吠③。行人匍伏羣雉驚，澟澟甚於崩角畏。君不見天星懸象萬物精④，一物下亡一星墜。春秋二百四十年，孛斗經天無此異。不然大火示厥罰，下慓人間爲沴氣。月寅歲丑丁酉晨⑤，東方向明時又寅。老翁百歲見未曾⑥，何況地上蟻蝨臣⑦。天雖高，變雖大，災反爲祥果何賴，正有德修知儆戒。

【校】

①「正月十七日」，抄本同元刊明補本；薈要本、四庫本脱。

②「⿱出木」，抄本、薈要本、四庫本作「祟」。按：⿱出木，未詳何字，《袖珍字海》有柮字，當非是。疑爲「祟」之俗字。

③「繼聞天」，抄本同元刊明補本；薈要本作「繼天間」，既倒且形似而誤；四庫本作「絶天間」，既倒且形似而誤。

④「物」，抄本、薈要本同元刊明補本；四庫本作「象」，涉上而誤。

⑤「晨」，抄本同元刊明補本；薈要本、四庫本作「辰」，亦可通。

⑥「曾」，元刊明補本、抄本作「省」，聲近而誤；據薈要本、四庫本改。按：《秋澗集》卷一一《紫芝歌》亦言：「老翁百歲見未曾」，蓋《秋澗集》卷帙浩瀚，前後使用相同詩句者凡多見，亦可以之校正異文是非。

⑦「蟻」，抄本、薈要本同元刊明補本；四庫本作「蟣」，形似而誤。

雨木冰①

晝冥冥，雲族聚，和氣滿空天作雨②。陰邪南來偃薄之③，和變而凝冰著樹。巧裁細翦千萬狀，凜凜淒風轉雲霧④。木翁縮頸凍欲僵，辦着乾坤開太素⑤。其詳如此見三朝⑥，古說大官爲最懼。曦輪過午始消釋，膏沐干林如雨泣⑦。少陽爲臣冰即兵，麟史書徵臣下執⑧。當時霸者互長雄⑨，此事胡爲兆今日。

【校】

①「雨木冰」，四庫本同元刊明補本；薈要本是詩脱。抄本下有「戊子歲十一月二十二日俗云樹稼韓魏公皆□樹大家」。

②「和」，抄本同元刊明補本；四庫本作「知」，形似而誤。「空天」，元刊明補本、四庫本闕，據抄本補。

③「陰邪南來偃薄之」，元刊明補本、四庫本闕，據抄本補。

④「凜凜淒風轉雲霧」，元刊明補本、四庫本闕，據抄本補。

⑤「太」，元刊明補本、四庫本闕，據抄本補。

⑥「如此見」，元刊明補本、四庫本闕，據抄本補。

⑦「沐干林」，元刊明補本、四庫本闕，據抄本補。

⑧「下執」，元刊明補本、四庫本闕，據抄本補。

⑨「當時霸」，元刊明補本、四庫本闕，據抄本補。

建春樓歌①

建春樓頭春日長②，建春樓前新濟光③。齊家分食鮮多品④，有味辨與東人嘗⑤。鑪鐺能出禁臠美⑥，樽俎中有蘇門香⑦。層軒高揭富觀覽⑧，春潭照映千帆檣。吴商楚女莫空過，渠是京様河馬西京張。世間忘憂唯食飲，越羅蜀錦空千箱。登臨人具醉飽去，共城齊氏真非常，共城齊氏真非常！

【校】

①「建春樓歌」，弘治本、四庫本同元刊明補本；薈要本是詩脱。

②「建春樓」，元刊明補本、四庫本闕，據抄本補。

③「前新濟光」，元刊明補本、四庫本闕，據抄本補。

④「齊家分食鮮多品」，元刊明補本、四庫本闕，據抄本補。

⑤「有味辨」、「人嘗」元刊明補本、四庫本闕，據抄本補。

⑥「鑪鐺能出禁臠美」，元刊明補本、四庫本闕，據抄本補。

⑦「樽俎中有」，元刊明補本、四庫本闕，據抄本補。

⑧「軒」，抄本同元刊明補本；四庫本闕。

潛蛟行謝温將軍惠石

温郎少年姿潤秀，好古探奇出予右。扣門相訪得怪供，鬼刻神劖未嘗有。我欣植杖三摩挲，秋水潛蛟見蟠紐。何年囚鎖出禹穴，不磔鬚牙驚水母。毅然見贈初不惜，澹癖憐予象江守。深藏夜壑空有戒，當晝兒童負之走。千金求買何所得，一旦攜歸定非偶。清泉湔祓庯玉汝，屹立花間冠吾囿。蒼鱗照水勢若動，口鼻啥呀欲鯨吼。常疑尤物即神物，隱伏地中諒難久。宣和族聚失所在，卻恐雷霆下來取。一春病酒日欲眠，忽得此峯如至友。娉婷翠射喜欲舞①，復訝舞仙來勸酒。君不見九成論樂一夔足，萬石不須誇柳柳。人生意氣貴相傾，走筆酬酒當瓊玖②。

【校】

①「射」，抄本、薈要本同元刊明補本；四庫本作「袖」，妄改。按：作「翠袖」者，蓋以「翠射」義難通而改作「翠袖」以

謂女子，未申文義。王惲師從元好問，深得其真傳，對其詩文亦當頗爲熟悉，此作「翠射」者，語本《遺山集》卷四《晏叔原故卒章以蕭間明秀峰故事屬之》：「一天星斗入金尊，翠射娉婷自有人。只欠宣和鄭先覺，爲君留寫五湖真。」

②「酒」，抄本同元刊明補本；薈要本、四庫本作「灑」，非是。按：灑，俗作洒；洒、酒形似。

重門行

瀟條共西野，有城號重門①。重門幽幽深幾許，齊芳歸落何足云。公卿老淚空沾巾，天道好還非少恩。青山斜照自今古，禪陵西望猶比鄰。曹瞞搤吭忍不殺，終我四百爲虞賓。迺云得之羣盜手，吾將誰欺欺彼旻。君不見鄧城南頭漢濁漉，至今草樹淒無春。

【校】

①「城」，弘治本、薈要本同元刊明補本；四庫本作「域」。

唐中王畫馬歌

花萼樓前閲庭實，布乘黄朱笑羣辟。奔虹凝露故家物，詔寫真形出東壁。中王夭矯龍一種，揮灑元精固無匹。龍池十日霹靂聲，房駟無光韋偃泣。千年事往失所在，此紙流傳見真迹。明窗不厭百回看，飛電流雲悵猶濕。當時圖畫樂昇平①，轉首雲屯散榛棘。儲皇纔藉河隴餘，旋復廓清唐再闢。物盛而衰固有時，校以倉皇易爲力。漢家拓地封狼北②，萬騎騰凌已無敵。更求駿骨張吾軍，一綍風飛能事畢。雖云中夏號雄强，富不民藏孰共億③？聖謨經世了不刊，收卷入囊三歎息。

【校】

①「時」，弘治本同元刊明補本；薈要本、四庫本作「年」，非。

②「拓」，元刊明補本、弘治本、薈要本作「托」，聲近而誤；據四庫本改。「北」，弘治本同元刊明補本；薈要本、四庫本作「山」。

③「藏」，弘治本、薈要本同元刊明補本；四庫本作「强」，非。

秋澗著書圖歌贈畫工張仁卿

張生寫出秋澗圖，先生胡爲此遊居。知余讀書樂幽寂，況復野麋之性宜與水石俱。西風蕭條秋氣餘，浮雲身世將何如。江蘺託詠太哀怨，老松卧壑甘扶疏。逢時不作棟梁用，且須著論希潛夫。盤盤澗曲深幾許，長吞遠汎知攸徂①。百川横障使東往②，細大不擇羞潢洿。考槃有歌誰與伍，山鳥山花吾友于。張畫師，王宰徒，雲煙落帋何舒徐③。吾今屏居日已久④，爲我作此真良謨。平生未常學⑤，學焉於此初。古人尚友無老壯⑥，要欲静泊，志可明而遠可逾。鬖鬖晚景幾桑榆⑦，不知此去澹泊得似畫中無。目明神王骨相臞，一丘一壑着幼輿⑧。畢此一事爲成書，此外何有於余乎，此外何有於余乎！此集録古今相業爲《調元事鑑》⑨。

【校】

①「汎」，弘治本同元刊明補本；薈要本作「況」，涉上而誤；四庫本作「泛」，亦通。

②「往」，弘治本、四庫本同元刊明補本；薈要本作「注」。

③「帋」，元刊明補本作「𢁉」，形似而誤；弘治本、薈要本、四庫本作「紙」，亦通；徑改。按：「𢁉」，《唐碑俗字録》：「𢁉(希)」，『嗣子𢁉祥』(王守信墓誌)」。「𢁉」當爲「帋」之形誤，「帋」同「紙」。後依此不悉出校記。

④「屏」，弘治本同元刊明補本；薈要本、四庫本作「平」，聲近而誤。

⑤「常」，弘治本同元刊明補本；薈要本、四庫本作「嘗」，亦通。按：見前校記。後依此不悉出校。

⑥「友」，弘治本同元刊明補本；薈要本、四庫本作「交」。

⑦「鬖鬖」，弘治本、四庫本同元刊明補本；薈要本作「漫漫」，非是。

⑧「着」，弘治本、薈要本同元刊明補本；四庫本作「著」。

⑨「此」，弘治本、薈要本同元刊明補本；四庫本作「比」，形似而誤。

王惲全集彙校卷第十一

七言古詩

題耆英圖奉呈子初中丞

張生好奇兼尚友，古畫古書長在手。欣然示我洛英圖，便覺奎光生户牖。衣冠磊落十三人，閑著一枰談治否。堂堂文富兩具瞻，天下倚安真大叟。平頭七十是尋常，獨有端明未期壽。方辭晚進不敢班，列宿光中已瞻斗。北門易慮望佳招，王拱辰，字君貺。千里馳書恨官守。升平盛事那得再，夢寐席間把巵酒。吾儕起敬當如何，再拜乞靈三叩首。君不見西周文物稱全盛，除卻邑姜纔得九。神崧間氣萃此多，周鳳魯麟紛在藪。鄭郎繪事固入神，自是德星傳不朽。我思仁祖慶曆中①，慶曆政有三代風。斯民皡皡樂其樂，六合一氣開時雍，扶持位育總是諸賢功②。熙寧天子錯料事，以忠爲邪邪作忠。放教公等在散地，擢置安石司羣工。惠卿繼用二博起③，當時何止驚三空。嗚呼！以人爲鑑古所取，安得獻此與論治道之汙隆？願君深藏勿輕出，世代雖遠多青蟲。

【校】

①「曆」，弘治本同元刊明補本；薈要本、四庫本作「歷」，非。

②「位育」，弘治本同元刊明補本；薈要本、四庫本作「有位」，既倒且形誤。

③「博」，弘治本、薈要本、四庫本作「愽」。

紫芝歌

繼胡紫山《集瑞堂》詩韻。己丑秋八月，有紫芝産陶户朱良舍下，凡五六本，此最異者。

陶坑削崖蝸作室，和氣所鍾無不集①。非緣石澗木之精，平地抽英昭茂德。蓬窗一夕爛生光，紫蓋彤枝照鄉國。氤氲五彩畫不如，駢秀連莖瑩於漆。考祥吻合農帝經，表瑞無慚柳州筆。老翁百歲見未曾，醉將蒼髯嘡如戟②。郡人争欲飲至和，奔走來觀恐無及。

出門秋望稼連雲，汝芝汝芝安所吉。

【校】

①「集」，弘治本、薈要本同元刊明補本；四庫本作「及」，聲近而誤。

②「嘾」，弘治本同元刊明補本；薈要本、四庫本作「漫」。

圯上行

邳州道中作，上一月初四午刻①，書於宿遷馬驛。

楚兵東來殺爲嬉，烈火西捲如飆馳②。爲藂驅爵恐過慘，天賜漢以興王師。憶初椎秦天下震③，盛氣不折將徒爲。泥中進履屈亦至，不爾安制重瞳兒。往年親祀濟北石④，此日還賦圯橋詩⑤。神龍變化不復見，仿像鬼物來陰機。素書三卷不必怪，要本老氏持其雌⑥。持守其雌也。⑦

【校】

①「上」，弘治本、薈要本、四庫本作「十」。

②「如飆馳」，弘治本同元刊明補本；薈要本作「騰飆如」，非是；四庫本作「騰飆吹」。

③「槌」，弘治本、薈要本同元刊明補本；四庫本作「椎」，亦可通。按：槌，同椎。作「椎」者，蓋語本《史記》卷五五《留侯世家》：「良嘗學禮淮陽。東見倉海君。得力士，爲鐵椎重百二十斤。」後良所尋之力士即以此「椎」於高處捶擊始皇車輿，不幸擊錯車輿而事不成。

④「祀」，弘治本、薈要本同元刊明補本；四庫本作「視」，聲近而誤。

⑤「圯」，弘治本、薈要本同元刊明補本；四庫本作「圮」，形似而誤。

⑥「氏」，弘治本同元刊明補本；薈要本、四庫本作「子」。

⑦「持守其雌也」，弘治本同元刊明補本；薈要本、四庫本脱。

題長江萬里圖後

稚年屋居三十春，老境誰遣東南奔。去秋有詔使持節，北自郥衛官跧閩①。閩中水淺百味澹，但覺草木多精神。展放江山萬里圖，卷中瀟灑似堪娱。寄聲故國游觀客，卜築蘇門儘可居。畫乃劉合秀家藏，所恨歸峽不出一手耳。②

【校】

①「北」，弘治本同元刊明補本；薈要本、四庫本作「此」，形似而誤。「䟢」，弘治本、薈要本、四庫本作「甌」。

②「畫乃劉合秀家藏，所恨歸峽不出一手耳」，弘治本同元刊明補本；薈要本、四庫本脱。

問吴臺辭

吴王宫殿尋無迹①，只見山蒼湖水碧。步上高臺散客愁，十月江南看春色。晚風吹雨濕闌干②，簷花泫露宫娃泣。欲摭愁煙問故臺③，愁煙無語空蕭瑟。是邪非邪不必辨，且爲興亡求亂隙。夜半娃宫作戰場，總罪君王以色荒。春秋責備大法在，不道延陵退耕吴已亡。聖賢處變貴達節，審勢不得同曹臧。當年泰伯終三讓，明見丕承有聖昌。

【校】

①「王」，弘治本、薈要本同元刊明補本；四庫本作「江」，非。

②「晚」，弘治本同元刊明補本；薈要本、四庫本作「曉」，非。「吹」，弘治本同元刊明補本；薈要本、四庫本作「翠」，聲近而誤。

③「摭」，弘治本、薈要本同元刊明補本；四庫本作「遮」，亦通。按：摭、遮同。後依此不悉出校記。

南臺懷古

封君姒遥裔，重光麗無諸。憶提越甲佐天討，翦嬴摧項開雄圖。保邦事大霈厖澤，至今國俗猶薰濡。石樽劍沼兩寂寞，山川良是先王都①。越人感德知所尊，簫鼓猶陳漢薦殷②。潮去潮來朝又暮③，花謝花開秋復春。千年事往遺烈在，草木凜凜來威神。廟中筠篔萬有卜，陳説禍福爾靈珍。我因拜禱問來事，繇辭灑灑何其真。殊方遠宦乃氣數，品秩雖到多邅迍。正須耐辱安所遇，不久拔出東南閩④。生平行已半流坎，雖老而壽猶朝紳。鞠躬默謝神貺厚，得遽歸隱餘何云⑤。我來正值羣祀日，伎樂朝獻争趨奔。越巫紛拜靈欲駕，冷風滿旆翻凝雲。回首策臺祠下路⑥，蕭蕭寒雨濕蒼麟。今廟基即漢高帝封策臺也。

【校】

①「王」，弘治本同元刊明補本；薈要本、四庫本作「生」。

②「漢」，弘治本、薈要本同元刊明補本；四庫本作「藻」，形似而誤。

③「暮」，薈要本、四庫本同元刊明補本；弘治本作「慕」，聲近而誤。

④「久」，弘治本同元刊明補本；薈要本、四庫本作「及」。

⑤「遽」，弘治本、薈要本、四庫本作「遂」。

⑥「回」，弘治本、薈要本同元刊明補本；四庫本作「迴」，亦可通。按：回、迴多可通。後依此不悉出校記。「策」，弘治本、四庫本同元刊明補本；薈要本作「册」，聲近而誤。

游九仙閣

三郎百戰開閩國，鏻槍基圖專詐力①。二嬖恩光象服尊，九龍帳設香雲濕。朝參寶皇宮②，暮禮妖師席。國事一從神所質，九仙結搆豈此時③？萬瓦鱗鱗跨空碧，閣中景氣四時新④。往事如雲散無迹，我來登陟縱遐觀，一榻清風抵萬錢。暫與塵襟豁煩滯，横欄直下看三山。

【校】

①「鏻槍」，弘治本同元刊明補本；薈要本、四庫本作「欃槍」。

②「皇」，弘治本同元刊明補本；薈要本、四庫本作「雲」。

③「搆」，弘治本、薈要本同元刊明補本；四庫本作「構」，亦可通。按：構，同搆，結構亦可作結搆。文獻中字從木、扌多不分，構、搆二字亦多相混。作「構」者，蓋以形似而誤耳。後依此不悉出校記。

④「氣」，弘治本同元刊明補本；薈要本、四庫本作「象」。

雜言寄中隱信宣慰時在泉州近辱書過蒙遠問倥偬間不時奉答獲罪多矣人行謹以雜言爲報奉別後一粲

蹇予元年東魯客，初識君侯髮如漆。平生高氣欒新知①，一笑論交真莫逆。涼風八月中秋節，月滿金樽惜輕別。邂逅溪堂又五年，情好比前尤款洽。高堂轟飲幾連明，四座歡呼倒冠幘。當時樽前鬥年少，豪邁不知家立壁②。興來爲我掃雲煙，思入天機妙無迹。我識君侯此餘事，落筆縱横見奇策。自是睽違三十秋，只今同客嶺南州。天涯牢落儘愁絶，況復兩翁俱白頭。書來慰我見安好，細字滿紙紛銀鉤。故園風物信如舊，柳子初豈爲山囚③？春雲夢濕蘭苕翠，壯觀雄翻海岳樓。近從潭府閲家數，筆力已復追營丘。煩君吮墨留餘溢④，重爲靈均作遠遊。「中隱」乃雲甫道號，近於魏參政處看雲甫山水畫，故云「近從潭府閲家數」。

【校】

①「高」，弘治本、薈要本同元刊明補本；四庫本作「豪」，聲近而誤。

②「壁」，薈要本、四庫本同元刊明補本；弘治本作「璧」，亦可通。按：「璧」通「壁」。作「璧」者，蓋「壁」之形誤。後依此不悉出校記。

③「豈」，弘治本同元刊明補本；薈要本、四庫本作「起」。

④「溢」，弘治本、四庫本同元刊明補本；薈要本作「蘊」，非是。按：溢，姚華《論文後編·目録中》：「原所爲不一篇，大都相類。及宋玉變而廣之，溢以爲賦。」

李夫人畫蘭歌　爲郎中孫榮甫賦①

清閟堂深不知暑，瑶草佳期夢玄圃。孫郎笑折紫蘭來，素影盈盈映脩渚。李夫人，澹丰容，天然與蘭相始終。剡藤一筆作九畹，落墨不減江南工②。芳姿元與凡卉異，曄曄況是湘纍蘽。《離騷》不復作，遺恨千古沉幽宫。君看此花有深意，似寫靈均幽思悲回風。君家大雅堂，文采東野翁，併入慘澹經營中。秋風拂簾秋日長，芳霏霏兮氾崇光。澹粧相對有餘韻，畫欄桂子空秋香。淡軒託物明孤潔③，五十年來抱霜節。固知色相皆空寂，妙得於心聊自適。仿像湘娥倚暮花，黄陵廟前江水碧。生平佩服真賞音，升聞紫庭非素心。唤起謫仙摇醉筆，爲翻新曲瀉瑶琴④。曲一作操。⑤

李夫人⑥，名至規，號澹軒，亡宋狀元黄朴之女。長適尚書李珏子，早寡。今年七十有二，善畫蘭、撫琴。近爲郎中孫榮父作《九畹圖》，若與蘭爲知聞也。且自敍其後云：「予家雙井公以蘭比君子，父東野翁甚愛之，予亦愛之。每女紅之暇，嘗寫其真，聊以備閨房之玩，初非以此而求聞於人也⑦。郎中以蘭省之彦，一日來徵予筆，遂誦點汙。亦何忍？但覺難爲辭之，詩以應之。」孫求歌詩於予，因樂爲賦此者，正取其節而不以其藝故也。秋七月初吉，秋澗老人題⑧。

【校】

①「爲郎中孫榮甫賦」，弘治本同元刊明補本；薈要本、四庫本脱。

②「墨」，弘治本同元刊明補本；薈要本、四庫本作「筆」，涉上而誤。按：落墨，亦猶落筆也。然古人行文，特别是韻文，避忌用同字，上句「剡藤一筆作九畹」，下句斷不會再用「筆」字。

③「託」，弘治本、四庫本同元刊明補本；薈要本作「記」，形似而誤。

④「瀉」，弘治本同元刊明補本；薈要本、四庫本作「寫」，亦可通。按：寫，同瀉。作「寫」者，蓋「瀉」省去形符，俗用。周密《志雅堂雜鈔·人事》：「翁精於琴，善音律。有畫魚周大夫者，善歌。閻令寫譜，參訂，雖一字之誤，必隨證其非。」

⑤「曲一作操」，弘治本同元刊明補本；薈要本、四庫本脱。

⑥「李」，元刊明補本、弘治本作「古」，形似而誤；據薈要本、四庫本改。

⑦「而」，弘治本、薈要本同元刊明補本；四庫本作「爲」，非是。

⑧「澗」，元刊明補本、弘治本作「礀」，非是；據薈要本、四庫本改。

雜言　庚寅七月二日病中作①

我今行年六十五，得至縱心能幾許②。憂愁風雨每太半③，念至於斯足悲楚。縱令得邁七十壽，比老於心當悦豫。不然終日疫事役④，殁而後已真愚魯。君不見人間聲利藏禍機，迷着世人曾不知。得之志揚失之沮，一死與博争奔馳⑤。又不見朝花纔榮暮雨惡，火竈方熾寒灰隨。攀援高貴鄙卑賤，得勢未必皆便宜。至人大觀出世表，肯爲造物相調戲？豁達一篇莊叟論，太山毫末較來齊。

【校】

①「庚寅七月二日病中作」，元刊明補本作「庚寅七月二日病峕中作」，衍；弘治本「庚寅七月二日病告中作」，衍；薈要本、四庫本脱；徑改。按：峕，旹之俗字也，旹、時古今字。弘治本作「告」，蓋亦「峕」之形誤耳。元刊明補本、弘治本皆義不可通。

②「縱」，弘治本同元刊明補本；薈要本、四庫本作「從」，亦可通。按：「從」、「縱」古今字。作「從」者，蓋「縱」省去形符，俗用。

③「太」，弘治本同元刊明補本；薈要本、四庫本作「大」，亦通。

④「疫」，弘治本同元刊明補本；薈要本、四庫本作「疲」。

⑤「與博」，弘治本同元刊明補本；薈要本作「與傳」；四庫本作「如傳」。

福唐中秋對月酬劉端友見贈之什

少年愛月長苦吟，賞翫不知清夜深①。擬揮玉斧手，盡掃丹桂陰。高歌起舞弄清影，直入月脅穿天心。節序依然人耄矣，所事感懷無可喜。少陵有淚濕金波，歎息無家清夜美。當時流落止鄜州，況在甌閩數千里。此夕常娥海上來，謂三山距海九十里。冰輪蹴踏驚四開。牀頭有酒不復飲，追憶少壯令人哀。老人病骨防風露，静卧空齋深閉户。卻從虚幌看清光，四壁秋蟲鐃夜語。

【校】

①「翫」，弘治本、薈要本、四庫本作「玩」，亦可通。按：「翫」、「玩」，古今字。作「玩」者，蓋以今字常用且便於書寫耳。後依此不悉出校記。

題釣臺　并序①

至元二十六年己丑歲冬仲九日，予自桐廬舍鞍鼓枻②，取道嚴瀨。既午，艤舟祠下，登拜遺像，肅如也。歷觀古今題記，多論其形迹，未有明先生之心者。天下有二道，出與處而已。先生之起，義明君臣，順乎天也；浩然長歸③，氣信名節，遂其志也。夫三公坐而論思，明是理而表萬方者也。是則佐理之功多矣，尚何爲？因留詩招隱柱間，入客星閣，眺羊裘軒，降觀釣臺書院。山光叢簇，江流有聲，若有以回俗駕而謝逋客也。江行有程，促之而去，回望雙臺，顔厚有忸④。少中大夫、福建閩海道提刑按察使、汲郡王某歛衽書。

劉郎少年同几席，繡裾朱衣稱謹敕⑤。六龍一日飛上天，豈爲故人談往昔？原陵欲臣意有在⑥，大隱何心學夷隘。當時雖落物色中，肯以三公易其介。先生豈是煙波徒，奕奕星芒動帝車。一言稍峻得狂鄙，況復好爵縻其軀。君臣大義已明了⑦，助順又見懷仁書。君房初不識微意，尚欲求益何其迂⑧。一竿雖老桐江月，儘着清風厲薄夫。

【校】

①「并序」，弘治本同元刊明補本；薈要本、四庫本脱。

②「杣」，弘治本同元刊明補本；薈要本、四庫本作「棹」，亦通。

③「然」，弘治本、薈要本同元刊明補本；四庫本脱。

④「忸」，薈要本、四庫本同元刊明補本；弘治本作「杻」，形似而誤。

⑤「勑」，弘治本、薈要本同元刊明補本；四庫本作「飭」，亦可通。按：謹勑，亦作謹敕、謹勅；謹飭，亦作謹飾，猶謹勑。作「飭」者，蓋聲近而誤。

⑥「原」，弘治本、薈要本同元刊明補本；四庫本作「嚴」，非。

⑦「已明了」，弘治本同元刊明補本；薈要本、四庫本作「既明著」。

⑧「迂」，元刊明補本、弘治本作「迂」，據薈要本、四庫本改。

洛中吟 有序

近讀邵氏所書《洛中雜事》，撫卷三歎，令人有不能已者。嗚呼！五代間亂離相繼，其否極矣。生逢兹辰①，一何幸哉！故孫樵有生，恨不得爲太平人，良有以也。因效康節謝温公買園詩格，綴集所見，賦《洛中吟》一篇。其辭曰：

萬方文物洽堯雍，若論聲明極洛中。地自水南連洛北②，治從真廟到神宗③。總將六合清明氣，散作三川禮讓風。道統有傳程邵在，勳名無比富文崇。棚車載酒都人賞，名教傳家習俗同。花木四時春不老，耕桑彌野歲長豐。三千步幛家雖侈④，十二行窩樂最融。春酒泛香沾翠幕，夜花和露罥筠籠。小車高閣期真侶，魏紫姚黄擅化工。愛育總歸君父聖，論思不出廟堂公。荆舒變法無期月，社稷垂亡到一空。讀罷適然清興遠，一簾花影曉光紅。一作「讀罷窈然還復感，斯民何幸此何窮」。⑤

【校】

①「逢」，元刊明補本作「逄」，亦可通；據弘治本、薈要本、四庫本改。按：「逢」、「逄」本二字，二字形似，後「逢」亦作「逄」，故《廣韻》有薄江切之音。作「逄」者，作「逢」之俗用。後依此不悉出校記。

②「水南」，弘治本同元刊明補本；薈要本作「水池」，非是；四庫本作「滎南」，非是。按：水南，即水南先生，即序中之「温公」也。温公，即温造，隱居洛水之南，砥礪名節，後累官之禮部尚書，《蘇詩補注》卷二三《别子由三首兼别遲》：「水南卜築吾豈敢？試向伊川買修竹。」

③「治」，弘治本同元刊明補本；薈要本、四庫本作「化」。

④「幛」，弘治本、四庫本同元刊明補本；薈要本作「帳」，亦通。按：幛，同障。步幛，猶步障，《曹子建集》卷六《妾薄命》：「華燈步障舒光，皎若日出扶桑。」《還山遺稿》卷下《金谷行》：「千金買步帳，百金買氍毹。」

⑤「一作讀罷窈然還復感，斯民何幸此何窮」，弘治本同元刊明補本；薈要本、四庫本脱。

竹鹿辭 并引①

竹鹿出南海不合剌國②，赤毳雪文，狀若黿背，然頂有雙茸③，葳蕤如珊瑚巨枝。至元廿七年秋八月④，上進過福唐，予獲見之⑤。昔梁孝王遊兔園⑥，宴忘憂館，命諸臣賦苑中諸物⑦，文鹿其一也。今以即其所賦攷之⑧，正此鹿也，因作《竹鹿辭》⑨。

竹鹿亦瑞獸，頂有珊瑚茸⑩。素綦爲紋負湘縟⑪，出入南極騰仙蹤。颶風吹墮海洋國⑫，駟騎遠獻燕山宫⑬。上林玉樹青葱瓏，攸伏日與羣牲從⑭。一則昭德至，一則海道通⑮。君不見漢武獲異獸，非闢西南封。迢迢兹鹿來，漢道相比隆。東南際海國萬數，將見珠香犀象等物相率皆來同。

【校】

①「引」，弘治本、薈要本同元刊明補本；四庫本作「序」，亦通。

②「不合剌國」，弘治本、薈要本同元刊明補本；四庫本作「布哈拉國」。

③「頂」，薈要本、元刊明補本作「頁」；據弘治本、四庫本改。

④「至」，元刊明補本、弘治本闕；據抄本、薈要本、四庫本補。

⑤「獲見」，元刊明補本、弘治本闕；據薈要本、四庫本補。

⑥「孝」，弘治本、薈要本同元刊明補本；四庫本作「武」，非是。按：梁孝王，名劉武；作「武」者，蓋源於此。

⑦「諸臣」，元刊明補本、弘治本闕；據薈要本、四庫本補。

⑧「今以」，弘治本同元刊明補本；薈要本、四庫本作「余因」。「即其所」，元刊明補本、弘治本闕；據薈要本、四庫本補。

⑨「辭」，弘治本、薈要本同元刊明補本；四庫本闕。

⑩「頂」，元刊明補本、弘治本、四庫本作「頂」，薈要本作「項」，形似而誤。

⑪「負湘」，弘治本同元刊明補本；薈要本、四庫本闕。「縟」，元刊明補本、弘治本、薈要本、四庫本闕，據抄本補。

⑫「國」，弘治本同元刊明補本；薈要本、四庫本闕。「出入南」，元刊明補本、弘治本、薈要本、四庫本闕，據抄本補。

⑬「駰騎遠獻」，弘治本同元刊明補本；薈要本、四庫本闕。「燕山宮」，元刊明補本、弘治本、薈要本、四庫本闕，據

抄本補。

⑭「牲」，弘治本、薈要本、四庫本作「牲」。「上林」，元刊明補本、弘治本、薈要本、四庫本闕，據抄本補。

⑮「一則昭德至，一則海」，元刊明補本、弘治本、薈要本、四庫本闕，據抄本補。

游金山寺

寺名龍游舊名浮玉庚寅歲十一月二日來游二十八韻①

我登金山江似練，金山突兀神鼇抃。樓閣參差四五層，覆壓崖巔瞰江面。壁間不見老坡詩，空歷長廊瞻湧殿。江山形勢互爲勝，直上金鼇窮偉觀。裴徊久眺吞海亭②，海門兩點煙螺澱。就中望處不争多③，大抵蒼茫煙一片。平生歌詠古人詩，此日一樽償宿願。擶牌纔過璞墓西，水作磴痕風四轉。放船北渡返東行，一葉中流去如箭。瓜洲西北墮杳靄④，照眼鶴崖迫焦巘。獨游髣髴蘇二興⑤，冒險比方章子惼。夕陽西下煙四起，欲進何之退無畔。倒裝漁艇入荒村，百計無由登北岸。梢師失色都船驚，暗觸江神豈予譴？我爲使者初不然，先盡人爲論事變。力微艦巨酒半酣，正坐忽焉遺此患。金山雖奇極淵險，沃老登危非所便⑥。書生氣習不一到，慊慊此心幸所戀⑦。量非謝傅與宴相，驚定老懷彌懍戰。艱關投宿野人廬⑧，因賦此詩爲永嘆。

至元庚寅冬，予自福建北歸，渡江作此詩，未嘗示人，逮大德己亥，十年矣。衛輝判官井君德常陞倅鎮江，來别，因話及焉，并索書此詩⑨，云：「歸刻寺壁⑩，以增江山勝概。」予謝不敢當，然俾讀者爲遨遊之戒云⑪。汲郡王某題，時年已七十三矣。⑫

【校】

①「寺名龍游舊名浮玉庚寅歲十一月二日來游二十八韻」，弘治本同元刊明補本；薈要本、四庫本脱。

②「裴佪」，弘治本同元刊明補本；薈要本、四庫本作「徘徊」，亦可通。按：裴，亦作裵。裴佪，亦作裵佪，同徘徊。作「徘徊」，蓋以今多用「徘徊」耳。

③「就」，元刊明補本、弘治本作「舟」，聲近而誤；據薈要本、四庫本改。按：就中，《秋澗集》中凡二十九見，前十卷已凡十見，卷一一《南樓行送信御史佐鄂岳行院》亦有言：「就中貧難最可憫」，當爲元代常用口語詞。言「就中」者，謂居於「亭」中「望」海也。「游金山寺」者，由「登金山」之言知當爲徒步登山賞游，作「舟中望處」義難通矣。

④「洲」，弘治本同元刊明補本；薈要本、四庫本作「州」，亦可通。按：瓜州，本作瓜洲，又稱瓜埠洲，在江蘇省邗江縣南部、大運河分支入長江處。與鎮江市隔江斜對，向爲長江南北水運交通要衝。《全唐詩》卷五一一張祜《題金陵渡》：「潮落夜江斜月裏，兩三星火是瓜州。」《劍南詩稿》卷一七《書憤》：「樓船夜雪瓜洲渡，鐵馬秋風大散關。」作「州」者，蓋「洲」省去形符，俗用。

⑤「二」，弘治本、薈要本同元刊明補本；四庫本作「公」。
⑥「沃」，抄本同元刊明補本；薈要本、四庫本作「洎」。
⑦「辜」，抄本、薈要本同元刊明補本；四庫本作「孤」，聲近而誤。
⑧「艱」，抄本同元刊明補本；薈要本、四庫本作「間」。
⑨「書此詩」，抄本、四庫本同元刊明補本；薈要本作「詩比書」，非是。
⑩「璧」，抄本同元刊明補本；薈要本、四庫本作「壁」，亦可通。按：璧，通壁。作「壁」者，蓋以本字代通假字。後依此不悉出校記。
⑪「俾」，抄本同元刊明補本；薈要本、四庫本作「使」。
⑫「汲郡王某題，時年已七十三矣」，抄本同元刊明補本；薈要本、四庫本脱。

鬼車行

辛卯歲五山廿二日誅於鄂州教陽十五日作①

鬼車一身編九頭，黑夜來過聲啾啾。半空瀝血洒人屋，所遭之家無空休。窮兇極惡煽威虐，妖孽幾遍江南州。内奸黨蔽事莫發②，百計捕逐無緣由。聖皇明見萬里外③，一網掩來同治罪。憶初百鬼擁行車，此日行車載孤鬼。琅璫繫頸纏車軸，涕淚淋淋不時哭。死聲宛轉尚嘔啞，晝夜催行不停轂。路人借問欲何之，詔赴行臺加顯戮。揮刀臠食快衆心，奔鯨四沛無遺育。萬里歡聲動大江，百城歌舞喧華屋。我思善惡人自取，禍福不應深倚伏。寸心少慊獲陰譴，天網天刑敢輕觸④？爲誡兇人不足心，鬼車扳例猶檮杌⑤。

【校】

①「辛卯歲五山廿二日誅於鄂州教陽十五日作」，抄本同元刊明補本；薈要本、四庫本脱。

②「内奸黨蔽事莫發」，抄本同元刊明補本；薈要本、四庫本作「奸黨蔽事莫能發」。

③「皇」，抄本同元刊明補本；薈要本、四庫本作「王」。

④「天」，抄本同元刊明補本；薈要本、四庫本作「大」。

⑤「扳」，抄本同元刊明補本；薈要本、四庫本作「罪」。

流民歎

六月七日有丐者過門聞其説因録而作此①

我家本燕雲，未省離鄉國。前年一霜秋稼空，望入田間禾穗黑。忍飢猶待下年收②，一澇高原水三尺。人生重遷乃本心，一餒催人忘南北。水採無菱芡，山收闕橡栗。雖云生處樂，乏物得生活。扶攜遠趁河南豐，道路無資日行乞。毳衣穿結杖蒿藜，氣力凌兢雙脛赤。我聞堯水與湯旱，民免流移少損瘠。不出九年耕，長有三歲食。朝家勸課儘憂勞，只爲有名多少實。常平糴爲前省壞，義廩近年無廣積。江南最苦過都錢，更着營司日搔屑③。營司已罷民力蘇，大府兼農到徒設④。救荒發廩最上策，近井乃能療近渴。君門萬里安得知，作詩代灑流民血。

【校】

①「六月七日有丐者過門聞其説因録而作此」，抄本同元刊明補本；薈要本、四庫本脱。

②「飢」，弘治本同元刊明補本；薈要本、四庫本作「饑」，亦可通。按：饑、飢本爲二字：饑謂年成不好，顆粒無收；飢謂吃不飽，挨餓。後二字漸相混，多可通用。後依此不悉出校記。

③「司」，元刊明補本作「同」，形似而誤；據弘治本、薈要本、四庫本改。「搔」，弘治本同元刊明補本；薈要本、四庫本作「騷」。

④「到」，弘治本同元刊明補本；薈要本、四庫本作「制」。

南樓行送信御史佐鄂岳行院

武昌南樓跨空碧，滿目江山猶往昔。笑抛霜簡佐行樞，去作南樓幕中客。羌予游宦江之南，江南軍務多疏闊。摘差押取固多弊，甚是養威并練習。十羊九牧苟非人，未免因緣出枝節。卒然警急幸無事，若論罪功孰褒黜。就中貧難最可憫，孀婦盲翁死應絶。依然名姓在軍書，按籍來徵豈容説①。唐兵六十即放免，七十一丁令侍側。當時貞觀開元間，三代仁風略無别。幸今守戰有專職，整暇虞奸正今日。兵惟禁暴本衛民，不致侵漁乃良策。蠻陬溪洞既荒遠，顛枘其間不無孽。畬軍新附用得宜，以彼爲攻易摧折②。前年盜起江西東，千萬爲羣恣衝突。只緣浪戰乏總戎，空使民殘兵耗力③。請君詳此能一行④，四院規模自吾出。此時乘月庾南樓，談笑胡牀能事畢。

【校】

①「來徵」，弘治本同元刊明補本；薈要本、四庫本作「末微」，形似而誤。

②「攻」，弘治本同元刊明補本；薈要本、四庫本作「政」，形似而誤。

③「空」，弘治本同元刊明補本；薈要本作「罕」，非；四庫本作「還」，非。
④「詳」，弘治本同元刊明補本；薈要本、四庫本作「諍」。

五色鸚鵡歌

滄溟浴日麗大荒①，飛走衣被昭回光②。隴禽鍾秀更奇絶，翟翬絢煥紛天章③。越裳野雉太縞素，上與朱鳥參翶翔。環王得之不敢受④，爲是珍物歸天王。山川迢遞來林邑⑤，護送慇懃飼紅粒。海樹雖殘舊宿枝，君門萬里承恩入。香鎖金籠暖御煙⑥，盡日充君眼中物。一鉤紅觜儘多知，兩葉翠衿真聚鷸⑦。六宫共説鸚哥嬌⑧，天仗儔呼供内職⑨。且莫低回訴苦寒，卿雲長捧蓬萊日。

【校】

①「大」，元刊明補本、弘治本、四庫本作「火」，形似而誤；據薈要本改。
②「昭」，薈要本、四庫本同元刊明補本；弘治本作「照」，亦通。
③「章」，元刊明補本作「意」，形似而誤；據弘治本、薈要本、四庫本改。按：元刊明補本作「意」於詩韻有違。

④「環王」，弘治本同元刊明補本；薈要本作「蕃王」，非是；四庫本作「環玉」，亦可通。「受」，弘治本同元刊明補本；薈要本、四庫本作「愛」。

⑤「邑」，元刊明補本作「色」，形似而誤；據弘治本、薈要本、四庫本改。

⑥「鎖」，弘治本、薈要本同元刊明補本；四庫本作「瑣」，亦通。

⑦「葉」，元刊明補本作「藥」，形似而誤；據弘治本、薈要本、四庫本改。

⑧「鸚哥」，弘治本同元刊明補本；薈要本作「鸚歌」，亦通；四庫本作「鸚鵡」，亦通。按：鸚哥，亦作鸚歌，皆鸚鵡之俗稱。

⑨「仗」，弘治本、薈要本同元刊明補本；四庫本作「使」，形似而誤。「儔」，弘治本同元刊明補本；薈要本、四庫本作「傳」。

福星行

辛卯歲自正月迄五月不雨是月廿一日河南雨三尺故作是詩以憫焉六月五日雨大作①

河南雨足餘三尺，河北嗷嗷千里赤。河南穀麥賤於土，河北齊民有飢色。爽氣空吹五日涼，火雲不暵三農泣②。天有貴神名太一，前歲人傳豫州域。連年大稔風雨時，全是福星照臨力。幸今六合入提封，聖上同仁視如一。又聞天下猶一身，氣脈周流體能適。福星福星宜憫斯，少分餘溢霑河北。

【校】

①「辛卯歲自正月迄五月不雨是月廿一日河南雨三尺故作是詩以憫焉六月五日雨大作」，弘治本作「辛卯歲自正月迄五月不雨是月廿一日河南雨三尺故作是詩以維焉六月五日雨大作」；薈要本，四庫本脱。

②「嘆」，弘治本、薈要本同元刊明補本；四庫本作「散」。

白鹿嵬歌

贈雷苦齋①

太行西來萬馬奔，嶺嶂横截摩青雲。山陽西北望鹿嵬，突兀絶似東山墩②。孤撑直上幾千丈，雲煙覆露垂天根。憶初夸娥檐負分太華③，萬古雄跨諸峯尊。有懷孫公和④，自是物表人。半嶺騰鳳吹，萬壑飄游氛。纏身雖有一丈髪，以火保耀先吾薪。嘗嗟中散寡於識，三載堅扣如無聞。當年清嘯杳何許，此日乃有由巢鄰⑤。苦齋老，清而懒⑥，才豐識遠兼多文。人見長松偃蹇卧雲壑，豈知浩浩之氣藏彌綸。有首不頂丞相帽，有足不踏公卿門。詩來三復有餘馥，如茹秋菊紉蘭蓀⑦。平生尚友抱苦節，逸興特愛淵明真。不居城府儘高尚⑧，況欲卷迹同其倫。白鹿嵬，高輪囷，望之可仰不可親。徜徉終歲竹林下，回視七子徒紛紛。回視七子徒紛紛！東坡云：「孔子不取微生高，孟子不取於陵仲子，惡其不情也。陶淵明欲仕則仕，不以求之爲嫌；欲隱則隱，不以去之爲高。飢則扣門而乞食，飽則雞黍以迎客。古今賢之，貴其真也。」

【校】

①「贈雷苦齋」，弘治本同元刊明補本；薈要本、四庫本脱。

②「墩」，弘治本、薈要本同元刊明補本；四庫本作「嶜」。按：嶜，即嶜字，《集韻》：「山皃。」作「嶜」者，疑涉上字「山」而改「墩」所從之「土」，偏旁類化。

③「檐」，弘治本同元刊明補本；薈要本、四庫本作「擔」，亦可通。按：檐、擔本爲二字，文獻中木、扌多不分，故檐、擔二字義有可通者。作「擔」者，蓋以「擔負」連讀而表動作義，故以「擔」代「檐」。

④「有」，弘治本、薈要本、四庫本作「有」，元刊明補本作「冇」。

⑤「比」，弘治本、薈要本、四庫本作「此」。「巢」，元刊明補本、弘治本作「東」，形似而誤；據薈要本、四庫本改。按：由巢，謂許由與巢父，泛指隱士，《晉書》卷六《元帝紀》：「願陛下存舜禹至公之情，狹由巢抗矯之節，以社稷爲務，不以小行爲先。」

⑥「憞」，元刊明補本、弘治本、薈要本作「憞」，四庫本作「敦」。

⑦「紉」，元刊明補本作「紐」，形似而誤；據弘治本、薈要本、四庫本改。

⑧「儘」，弘治本同元刊明補本；薈要本、四庫本作「盡」，後依此不悉出校記。

瓊華露酒歌

繼惠一樽故作歌以謝之時壬辰六月廿八日也①

酒之爲齊釀法先，麴生玉粒聽其然②。百方百醞品各異，要以色味清爲賢。井君出職光禄寺，容止蘊藉涵清妍③。朝來相過憐衰翁，開樽小酌何從容。銀罌細瀉疑匪酒④，玉色照眼清如空。停杯題品賞超絶，瓊枝湛露吹天風。一酌氣馥烈，再酌心沖融。憶初蜀使分餘瀝，老頰不到湖春紅⑤。爲君三嚥儘鯨吸⑥，便覺輔安五臟夷三蟲。吾聞此術煮酎法，連罌氣化開鴻蒙。多君屢製轉精粹，儀狄拊掌驚神工。橘中游戲商山樂，玉薤策勳俱妄作。浩歌爲約飲中仙，世間元有揚州鶴⑦。

【校】

①「繼惠一樽故作歌以謝之時壬辰六月廿八日也」，弘治本同元刊明補本；薈要本、四庫本脱。

②「麴」，弘治本、薈要本同元刊明補本；四庫本作「趜」，非是。

③「藴」，弘治本、薈要本同元刊明補本；四庫本作「醖」，亦可通。按：醖藉，亦作醖籍，猶藴藉、藴籍。作「醖」者，蓋涉上「百方百醖品各異」而誤。

④「瀉」，弘治本、薈要本同元刊明補本；四庫本作「寫」，亦可通。按：寫，同瀉。後依此不悉出校記。

⑤「湖」，弘治本、薈要本同元刊明補本；四庫本作「潮」。

⑥「嚥」，弘治本同元刊明補本；薈要本、四庫本作「咽」，亦可通。按：嚥，同咽。作「咽」者，蓋以常見之字易僻字耳。後依此不悉出校記。

⑦「元」，弘治本、薈要本同元刊明補本；四庫本作「原」，亦可通。按：元，通原。作「原」者，蓋以本字易借字。

有狐篇

黄蒿古城人絶迹，有狐綏綏出復沒。近郊夷曠兀兀静，獵食無求蟄無窟。依憑城社歲月深，羣犬噤聲畏不逐①。或曾爲孽化而人，漢有曹瞞楚奚衈。蒼形雪面妥彗尾，氣出陰邪餘詭譎②。振毛出穴嘷黑夜③，竊食人家翻盎錡。鬼行胷臆神不容，彼爲一飢還爾耳④。況今白晝雜人居，厥兆有占羣小侈。郡侯執德儘勝妖，要絶其根心乃已。老奸急捕驚脱兔，遺育熏夷滌腥穢。彼狐微物徒妖訛，朝來一掩虞人羅。叔敖殺蛇韓逐鰐，公等去狐誠可歌。張綱埋輪非不問，事有難易先重科，人面獸心當若何。

【校】

①「犬」，元刊明補本作「大」，形似而誤；據弘治本、薈要本、四庫本改。

②「詭譎」，弘治本同元刊明補本；薈要本、四庫本作「譎詭」。按：是處出現異文，蓋與是詩換韻有關。逐，《廣韻》入聲屋韻，在《中原音韻》十五部；卹，《廣韻》入聲藥韻，在《中原音韻》十六部；譎，《廣韻》入聲屑韻，在《中原音韻》十七部；王惲古詩多用《中原音韻》，屋、藥、屑諧韻。詭、錡、侈，《廣韻》上聲紙韻；耳，《廣韻》上聲止韻；紙、止，在《中原音韻》第三部，諧韻。

③「穴」，元刊明補本、弘治本作「火」，非；四庫本作「大」，非；據薈要本改。

④「耳」，弘治本、四庫本同元刊明補本；薈要本作「爾」。

罩魚歌

夏五月六日作於泗溪東軒二李生用南梁劉之亨夢二李生事①

稻秧針如溪可揭，春水桃花魚失勢。野人乘捕趁農閑②，風暖溪深張水戲。輕舠前漾撒巨網，後擁罩竿遮兩際。大魚赤鯉如有神③，一夕雷風先遠逝。終朝罩罩盡常材④，柳貫壺擕不餘棄。行觀窟宅幾一空，河伯波神爲慘悴。君不見天生萬物盈兩間，物物資人供所嗜。用惟有節取有時⑤，食不能勝非小惠。山不幽來水無阻，智出犧皇結繩罟⑥。上焉神理下物情，以類以通無過舉⑦。於戲三代根此心，後世胡爲棄如土。東軒歸夢二李生，我輩何辜遽如許⑧。

【校】

①「夏五月六日作於泗溪東軒二李生用南梁劉之亨夢二李生事」，弘治本同元刊明補本；薈要本、四庫本脱。

②「閑」，弘治本、薈要本同元刊明補本；四庫本作「間」，非。

③「鯉」，元刊明補本、弘治本、薈要本作「鱔」，據四庫本改。

④「罩罩」，弘治本同元刊明補本；薈要本、四庫本作「罩上」。「材」，弘治本同元刊明補本；薈要本、四庫本作「鱗」。

⑤「惟」，弘治本、薈要本同元刊明補本；四庫本作「唯」。按：惟，句中語助詞，語之緩也，無實義。唯，未見有是種用法。

⑥「犧」，弘治本、薈要本同元刊明補本；四庫本作「羲」，亦可通。

⑦「以」，弘治本同元刊明補本；薈要本、四庫本作「相」。

⑧「輩」，弘治本同元刊明補本；薈要本、四庫本作「夢」，非。

風狸行

後六月十五日至衛乃作是詩①

風狸出桂海，厥狀即猨狨。晝伏如蜎縮，夜躍衝樊籠。咄彼乳與溺，愈疾收奇功。或云識風候，飛行半空中。置之危檣顛，順勢蹲西東。越人豈此異，遠進燕山宮。不思汝悖疾，持此以自攻，憣然效順如狸聰②。交州況復七縣地，枉着螳臂當車衝。南風不競汝親見，戈船下海驅羣龍。聖皇神武包九有，任土之物皆吾賓。養之如春涵如海，聲教所暨開唐封。汝不聞蕭梁天監間，林邑之范觀天風。審知中天御明主，一旦職貢應來同。茲焉罔念徒爾耳，嗚呼彼狸何所庸！《寰宇記》：「梁天監中，林邑主范纘觀望天風，知中國有明主，即奉表内附。」③

【校】

①「後六月十五日至衛乃作是詩」，弘治本同元刊明補本；薈要本、四庫本脱。

②「憣」，弘治本、薈要本、四庫本作「幡」，亦可通。按：憣，通翻，變動、反復，同幡。作「幡」者，蓋「憣」之形誤耳。

③「《寰宇記》」至「即奉表内附」，抄本同元刊明補本；薈要本、四庫本脱。

賀君玉林兄得重孫

共山老仙號虚白，未老而閑見高節。琅琅玉骨深含滋①，散入雲仍衍遺澤。林兄今年幾八旬，飲啖行步餘精神。阿元游宦已通貴，慰眼又見元之孫。犀錢玉果蘭湯温，洗教啼泣吾試聞，充閭之氣當熅熅。繞牀阿堵莫輕動，留待他年讀書用。

【校】

①「深」，元刊明補本、抄本闕；四庫本作「隱」；據薈要本補。

二俊歌　并序

總管温卿蓄一鶻、一犬，每出獵，不即則已，即則必獲。其或一失①，願以羔見償。予以二者雖自籠養指嗾中來，非俊無留，賞其何能爾。作《二俊歌》以美之。其詞曰：

温郎年少温如玉，老作獵師知所蓄。不勞赤羽膳千夫，眼底韓盧手中鶻。太行東麓雲雪崗，飛鞚鳴鞘幾馳逐②。暮歸不省錦鞍空，獵獵霜風静三窟。我觀二俊固奇毛，擊取無虚指縱力。數朝解鞚何所從，鎖窗弄筆圍春風。螺香不到眉嫵秀，鶴翎細抹丹砂紅。會當捋鬚賞不凡，爲君一醉琉璃鍾③。

【校】

①「或」，抄本同元刊明補本；薈要本、四庫本脱。「一失」，抄本同元刊明補本；薈要本、四庫本作「失一」。

②「鞚」，抄本同元刊明補本；薈要本、四庫本作「鞍」，形似而誤。

③「鍾」，元刊明補本、抄本作「鐘」，形似而誤；據薈要本、四庫本改。

題任南麓畫華清宫圖後 并序

圖有閑閑公題詩，作擘窠真書，蓋與畫世爲三絶。此卷初主於僧遜公①，繼爲嫣川松公所寶。興定初，松間關兵亂中，保持與歸燕都，今爲子英家藏。至元廿四年，楊示予披玩者累日，嘗欲賦一詩以發偉觀，竟以事未暇。今林谿殁，畫復在燕，不知且歸何人。

適閲《滏水集》②，見公題詩，偶書此以償宿昔，初弗計其不揆也③。廿八年冬十一月十四日，秋澗老人序。

三郎年耄誇精健，歲歲華清事游宴。玉蓮湯殿浴行雲，傾城幾顧環兒倩。一掬游塵散馬嵬，餘波不涴香囊怨。龍巖畫筆寫興亡，墨花暈出真妃傳④。謫仙辭翰兩超□⑤，媲以任公世三絶。我昔西遊不到秦，披圖空夢驪山月⑥。林谿家藏十襲珍⑦，楊生已歿歸何人，護持當有松公神。

【校】

①「主」，抄本同元刊明補本；薈要本、四庫本作「藏」。按：疑當作「藏」，未明元刊明補本、弘治本緣何作「主」。

②「適」，抄本、薈要本同元刊明補本；四庫本作「隨」，非是。

③「不揆」，抄本、薈要本同元刊明補本；四庫本作「不自揆」，衍。

④「妃」，抄本、薈要本同元刊明補本；四庫本作「仙」，非是。

⑤「兩超□」，抄本同元刊明補本；薈要本作「雨超越」；四庫本作「兩起色」。

⑥「驪」，元刊明補本闕；據抄本、薈要本、四庫本補。

⑦「十」，抄本、薈要本同元刊明補本；四庫本作「什」，亦通。

和東坡聚星堂雪詩韻

天風一夜吹枯葉①，清曉開門驚尺雪②。林林萬木凍已僵，漠漠長空來不絶。南畝能滋麰麥肥，東牀任使琴絲折。玄冥用壯見肅殺，疫氣迎春盡消滅。少年雪獵狐兔羣，夢寐韝鷹思一掣。凍封窟宅龍挺蟄，色晃書帷繒失纈。中庭食飽方散步③，行襯春泥思木屑。一冬三白積餘威，不比尋常應時瞥。炎涼一氣不自如，苦樂人生有難説。羊羔金帳暖如春，布被藜牀冷於鐵④。

【校】

①「枯」，元刊明補本、抄本、薈要本作「端」，非是；據四庫本改。

②「尺」，抄本同元刊明補本；薈要本、四庫本作「天」，形似而誤。

③「方」，元刊明補本、抄本作「妨」，非是；據薈要本、四庫本改。

④「被」，元刊明補本、抄本作「彼」，形似而誤；據薈要本、四庫本改。

雞蹠劍歌

前年官閩中，偶遇牛斗客。醉解胯下劍，壯我遠行色。劍名雞蹠來岷峨，鐵花鏽出雄雯多①。似連還斷斷復續，蒼精含景争横羅。南游萬里非浪走，彈鋏豈爲無魚歌。飛空欲作黄鶴舉，劈浪下斬巴江黿。誰期兩事俱大繆，歸來挂壁如陶㥠②。吾衰物壯終汝悮，不見漢相劍佩紛相磨。春雷奮蟄當如何，春雷奮蟄當如何！

【校】

①「鏽」，元刊明補本、弘治本、薈要本作「繡」，非是；據四庫本改。

②「㥠」，弘治本、薈要本、四庫本作「梭」。

飛廉館瓦研歌

癸巳六月六日病中作贈王冲霄①

洛邑西遷漢靈泣，一炬南宫三月赤。飛廉鎩翮化青凫，老瓦淪胥何所得。太陰凝魄祕輿亡，土花千年不敢蝕。劉郎杳杳秋風客，神鳥冥飛憶初格。豹章爵首尾蟠蛇，建章千門風洌洌②。磨礱頭角入孤圜，收劍松聲聽蕭瑟③。墨花供筆發幽光，長日玉堂生五色。張華博物見初心，笑泚玄泓爲渠説。昭陵柏城初覩汝，十五年來莫渠別。護軍紀漢明有書，應劭箋形更精潔。道初在邇求轉遐，半世看書眼空纈。沖霄持贈有深意，淡僻憐予如任俠④。一朝入手與神會，過户不知吾屐折。嗚呼三代不復見，兩漢規模儘堪説。寶藏宜與瓦礫殊，隄備有人來胠篋⑤。昭陵柏城，宋仁宗陵也，在河南鞏縣西南。⑥

【校】

①「癸巳六月六日病中作贈王沖霄」，弘治本、《中州名賢文表》同元刊明補本；薈要本、四庫本脱。

②「洌洌」，弘治本同元刊明補本；薈要本、四庫本作「洌洌」。

③「磨礱頭角入孤圜，收劍松聲聽蕭瑟」，元刊明補本、《中州名賢文表》作「磨礱頭角入孤圜，收斂松聲聽蕭瑟」，形似而誤；薈要本、四庫本作「磨礱頭入孤圜收，劍淬松聲聽蕭瑟」，既脱且衍；據弘治本改。

④「僻」，弘治本、薈要本、《中州名賢文表》同元刊明補本；四庫本作「癖」。

⑤「胠」，元刊明補本、弘治本、《中州名賢文表》作「揭」，非是；據薈要本、四庫本改。

⑥「昭陵柏城，宋仁宗陵也，在河南鞏縣西南」，薈要本、四庫本脱；《中州名賢文表》近似墨丁。

清霜怨　贈吴省參君璋①

日落偶過吴郎家，入門兩欄姚魏花。金盤洗粧都幾日，已覺鬢亂釵横斜。韓卿秉燭惜佳麗，便恐翠袖倚竹空春華。鶴翎紅糁玉蝶粉，墮髻睡美吴宫娃。我欲問花不解語，何故忽爾令人嗟。東皇醉着初不問，青女潛妬飛銀沙。花神斂袂避陰慘，駐顔何有仙人砂。京師名圃花不少，今歲閑殺遊春車。客懷豈獨被花惱，俗事擾擾驚無涯。西風巷陌塵障面，酒樓寂寂空簫笳。我因未事得閑在，盡日飲客煎溪芽②。天教世務不挂口，遮眼幸有詩書葩。時時弄筆散幽滯，錢裹忘計東坡乂③。爲花作譜見衰盛，自笑思澀頤空呀。因聲寄謝紫山老，落落高舉淩青霞。

【校】

①「贈吴省參君璋」，弘治本作「贈吾省參君璋」，非是；薈要本，四庫本脱。

②「盡」，薈要本、四庫本同元刊明補本；弘治本作「盧」，非是。

③「乂」，弘治本同元刊明補本；薈要本、四庫本作「义」，非是。按：作「義」者，蓋「義」俗作「义」，「义」、「乂」形似。

賀雨詩 并序

通惠河自壬辰秋開治①，至今年夏六月中，穿土未已。時方旱暑，氣極熾，兵民頗困於役。是月二十日，有司請少間以紓民力，首相主減役，止留軍夫五千。庭議已下②，而雨作盈尺。賦《賀雨詩》以紀其事。

一畝泉深龍滙碧，遠引入城通太液③。不緣蝦口灑郊塵，又匪弘農獻琛璧。稻米流脂粟米白④，歲與飢民豐粒食。靈臺靈沼須民力，并力一勞思永逸⑤。今年旱氣罩火傘，赫赫焚如鷩赭赤。萬人雲鍤揮汗雨⑥，薰染踰時不無疫⑦。有司陳請避炎輝，役敢辭辛時少息。已聞停議出中堂，未午朋陰蓊東北。都城一雨幾尺餘，何俟巫吁而雩盎浮蜥。天人相感本無間，金鉉調元不多術。誠心公道即天心，元氣洪濛開太極。餘糧棲畝婁滿載⑧，御廩天囷若京積。夕陽澮灧斗門深⑨，一片波光連畫鷁。

【校】

①「開」，弘治本同元刊明補本；薈要本、四庫本作「間」。

②「庭」，弘治本、四庫本同元刊明補本；薈要本作「廷」，亦可通。按：庭，通廷。作「廷」者，蓋以本字代借字耳。後依此不悉出校記。

③「太」，弘治本同元刊明補本；薈要本、四庫本作「大」，形似而誤。

④「米」，弘治本同元刊明補本；薈要本作「末」，形似而誤；四庫本作「禾」，非是。

⑤「并力」，元刊明補本、弘治本作「倂敵」，非是；薈要本作「并日」，非是；據四庫本改。按：并、倂，同。「敵」，蓋「力」之聲誤耳。

⑥「鍤」，弘治本、四庫本同元刊明補本；薈要本作「插」，聲近而誤。

⑦「踰」，弘治本同元刊明補本；薈要本、四庫本作「經」。

⑧「婁」，弘治本同元刊明補本；薈要本作「不」；四庫本作「禾」。

⑨「灩」，弘治本、四庫本同元刊明補本；薈要本作「豔」，非是。

題中山劉壽翁九十五詩卷

按部過中山，憶嘗謁王丈。眼明欣見百年人，談麈詞鋒轉清亮。故都喬木幾秋風，精力有餘無少恙。盤盤定武古戰國，耆舊例多神所相。于今又得劉家翁，人説殆與王丈同。

康寧好德九十五，篤實外著心和沖。世事不挂口，外物不役躬。軒冕真倘來，視若雲浮空。子孝以志養，家温樂時雍。固云賦與厚①，亦自存養功。常笑雞窠祖，雖見九世宗。不食又不語，壽齊彭籛安足顒？何如此老人，雙瞳炯如兩耳聰，子孫滿前樂融融。歲時燕喜北潭緑，常日睡起東窗紅。稱觴宜有鮐詠背，祝噎不用鳩爲笻。行聽鄉閭尊二老，丹青蘭若見儀容。

【校】

①「與」，弘治本、薈要本同元刊明補本；四庫本作「予」，亦可通。按：與，同予，亦猶賦。「賦予」、「賦與」皆同義連用而凝固成詞。作「予」者，蓋「賦予」較「賦與」常見耳。

送李蕭二君奉使安南

李仲賓假部侍郎蕭假部郎中蕭隆興人以神童出身字平則

安南九城海中沚，黑誌彈丸良蕞爾①。阨吭控背相簒弑②，正倚大邦爲表裏。畏天事大自前王，念彼人臣以忠止③。先帝包荒不遐遺，南北肯分同赤子。歲時宣諭極忱誠，都護諸番殆三紀④。豈惟璽書意曲盡，錦幣殊恩兼藥餌。至仁臨御海波平，銅鼓聲沉邊四敉。父恭于前子遵後，臣子於焉正其理。前年奉表餘翠具，再歲象奴紛異議。執迷托故謂來庭⑤，彼孰能欺徒自僦⑥。先皇赫怒安遠人，邊將請征思一洗。秋風少約茂陵寒，已復夷遷空越鄙。嗣皇龍飛擴神武，盡雪前愆昭曠度。兩階首舞有虞干，正以自新開彼路。皇元一氣包六合，榻外他人非所慮。豈有父子一家還異趣，使華重照鬱林光，積懼懷恩深悔悟⑦？二奉使，心何闇，逢時吐氣思經綸。縱横正有三寸舌，不在犀翠充庭珍。嗣皇仁聖自天眷，又非人力之所能。德澤如海涵如春，彼交雖眇宜知聞⑧。眼穿一宥盼已久⑨，去去莫緩都亭輪。

【校】

①「黑」，元刊明補本、弘治本作「墨」，據薈要本、四庫本改。

②「阸」，弘治本同元刊明補本；薈要本、四庫本作「扼」，亦可通。

③「止」，弘治本同元刊明補本；薈要本、四庫本作「至」，聲近而誤。

④「紀」，弘治本、四庫本同元刊明補本；薈要本作「繼」，聲近而誤。

⑤「托」，弘治本、薈要本同元刊明補本；四庫本作「託」，亦通。按：托、託，多可通。後依此不悉出校記。

⑥「徒自」，弘治本同元刊明補本；薈要本、四庫本作「自徒」，倒。

⑦「恩」，弘治本、四庫本同元刊明補本；薈要本作「思」，形似而誤。

⑧「眇」，弘治本同元刊明補本；薈要本、四庫本作「渺」，亦通。

⑨「盼」，元刊明補本、弘治本作「盻」，亦可通；據薈要本、四庫本改。按：盼，俗用作作盻。後依此不悉出校記。

繼翰屬詩韻昨觀諸君光和所謂眼中有鐵皆勍敵也復爲滲漉以見鄙懷

蹇予一生空濩落，心似虛舟藏夜壑。誰教浪走半九州，潦倒不容停兩脚。前年尺一遽呼起，峻以文階深自愕。投閑置散乃分宜，未免老爲文字縛。青綾被暖玉堂清，鶡雀何爲集阿閣。太平典策不緣麟，顧我削書寧不作①？滿牀堆積簡編青，其奈曲江雖忠林甫惡②。

【校】

①「作」，元刊明補本、弘治本作「怍」，據薈要本、四庫本改。

②「雖」，弘治本、四庫本同元刊明補本；薈要本作「難」，形似而誤。「忠」，弘治本同元刊明補本；薈要本作「免」，

非；四庫本作「老」，非。

礱硯詞　并引

予家藏風字歙硯，石色、斲手二者俱佳①，所患褪墨略不得色。聞師道吾友有奇石，善勵鈍發鋭，能一礱治，亦太玄之一助也，遂作詩以懇之。其辭曰：

硯之同功甲與鋋，試之敵場維利堅②，其或不爾安用焉？咄嗟此歙肌理姸③，和光挫鋭今幾年。本圖殺墨不荏入④，殆似兩鏡光相研。聞君有石善礱鈍，武昌赤砥銛龍泉。碧絲吐鋩瀝玄潘⑤，濡首亦快張家顛。我今白髯玉堂客，結習未了文房緣。自憐癡絶渠復爾，堆積音漬汗簡何由前，儆抑正賴公和賢。

【校】

①「俱佳」，弘治本同元刊明補本；薈要本、四庫本作「佳甚」。

②「維」，弘治本同元刊明補本；薈要本、四庫本作「惟」，亦通。後依此不悉出校記。

③「姸」，弘治本、四庫本同元刊明補本；薈要本作「研」，亦可通。

④「荏」，弘治本、薈要本同元刊明補本；四庫本作「任」。
⑤「潘」，弘治本同元刊明補本；薈要本、四庫本作「酒」。

秦山圖

時元貞元年秋九月十四日作時歲賤庚六十有九①

秦之爲山何峻雄，西連太白東華峯。特隆天府樹巨屏，固蓄精祐開邰封②。黍離變雅西周東，雲煙幻出崤函宫③。不信詩書顓法制，百二山河纔兩世。後來漢唐亦盛代，文物雖多終霸氣。千年事往遺迹在，留與來今鑑成敗。君不見烽燧臺，羯鼓樓，祖龍墓在山東頭。丹青比興雅頌作，畫史固是非凡流④。半生薄宦走踆踆，每恨西遊不到秦。我今年耄百事懶⑤，唯有懷古一念心猶存。嘗聞雪滿秦山圖，天機貌畫中南真⑥。又聞髯張醉裏頭插筆，灑遍人間雪色壁。西溪君，范華原，嗚呼二者不復作，令人氣短心茫然。一朝全秦大物忽當眼，着我如在龍首山之顛。卷舒巨軸閲幾年，兩都喬木今蒼煙。其歸有數開有先⑦，昔藏壽國今聰山。二公異世俱稱賢，畫兮畫兮得其傳。

【校】

①「時元貞元年秋九月十四日作時歲躔庚六十有九」，弘治本同元刊明補本；薈要本、四庫本脱。

②「精祐」，弘治本同元刊明補本；薈要本作「積祐」；四庫本作「積祜」。

③「崤」，弘治本、薈要本同元刊明補本；四庫本作「肴」，非是。

④「凡」，薈要本、四庫本同元刊明補本；弘治本作「九」，形似而誤。

⑤「耄」，弘治本同元刊明補本；薈要本、四庫本作「老」。

⑥「中」，弘治本同元刊明補本；薈要本、四庫本作「終」，亦可通。

⑦「有」，元刊明補本、弘治本闕；據薈要本、四庫本補。

送曹仲堅赴建寧路教

武夷書院今畫圖，建安林館鄒魯如。考亭文公宋世儒，主盟大學持文樞。六經要是平治具①，上際圓蓋蟠方輿。正誠兩字有抵力，皇皇仁義真亨衢②。人倫大統既攸敘，不爾天理私慾同一區。先生去世初未遠，得私淑者君其徒。昨聞赤牒下建府，圓冠喜動甌閩隅。君今見秩八品貴，官府言責一事無③。育材不闕學田粟，插架剩有官樓書。講經會課有餘裕，修己繕性深涵濡。今之所教教以此，而彼所授授此歟？仲堅世系乃華胄，出入鶴蓋垂文魚。箕裘幸不失素業，儒林振藻今璠璵。友于疇似君家樂④，鶚荐重看入石渠。

【校】

①「具」，弘治本同元刊明補本；薈要本、四庫本作「基」，當以此爲是。

②「皇皇」，元刊明補本、弘治本作「遑遑」，非是；據薈要本、四庫本改。

③「府」，弘治本、薈要本同元刊明補本；四庫本作「守」。

④「疇」，弘治本同元刊明補本；薈要本、四庫本作「誰」，亦可通。按：《文選注》卷四八司馬相如《封禪文》：「罔若淑而不昌，疇逆失而能存？」李善注：「應劭曰：『疇，誰也。』」作「誰」者，蓋以常見之字易僻字耳。

雁門公子行

雁門山高幾百仞，風土雄尊號全晉。李侯年少出紈袴，裘馬輕肥冠時俊。古來豪俠數幽并，柳子不徒誇晉問。蹇予三歲東州客，塵滿青衫鬢雙白。書生無策伴侯鯖，尺蠖泥蟠甘退縮。此時同君在幕中，時君居史公幕下，佐理邦經①，殊有力焉②。袖手旁觀駭超越。倏籠脱落不受羈，意表出奇人叵測。健於義鶻快一擊，霜翮拏雲鶩空百③。愛君肝膽向人開，遇事剖析無留材。世人刺梗塞靈府，米事挂眼生嫌猜。丈夫所貴氣爲主，行義不虧誠可取。區區心計簿書間，束縛疇非抱官虜。春光澹淹東湖亭，素筝濁酒攄離情。豹藏深霧出奇質，未害蹉跎魯客卿。我懷井谷君，陰積蓋代聞。涂鄉五千户④，一語爲生存。子孫衍慶宜英偉，鬱鬱其能久於此？後也速歹行省四川⑤，辟公員外郎，大展其用，後授順慶宣課大使⑥。甲戌歲⑦，任成都路防城軍民總管⑧。乙亥冬⑨，卒于成都，得年四十有八。白帝城高玉壘深，定秦戈甲紛西鄙。民政兵機兩肅然，當時豔豔東西川。公不少留我涕漣，洗心棲寂中和篇，空餘遺愛歌皋賢。一别人間三十秋，又從圖畫挹風流。至今劍北羅江道，往往旌旄見出遊⑩。謂見鄉人王小五于羅江縣道中⑪，囑以家事。公既没，蜀人至今思之，精魄爽爽如在⑫。

【校】

①「邦經」，弘治本、四庫本同元刊明補本；薈要本作「經邦」，倒。

②「殊」，弘治本同元刊明補本；薈要本、四庫本作「大」。

③「空百」，弘治本同元刊明補本；薈要本、四庫本作「無敵」，非。

④「千」，弘治本同元刊明補本；薈要本、四庫本作「十」，形似而誤。
⑤「後也速歹」，弘治本同元刊明補本；薈要本作「後也速從」；四庫本作「伊蘇呼密」。「省」，弘治本、四庫本同元刊明補本；薈要本作「者」，形似而誤。
⑥「慶」，弘治本同元刊明補本；薈要本、四庫本作「天」。
⑦「歲」，弘治本同元刊明補本；薈要本、四庫本作「年」。
⑧「民」，弘治本同元刊明補本；薈要本、四庫本脱。
⑨「冬」，弘治本、四庫本同元刊明補本；薈要本作「冬月」，衍。
⑩「髦」，弘治本同元刊明補本；薈要本、四庫本作「旄」，亦可通。
⑪「謂」，弘治本同元刊明補本；薈要本、四庫本脱。
⑫「爽爽」，弘治本同元刊明補本；薈要本、四庫本脱。「在」，弘治本、薈要本同元刊明補本；四庫本作「此」，非。

泉石雙松圖

何直長筆①

江煙霏霏江雨濕，滿壑秋風蕩虛壁。何工雖老筆有神②，寫出雙松蔭泉石。君看磊落橫澗枝，黑入太陰凝積鐵。它時不作澗窟虬，定向風巖聞虎裂。煩君十襲爲深藏，隄備六丁來電掣。

【校】

①「何直長筆」，弘治本同元刊明補本；薈要本、四庫本脱。

②「工」，弘治本同元刊明補本；薈要本、四庫本作「生」。

江南道

江南道，翠竹晴沙静如掃。風煙終日畫圖間①，不覺行人暗中老。笑行人，自枯槁，名利誰能死前了。我行貪路發五更，馬上吟看亂山曉②。聽閩猿，聞越鳥，總道先生歸去好。只緣老病日相仍，非爲知機辯之早③。清時正有一閑高，天涯何處無芳草。

【校】

①「煙」，弘治本、薈要本同元刊明補本；四庫本作「霜」。

②「吟」，弘治本同元刊明補本；薈要本、四庫本作「人」，聲近而誤。

③「辯」，弘治本同元刊明補本；薈要本、四庫本作「辨」，亦通。

贈五星鄒宜齋

建安山水何瓌奇，宜齋氣稟宜清夷。天星飛跳括萬命，落筆一剖無藏機。蹇予歸舟次甌寧，子孺病卧咄可驚。爲予刺口論災咎，火頭孛尾相纏嬰。推原根植甚安固①，五日而後知和平。疾勿藥，言果徵，願丐一詩爲發明。我今憂國渠試聽，近年越寇何縱横②。揭來赤囊日三捷，分崩鼠穴逃餘生。此時脅從弗與殊，玉石併燬真無辜。腰間縱有玉具劍③，坐視罔救空長吁。煩君拭目維南斗，此去妖氛可静無④。

【校】

①「植」，弘治本、四庫本同元刊明補本；薈要本作「柢」。

②「近」，弘治本、薈要本同元刊明補本；四庫本作「去」。

③「玉具劍」，弘治本作「玉真劍」，形似而誤；薈要本、四庫本作「五真劍」，形似而誤。按：作「玉真劍」者，「真」乃「具」之形誤；作「五真劍」者，亦襲弘治本之誤，且「玉」更誤作「五」。按，玉具劍，《漢書》卷九四《匈奴傳下》：

「賜以冠帶衣裳，黄金璽盭綬，玉具劍。」顔師古注：「孟康曰：『摽首鐔衛盡用玉爲之也。』鐔，劍口旁横出者也。衛，劍鼻也。」

④「氛」，元刊明補本、弘治本作「氣」，非；據薈要本、四庫本改。「静」，弘治本、薈要本同元刊明補本；四庫本作「盡」。

湘中後怨

至元十八年歲辛巳冬十月按事順德晨起燈下讀沈下賢文集偶賦此或云鄭即子春也

洛橋曉月光朦朧①，彼姝嬌啼橋水東。鄭生早發與之遇，挈去媵御甘長終。霧綃煙縠已儻怳，《九歌》《招魂》皆楚風。一朝謫滿與鄭訣②，云是蛟娣非凡庸。岳陽樓高花映紅，滿筵歌舞蛟人宫③。海風吹散欻不見④，倚雲望入湘江空。

【校】

①「朦朧」，弘治本同元刊明補本；薈要本、四庫本作「朦朦」。

②「訣」，弘治本、薈要本同元刊明補本；四庫本作「談」，非是。

③「蛟」，弘治本、薈要本同元刊明補本；四庫本作「鮫」，亦通。按：鮫、蛟，通。作「鮫」者，蓋以「鮫人」爲水中之獸，故從「魚」。

④「海風吹散欻不見」，弘治本同元刊明補本；薈要本、四庫本作「海市蜃樓看不見」。

摩莎辭

我從洹東來①，枯陂滿畸人②。駐馬驚問之，云掘摩莎根③。摩莎一斗舂爲麈，聊沃飢火充朝餐④。雨屈南來至趙止⑤，彼壤可遊茲若焚。東西跬步間，乾潤殛爾分⑥。龍公執雨機，行事太不均。野人前致辭，荷鍤立傴僂。翻淘此物又將空，戀戀無他爲鄉土。一飢瀕死不足慮，大税今秋何所取，州帖猶來徵事故⑦。

【校】

①「洹」，薈要本作「濃」，抄本作「澧」，疑抄本爲是。

②「陂」，抄本同元刊明補本；薈要本、四庫本作「皮」，非。

③「掘」，抄本同元刊明補本；薈要本、四庫本作「握」，形似而誤。

④「沃飢火」，抄本同元刊明補本；薈要本、四庫本作「飫飢肚」，亦可通。「飡」，弘治本同元刊明補本；薈要本作「湌」，亦可通；四庫本作「飧」，亦可通。按：餐，《説文》：「湌，餐或從水。」湌，俗作飡。飧，飡之俗字，從夕從食，本謂晚餐也。《玉篇》：「水和飯也。」是飡通湌也。《集韻》：「或作餐，通作湌。」是飧、餐相混矣，故餐有《集韻》蘇昆切之音。後依此不悉出校記。

⑤「屈」，抄本作「屢」；薈要本作「澤」，亦可通；四庫本作「自」，亦可通。

⑥「甄」，抄本作「迺」；薈要本作「斬」；四庫本作「墐」。「爾」，抄本、薈要本同元刊明補本；四庫本作「兩」。

⑦「州」，抄本同元刊明補本；薈要本、四庫本作「用」，非。

街東宅效樂天體嘆暴貴而戒貪得也

街東宅，萬瓦新①，晴煙披拂青粼粼②。滿堂歌吹樂新貴，豈知賀者在室弔。在門根株已爲鬼，所斧藻棟竟起高比鄰。古云暴貴不祥事，巢覆未省雛能存。俄聞斵棺昭隱慝③，應有籍入無疏親。福由積善尚恐失，忍用陰遹戕其身④？作歌爲飭附炎子，未必貧賤非高人。

【校】

①「宅萬」，抄本同元刊明補本；薈要本、四庫本作「萬宅」，倒。

②「煙」，抄本同元刊明補本；薈要本、四庫本作「雲煙」，衍。

③「昭」，抄本同元刊明補本；薈要本、四庫本作「招」，亦可通。按：昭，示也；招，供認也。昭、招於詩意皆無違。

④「迺」，抄本、四庫本同元刊明補本；薈要本作「譎」。

碧玉琱枕歌壽王承旨

君不見靈壽賜孔光，俾之扶衰杖於朝；安車起申公，未免遠駕趨旌招。我思碧玉琱枕貺，養老之意更比西京饒。宛如大士冠，馳送下九霄。春冰藉紅牙，當晝凝不消。寵光照室幾千丈，寶華璀粲翻雲蛟。人間有眼未省見，況用顯異張吾曹。先生今年八十一①，視聽不減神超遥。先生節操玉比德，先生文章匪玉琱。以言以行國所仗，明堂大鼎須時調②。聖皇丙夜不安寐，作行尚復思羣豪。漆園蝶栩固不到，赤舄夢與周公遨。荐賢行見及遺逸，莊嚴七寶先瓊瑤③。從此鹿菴春更好，怡然高卧養松喬。

【校】

①「今」，抄本、薈要本同元刊明補本；四庫本作「大」，非。

②「時」，抄本、薈要本同元刊明補本；四庫本作「待」，亦可通。

③「莊」，元刊明補本、抄本、薈要本作「粧」，據四庫本改。

淮西行送湯侯宣慰廬江郡

淮西風土高且涼，桐波悠悠帶陵岡。流俗勁決喜戰鬥，自昔尚農今重商。今人逮我百餘載，況復限隔爲邊荒。八州隸轄勢亦重，慰宣正爾咨忠良。君侯磊落識已久，吐論能與時低昂。上承下接不須慮，幽遯澤及先瘝瘡。兵令畏法民有食①，鎮以簡静無更張。丈夫遠役存事業，治公如家功可量。行行旆征指淮甸②，弩臺曉日翻春陽。憶昨傾蓋長安陌，一笑軒豁生輝光。功名有在心未已，相顧但惜須眉蒼。打門來辭興不淺，思有以贈因吹楊。别懷不用作酒惡③，梅花滿枝休斷腸。會把一麾淮海去，與君終歲約徜徉。

【校】

①「令」，抄本同元刊明補本；薈要本、四庫本作「今」，形似而誤。

②「征」，抄本、薈要本同元刊明補本；四庫本作「旌」，涉上而誤。

③「懷」，元刊明補本作「懹」；薈要本、四庫本作「來」，據抄本改。

黄鵠下太液池歌贈張詹丞子有

君不見西京全盛時，黄鵠飛下太液池。雄聲東來蕩鳧鷺，波濤千頃翻琉璃。菊裳肅肅金爲衣，至今樂府留歌辭。只緣罕見稱祥輝，較之世用將何爲？張侯家住太液傍，寵眷久沐恩波光。金閨時彦推獨步，大冠脩劍明月璫。煙花鶴禁正縈繞，翩如彩鳳鳴朝陽。張侯本是濟時傑，游刃有餘歸以德。津津和氣粹眉宇，皎皎冰壺湛胸臆。兩都巡撫歲有常，守護無虞嘆先識。臨機益辨固餘事①，端本澄源更超逸。覃覃詹府開兩坊②，春桂香濃露華濕。鄭莊好客未足多，桃李公門半簪紱。況今六合梟鸞分，霜風静野惡木寂。太平有望公等事，爲國薦賢時所急。顒顒士論問遠期③，它日明堂須柱石。昔聞黄鵠下太液，今覩池邊威鳳集。作歌自笑贈君侯，一片野心猶獻炙。

【校】

①「益辨」，抄本、同元刊明補本；四庫本作「益辨」；薈要本作「溢辨」。

②「覃覃」，抄本同元刊明補本；薈要本、四庫本作「潭潭」，非。

③「遠」，抄本、薈要本同元刊明補本；四庫本作「還」，非。

海燕蒲萄鏡歌贈趙克敬

趙郎少年有澮癖，抉古搜奇曾不息。神京陸海魚龍窟，入市驚呼得玄璧。何年軒鑑覰天巧，百鍊陰精開素質。玉臺人去玉燈滅，洞映千秋猶一日①。粉膏銷盡漢宫香，背像冥薰臘茶色。翩翾海燕喜春晴，的皪蒲萄泫秋碧。寶奩才拆走神光②，秋月横江露華濕。森然毛骨溢清寒，野魅山精墮幽泣。藏明入晦古所尚，物不將迎汝之德。土花鏽澀學妖蟇③，桂影團團恣吞蝕。照人似惡太分明，俯仰取容非我職。蹇予行年五十七，落魄功名尚南北。青衫拂拭照衰朽，增進一階真可借④。鑑裁不到魏文貞，金鏡輸誠志當畢。趙郎從傍抵掌笑，識拔羣材有時特。悽然斂衽問鏡神，我髪何由黑如漆。

【校】

①「一」，抄本、薈要本同元刊明補本；四庫本作「有」。

②「拆」，抄本、四庫本同元刊明補本；薈要本作「折」，形似而誤。

③「鏽」，元刊明補本、抄本作「繡」，非是；據薈要本、四庫本改。

④「借」，抄本同元刊明補本；薈要本、四庫本作「惜」。

和張鵬飛詩韻

魯公平生書百碑，衆筆腐朽驚神奇。長沙大笑稱老賊，當時未必爲真知。大師忠義膽身大①，寓意於書忘弔賀。君不見路逢碧落三日觀，一字未厭書萬過。

【校】

①「大師」，抄本同元刊明補本；薈要本、四庫本作「太師」，亦可通。

王惲全集彙校卷第十二

五言律詩

壽史開府

開府羣公表，山河間氣鍾。飛翻同儷景，婉孌獨從龍。慶會千年運，中原百戰功。一門傳畫戟，列聖錫彤弓。霖雨思賢久，中朝注望隆。詔居華衮地，德邁古人風。學並征南癖，心肩尚父忠。翦鯨清碧海，煉石補蒼穹。脱略三朝儁，從容萬石恭。都俞明治體，風俗變時雍。薦達多名士，經綸極至公。功成心轉小，量廓孰非容。柱石嘉謨壯，朝廷睿眷崇。何心貪寵數，圖報罄丹衷。降典維公共，羣疑可適從。欽承能致恤，度作貴惟中。漢紀三章約，秋荼一掃空。與時弼五教，致主冠三宗。壽席恩光暖①，梅梢蠟蔕融②。翠梧雛鳳秀，燕寢霧香濃。毫彩知神相③，顔酡匪酒紅。武公强不息，羅結懿而聰。袖手調伊鼎，刊名溢景鐘。耆英追洛會，遐壽等喬松。賤子何多幸，凡金久在鎔。寸誠芹擬獻，五福日來㯅。德潤餘燕桂，簪纓滿漢宮。一杯千歲酒，遐邇此心同。

【校】

①「暖」，弘治本同元刊明補本；薈要本、四庫本作「老」。

②「梢」，薈要本、四庫本同元刊明補本；弘治本作「稍」，形似而誤。

③「亳」，元刊明補本作「亳」，形似而誤；據弘治本、薈要本、四庫本改。

壽徒單顒軒①

間氣無時歇，先生嶽降申。慶流椒室裔，袖有鴨江春。漢苑稱多士，青雲早致身。縱横蘇氏學，英特賈生倫。盛德應如此，文章固有神。玉堂看步武，滄海忽揚塵。飄泊心逾壯，歸來道日新。因懷盤谷隱，怡悦太行雲。欸命竹林駕，來陪楚醴賓。詞源窮造化，講席見經綸。小子嗟何述，先生樂育諄。顧非清廟器，時辱郢人斤。既佩雕鐫厚，長懷頌禱勤。微誠方獻炙，誕節遇兹辰。酌以義泉水，清泠勝飲醇。贈以湘纍菊，馨香如友人。

水澄性不撓，菊老氣彌振。道體同康謐，窮途任屈伸。年年華表底，同拜白頭親。

【校】

①「徒單」，弘治本、四庫本同元刊明補本；薈要本作「圖克坦」。

送外弟韓茂卿北上

外弟韓從愿奉檄轉補尚書部掾，自梁過衛，留三日而去。臨行求言爲訓，因書是詩以贈。

華省開新制，尚書古六曹①。官嚴程有限，吏職最爲勞。受簡聯鳧行，隨時覆契刀。論量天下事，承接眼中豪。吾弟方强仕，頭顱未二毛。荷囊初佩服，公務久薰陶。未害居煩劇②，休辭任動慅。一勤無不辦，多慢豈難操。所事先懷慎，當官責可逃③。古人淹典制，多暇戒遊遨。簿領雖山積，身心樂戰鏖。苦辛天不負，聲實日能高。況汝韓宗盛，從來衆士髦。華纓彯繡弁，象簡映青袍。光禄何稠疊，司空見贈褒。非儒即政務，致力釣溟鼇。繼述無多事④，公清善吏豪⑤。老夫雖潦倒，聽汝鶴鳴皋。

【校】

①「古」，弘治本同元刊明補本；薈要本、四庫本作「右」，形似而誤。

②「劇」，元刊明補本作「剸」，形似而訛；據弘治本、薈要本、四庫本改。

③「責」，弘治本同元刊明補本；薈要本、四庫本作「貴」，形似而誤。

④「事」，弘治本同元刊明補本；薈要本、四庫本闕。

⑤「豪」，弘治本同元刊明補本；薈要本、四庫本作「毫」，非。

春夜宴史右相宅

勳閥汾陽業，金貂漢相家。陽春元有脚，玉度瑩無瑕。神駿推宛馬，跳梁笑井蛙。相逢成夜集，暢飲厭流霞①。綺席圍聲妓，銀箏合鳳琶。晚粧添粉黛②，雜舞見渝巴。爐暖融螺甲③，盤香供露芽。透空敲雨杖④，促節摻漁撾。侑食增陽盛，紓懷發興賒。舊聲今漸遠，新體此無加。樓轉三更月，燈垂半夜花。歌長縈曲調，獅猛奮須牙。辭謝寧容退，留連暫樂佳。直須窮薄伎，尤異是雄踏。登踏寒林判⑤，軒呈迓古丫⑥。侍筵更紀僕，歸燭黯籠紗。下客陪簪玉，清吟擁鼻瓜。嗣侯非自樂，先業念無涯⑦。待士無疏密，籌邊靜譟譁。有時陳樂籍，張宴爲賓嘉。此夕真儀鳳，明朝等散鵶。寵光需北闕，時有進拜隆興省平章之耗，又以二月七日先相忌辰，約往汴京故第享祀，故云。⑧春綸動南衙。豈特調銀字，重看拜白麻。轉頭雖契闊，後話足雄誇。碧草傷淹賦，清江弔屈沙。別懷增惓惓，獨雁謾啞啞。霄漢嗟垂翼，庭階愧倚葭。情悠天共遠，心在地無遐。會作登樓客，聊停泛斗槎。朱門三十載，未分鬢空華。

【校】

①「厭」，四庫本同元刊明補本；弘治本、薈要本作「壓」，亦可通。

②「粧」，弘治本、薈要本同元刊明補本；四庫本作「妝」，亦可通。按：粧、妝，多可通。後依此不悉出校記。

③「爐」，元刊明補本模糊不清；弘治本、薈要本闕；據四庫本補。

④「透空」，四庫本同元刊明補本；弘治本、薈要本作「秀□」，非。

⑤「林判」，弘治本、四庫本同元刊明補本；薈要本作「冰泮」，非。

⑥「古」，弘治本、薈要本同元刊明補本；四庫本作「鼓」。

⑦「先」，弘治本、四庫本同元刊明補本；薈要本作「光」，形似而誤。

⑧「時有進拜隆興省平章之耗」至「故云」，弘治本同元刊明補本；薈要本、四庫本脱。

送表弟韓雲卿赴臺

才幹稱吾弟，名行邁友生。煙霄須致力，蘭署久留情。練事言無訒，臨機敵莫勍。趨朝元有日，去魯不無名。榮映荷囊紫，聲嚴柏府清。外司歆簡潔，内憲惜紛更。輕重量時制，銓除慮旦評。責人無自恕，乘勢可將迎。恩擢非余出①，靦情怨自平。斯言當首議，大體先居貞。行己雖多轍，開心罄赤誠。諒能持衆美，不必論前程。自笑行藏拙，潛看歲月驚。清時悲杜舍，白璧愧虞卿。遊宦幾三紀，殘棋任一枰。鐘鳴宜少息，時捩尚何營②？塵委慚芻狗，歌長振孺纓。十年希豸觸，一旦謾葵傾。道在吾何慊，憂深汝備明。見渠由爾遠③，着眼在兹行。聰作章徒紊，行難累匪輕。南山與秋色，依舊兩崢嶸。

爲將設察判，仍舊貫可也④。

【校】

①「恩擢」，弘治本同元刊明補本；薈要本作「息擢」；四庫本作「息棹」。「余」，弘治本、薈要本同元刊明補本；四

庫本作「逌」。

②「捩」，弘治本、薈要本同元刊明補本；四庫本作「戾」。

③「遠」，弘治本、薈要本、四庫本作「達」。

④「爲將設察判，仍舊貫可也」，弘治本同元刊明補本；薈要本、四庫本脱。

謁武惠魯公林墓　四十韻①

金馭成陰朽，山東自古彊。限田摽鎮戍，積憤致搶攘。武惠當年傑，天心霸業匡。雲龍時際會，風虎日翺翔。五十連城重，三千戰士良。一朝歸版籍，遺愛在耕桑。甫定先文治，來威戒伐張②。儉恭希大帛，號令肅秋霜。氣革耰鋤擾，風還禮義鄉。頌方歌魯盛，人駴隕星鏜。雲出青崖頂，烏瞻泰岱傍。驅車經鵲里，故宅似汾陽。山倚祁連塚③，祠荒緑野堂。門旌虚將幄，燕寢尚清香。有客追疇昔，懷人動慨慷。王師初破汴，河朔久淪綱。文物隨雲散，招徠不一亡。盡收周禮樂，重闢漢科場。清秩銓華省，羣英萃郡庠。有金皆治器，無玉不追章。蓄德需明主，流波及四方。星躔從落落，奎彩獨煌煌。嗣相圖光紹，先猷在益彰。雪山宜久重，世業寖丕昌。帝道開中統，皇風煽八荒。重推黄閣相，輕是尚書郎。兩署分荷橐，千官列雁行。至今稱濟濟，所在見蹌蹌。原治無多術，推賢用叵量④。措材真得所，收效儘非常。侯國能如此，朝家化更皇。闡明雖實理，勉勵乏明揚。一代徐通議，中流號巨防。試圖援手助，潛有跋胡妨。薄宦新過魯，諸生懼面牆。泮田饒樂育，師授奈無望。可惜絃歌地，虚成笱在梁。力扶雖切切，事迫去遑遑。量分功名薄，傷時涕泗滂。野煙知客恨，先自柏城蒼。

【校】

①「四十韻」，弘治本同元刊明補本；薈要本、四庫本脱。

②「伐」，四庫本同元刊明補本；弘治本、薈要本作「代」，形似而誤。

③「塚」，元刊明補本作「塚」，亦可通；四庫本作「冢」，亦可通；據弘治本、薈要本改。按：塚，本作冢，後增土以具其義也。塚、塚本爲二字，《集韻》：「墥，塵也。崔譔作塚。」是以塚即墥也。塚之作塚，蓋二字形似而相混也。

④「叵」，薈要本、四庫本同元刊明補本；弘治本作「叵」，形似而誤。

靈巖寺二十六韻

中土論名刹，兹山第一巖。地靈連海岱，境勝隔仙凡。紺殿通虚閣，丹崖間翠嵐。天低神寶嶺，佛出證明龕。雞警陰魔暴，僧馴怒虎眈①。定師興寺始，党刻不辭慚。石狀殷公怪，眉厖老衲毿。鐘聲盤絶壑，幡影走枯柟。法護雙欏樹，經嚴七寶函。巢棲松鶴赭，茗瀹露泉甘。花雨濛沙界②，巖围抱碧潭。布金仍趙魏，仰食不耕蠶。富覽山無盡，幽尋力不堪。微官嗟縛律，小隱欲投簪。吟就籃輿往③，禪思玉版參④。静緣天或假，世味苦相諳。城市蛙居坎，功名蟻戰酣。有來求福利，誰復滅嗔貪。風化吾儒在，慈恩釋氏覃。教崇緣世主，風靡過周南。以此山林勝，皆爲佛老探。兹遊聊適意，他日儘横談。翠琰詩如此，清吟口詎緘。顧瞻因咄咄，前後至三三。山主留昏宿，官程畏衆喦⑤。夕陽人影澹，猶惜動歸驂。

【校】

①「眈」，元刊明補本、弘治本作「躭」，形似而誤；據薈要本、四庫本改。

②「花」，弘治本同元刊明補本；薈要本、四庫本作「化」，非是。按：「花雨」、「沙界」皆佛教語。「花雨」連讀爲偏正結構，與對句之「巖圍」同。作「化」者，蓋未申文義，以「花雨」爲動賓結構，而改「花」爲「化」。

③「往」，弘治本同元刊明補本；薈要本、四庫本作「住」，形似而誤。

④「思」，弘治本同元刊明補本；薈要本、四庫本作「師」，涉上而誤。

⑤「官」，弘治本同元刊明補本；薈要本、四庫本作「征」。「衆」，弘治本同元刊明補本；薈要本、四庫本作「峻」，非。

壽郡侯

瀚海流餘慶，金天秉氣昌①。風姿先相肖，節概更鷹揚。衛郡民何幸，君侯德最良。幾年承此治，一日意曾違。仕膴學彌勵，身修志自強。物情諳漸熟②，巵酒不聞香。順事蠲苛嬈③，持難懾暴狂。親賢咨政體，捐俸起公堂。舉意從人便，何心恃己長。行春忘逸獵，發語見周防。門静無私謁，絃調戒急張④。早衙長待旦，退食到斜陽。奉上惟知謹，當機每克莊。清廉安本分，孝悌出天常。聽訟從輸臆，安羣腯牧羊⑤。行方端比矢，處當斷如鋼。誕席闌微獻⑥，歌詩代頌章。自憐鮐背叟，長對德星光。卻恐流雲駿，終峨豸角霜。所期松柏壽，喬嶽共蒼蒼。

【校】

①「秉」，弘治本同元刊明補本；薈要本、四庫本作「間」。
②「物」，弘治本同元刊明補本；薈要本、四庫本作「民」，非。
③「嬈」，弘治本、四庫本同元刊明補本；薈要本作「撓」，亦通。
④「絃」，弘治本、四庫本同元刊明補本；薈要本作「弦」，亦通。按：弦、絃，多可通。後依此不悉出校記。
⑤「腨」，弘治本同元刊明補本；薈要本、四庫本作「順」，非。
⑥「闌」，弘治本、薈要本同元刊明補本；四庫本作「陳」。

贈周曲山

官滿周南樂，城居漢德翁。酒杯隨老減，詩句自窮工。甕料黄虀剩，瓶儲白粲空。畫義錢幾塊，人事日相攻。昨莫招添壽①，今辰云弔凶②。新除雖有望，舊債積來重。咄咄時書怪，悠悠任轉蓬。伸眉無寸樂，接物儘多容。憔悴鱗遺野③，昂藏鶴在籠。固知吾道在，未免此心冲④。夕講詩書共，朝遊杖屨仝。暗消秋澗鄙，卓有苦齋風。一覺平明睡，三竿曉日紅。計資徵麴價，分口訓村童。縣邑多遺愛，文章不濟窮。曲肱而飲水，樂亦在其中。

【校】

①「莫」，弘治本、薈要本、四庫本作「暮」，亦可通。按：莫、暮，古今字。作「暮」者，蓋以今字代古字耳。

②「云」，弘治本、薈要本同元刊明補本；四庫本作「去」，形似而誤。

③「鱗」，弘治本、薈要本同元刊明補本；四庫本作「麟」。

④「免」，元刊明補本作「色」，形似而誤；據弘治本、薈要本、四庫本改。「冲」，弘治本同元刊明補本；薈要本、四庫本作「忡」，亦可通。

夢入閫清府

己丑秋九月二日五夜，夢閫府來迓，品節儀物之盛，有不可殫紀者。既覺，即其意賦此。

夢入閫清府，郊迎罄海圻。初從亭傳發，迓自憲司歸。萬目瞻新使，中天仰國威。康衢回曲曲，香霧靄霏霏。罩傘雲垂蓋，行歌錦作幃。申嚴森赤棒，緩進佇朱衣。鼓吹連天動，旌旄映日微。高乘三丈轎，前導一雙騑。花覆朝袍紫，沉薰象簡緋①。散班行有敘，社直見來稀。覆地裀如織，蒙山繡若絺。籠官衫赤褐②，花帽翠蕤葳。天遠綸恩重，霜清豸角巍。繁華驚極盛，心事豈輕肥。白璧防汙玷，黄金惜帶圍。六條申漢制，八郡斂炎輝。庶政惟蠲嬈，流風可漸徽。氣和樓吐蜃，官肅浦還璣。後擁才中道，前呵近憲扉。一聲雞唱白，推枕蝶分飛。塵世真如夢，蓬虆未覺非。日高詩已就，清思尚依依。

【校】

①「緋」，薈要本、四庫本作「緋」。

②「褐」，元刊明補本作「裼」，形似而誤；據弘治本、薈要本、四庫本改。

送李郎中德昌北還情見乎辭

一自新河别①，經今已十年。爲尋江表傳，重會嶺南天。鴻鵠乘風健，驊騮得路先。雞香芬省署②，襟誼動星躔。灑落生平契③，留連祖送筵④。自嗟衰病客，愁卧瘴江煙。歲月鄰期耄，鄉關近五千。依依枝遶鵲，跕跕水飛鳶。外望何其切，中堅未易鐫。崇高疇弗戀，筋力若爲前。落日鄉音杳，秋空望眼穿。委心歌已矣，適意俟終焉。行止雖存數，周旋正賴賢。省臺公道在，萬一故人憐。

【校】

①「新」，弘治本同元刊明補本；薈要本、四庫本作「清」。

②「芬」，弘治本同元刊明補本；薈要本、四庫本作「分」。

③「生平」，弘治本同元刊明補本；薈要本、四庫本作「平生」。

④「祖」，薈要本、四庫本同元刊明補本；弘治本作「組」。

謁光武廟

奉詔趨龍朔，驅車過鄗南。壇傾餘里陌，廟古老松杉。建武重明後，中原百戰酣。同龢思儷景，懷古暫停驂。像儼雲臺畫，炎開漢燼燂。道深柔作理，亂自武能戡。於穆吾皇聖，英明世祖參。有賢勞夢想，無物不春涵。賤子嗟前進，殘年謾一堪。材疏徒意廣，學古不時諳。杖策非高密，扶真愧耿弇。乞靈期睿眷，登對恊時談。景已桑榆晚，恩非雨露貪①。所思吾道重，少負此生慚。補報功微效，歸休老亦甘。冷飆知客意，吹霎御鑪醃②。

【校】

①「雨」，薈要本、四庫本同元刊明補本；弘治本作「兩」，形似而誤。

②「鑪」，弘治本、薈要本同元刊明補本；四庫本作「鑪」。

和幹臣食粽有感詩韻 辛卯端午①

傑句欣三復，辭情浹且黏②。君吟元在北，我詠實維南。粽品雖云衆③，名芳不自嫌④。懷沙悲楚屈，設祭入湘潭。一昨聞辰告⑤，周防致思嚴。裹纏需彩縷，竊食遠腥鮎⑥。節屆朱明近，家同玉版參。飣盤犀偃角，帶籜筍遺尖。製變菰筒質，香浮九子纖。長腰烹得所，木蜜助餘甜⑦。老腹防留膩，多餐不過三。縛從堂上解，爽覺箸頭添。應候然微物，因騷有細談。貞賢餐愈潔，讒佞對宜慚。我本餔糟客，何心論滯淹。

【校】

①「辛卯端午」，弘治本同元刊明補本；薈要本、四庫本脱。

②「辭情」，弘治本同元刊明補本；薈要本、四庫本作「情辭」，倒。

③「粽」，薈要本、四庫本同元刊明補本；弘治本作「綜」，聲近而誤。

④「芳」，弘治本同元刊明補本；薈要本、四庫本作「勞」，非。

⑤「一」，弘治本、薈要本同元刊明補本；四庫本作「憶」，妄改。

⑥「鮎」，薈要本、四庫本同元刊明補本；弘治本作「鮎」，形似而誤。

⑦「蜜」，四庫本同元刊明補本；弘治本、薈要本作「密」，非。

番禺杖

異種來番國，知名自老坡。杖才任操倚，節目喜摩挲①。尺度天然足，柑黄氣色和②。奇姿含海霧，孤植映江沱。物眇離鄉貴，材稀審實訛。聲音鏗爪甲③，鱗介訝鮫鼉。鞭馭真雷策，批亢格魯戈。重輕欣得所，長短稱閑拖。扶老攜行便，持危得力多。金蛇僵自勁，鮐背痒忘苛。不自浮槎使，來從老伏波。見歸情鄭重，未許老婆娑。入手嗟神物，傳看駭玉柯。支頤看月出，横膝伴詩哦。選勝尋泉石，窮幽入薜蘿。有時兒女觸，卻恐鬼神呵。蓋節空筇竹，神鋒黯太阿。笑揮堪解虎，静倚可降魔。靈壽輕無賴，梅條皺可挼。花藤昏玳暈，班點慘湘娥④。桃竹那能比，桄榔未足歌。望塵甘卻立，斂迹總無過。用舍時當審，敲撞責果何。更防雷雨夜，衝屋學陶梭。

【校】

①「目」，元刊明補本、弘治本作「自」，形似而誤；據薈要本、四庫本改。

②「色」，弘治本同元刊明補本；薈要本、四庫本作「自」，非是。

③「爪」，元刊明補本作「瓜」，形似而誤；據弘治本、薈要本、四庫本改。按：「爪」，《敦煌俗字典》：「瓜，爪。」瓜，爪之形誤。

④「班」，弘治本同元刊明補本；薈要本、四庫本作「斑」，亦可通。按：班，通斑。作「斑」者，蓋以本字代借字耳。

秋月篇壽幹臣周宰取杜默爲李文定公迪詩例

五任稱賢宰，平頭數七旬。分輝郎宿炯，鍾秀曲山春。懷寶須時用，騰蛟自蠖伸。所期千室富，匪爲一家貧。文彩唐儒雅，規模漢吏循。刃游無節錯，佩服藹蘭紉。訟簡緣情得，民安爲賦均。處膏希孔潔①，孔奮曾爲姑臧守，身處脂膏，終不自潤。②宣化見恭仁。今歲逢初度，賓筵聽具陳。分安貧愈厲，詩健老能神。報政長書最③，閑居任甑塵④。從容黄卷樂，浩蕩白鷗馴。大器成應晚，煙霄漸可鄰。既淹千里足，終遇九方歅。況復崇公道，明揚到逸民。新除行有日，舊政説難倫。湛露金莖濕，清樽雪蟻新。朗吟秋月句，來醉白綸巾⑤。再拜添眉壽，無勞頌大椿。願同蟾窟桂，千歲鬱輪囷。

【校】

①「膏」，弘治本、薈要本同元刊明補本；四庫本作「高」，聲近而誤。「孔」，弘治本、薈要本同元刊明補本；四庫本作「亮」，非。

②「孔奮曾爲姑臧守」至「終不自潤」，弘治本同元刊明補本；薈要本、四庫本脱。

③「最」，弘治本、四庫本同元刊明補本；薈要本作「取」，涉上而誤。按：作「取」者，蓋涉上字「書」而誤。書，上聿下日；最，上冃下取；日、冃楷書皆書作曰；古書爲上下排版，書、最上下相連，書者疏於辨認而將「最」誤作「取」。

④「閑居」，弘治本同元刊明補本；薈要本作「居閑」，倒；四庫本作「居間」，非。

⑤「巾」，元刊明補本作「申」，形似而誤；據弘治本、薈要本、四庫本改。

送趙都司秉彝赴遼東省幕

世味無餘雋，羣居底訴争①。疾徐誰長者，沴拉到諸兄②。吾子方强仕，襟期最老成。喧聞烏亂集，欻聽鳳孤鳴。行己謙而讓，持心厚且誠。相看情款洽，有問對詳明。再世儒冠素，三年秘閣榮。以除遴所選，論省諒非輕。營帳稱强翰，天威想濯征。海澄鯨已戮，地曠物多萌。望重官儀肅，民安吏務清。濟時紛筆議，展用幾書生。抱志能兹念，流芳在此行③。秩卑猶吏屬，禄足代躬耕。曉日灤江渡，秋風鶴野城。蒼茫連渤澥，控帶本營平④。緑水開蓮幕，青山送去程。宦遊真衣錦，别思任懸旌。有道開先世，孤標振直聲。遼陽回首處，未用愴離情。

【校】

①「羣」，弘治本、四庫本同元刊明補本；薈要本作「郡」，形似而誤。按：羣，亦作群；群、郡形似。後依此不悉出校記。「訴」，弘治本作「許」，形似而誤；薈要本、四庫本作「事」，非。
②「沴」，弘治本同元刊明補本；薈要本、四庫本作「紾」，形似而誤。
③「芳」，弘治本同元刊明補本；薈要本、四庫本作「勞」，形似而誤。按：勞，俗作労；労、芳形似。
④「營」，弘治本、四庫本同元刊明補本；薈要本作「榮」，非。

送忠翁南歸 并序①

元貞乙未春②，翰長忠翁年七十七，致仕南歸。行有日，平章張侯同諸僚寀祖道於遂初亭館③，予亦忝陪席次。明日，賦律詩廿四韻，非敢以爲詩，庶幾表吾皇元崇儒重道④，跨越前人，相府睠懷⑤，始終盡禮，張大續鹿庵之貺，詠歌見楊尹之榮，豈惟上國之光華，永作翰林之故事。其詞曰：

供帳都門讌，非緣歲例過。右相城南别墅⑥，每歲春，例一燕諸公⑦。時清連勝日⑧，簪盍半鑾坡。

酒美凌金谷，歌酣掩黶娥。盛於清洛禊，用裴晉公上巳同劉、白泛舟洛水。奈此别筵何。愛客終青顧，傷離賦緑波。散花簪席帽，泥飲捲鸚螺。人世真流梗⑨，年光易擲梭。瑣軒涼吹急，綺席落花多。蕩粉霑裀繡⑩，吹香入袖羅。暫留春色住，莫戀去程搓⑪。峻秩慚同列，醺容慘弗酡。新亭收老淚，官舸送長河。聖代吾儒重，詞林寵數頗。諾從丞相允，義見相臣番⑫。祖餞賢疏傅，衣冠似永和。生還梁庾信，賻重魯鄒軻。盛事傳千古，儒流聳四科。丹青前日畫，歎息路人歌。有客孤吟悄，臨風兩鬢皤。圖南鵬運海，遶樹鵲依柯。早晚同長往，徜徉隱澗阿。此懷從落寞，起舞且婆娑。道在無南北，朝家立賢無方，果才，何問南冠北士⑬？材非謾琢磨。醉歸扶路晚，里巷認鳴珂。

【校】

①「并序」，弘治本同元刊明補本；薈要本、四庫本脱。

②「貞」，弘治本、四庫本同元刊明補本；薈要本作「真」，形似而誤。

③「張」，弘治本同元刊明補本；薈要本、四庫本脱。

④「祟」，弘治本、四庫本同元刊明補本；薈要本作「棨」，形似而誤。

⑤「相府」，弘治本同元刊明補本；薈要本、四庫本作「府相」。

⑥「右」，弘治本同元刊明補本；薈要本、四庫本作「左」。

⑦「燕」，弘治本同元刊明補本；薈要本、四庫本作「讌」，非。

⑧「勝日」，弘治本同元刊明補本；薈要本、四庫本作「日勝」，倒。

⑨「流」，弘治本同元刊明補本；薈要本、四庫本作「浮」，亦可通。按：流、浮，皆平聲韻，於詩律無違。流梗，同浮梗。此作「浮」者，蓋「浮梗」較「流梗」常用耳。

⑩「蕩」，弘治本同元刊明補本；薈要本、四庫本作「散」。

⑪「搓」，弘治本同元刊明補本；薈要本、四庫本作「蹉」，非。

⑫「相臣番」，弘治本同元刊明補本；薈要本作「柏□番」；四庫本作「柏臺番」。

⑬「問」，弘治本、薈要本、四庫本作「間」，形似而誤。

賦手植檜酒鍾

千載東家檜，榮枯與道俱。鐸沉金絕響，鳳去洛遺圖①。元氣蟠根柢②，斯文見盛汙。器圓傷失制，梭削嘆非柧。梁棟無隆用，杯盤伴飲徒。泛香宜盎齊，奠獻媲龍觚。沾溉餘周魯，淵源挹泗洙。雅同吳壽鼎，高亞博山鑪。刺口論三代，高歌共一壺。或延中聖客，或約醉經儒。閲古因懷昔，相看醉捋鬚。蒼煙空左紐③，偃蓋凜相扶。歸詠絲堂樂，摳衣闕里趨。回思鐘鼎事，一笑付桑榆。

【校】

①「圖」，弘治本同元刊明補本；薈要本、四庫本作「雛」，非。

②「抵」，弘治本作「祗」，形似而誤；薈要本、四庫本作「柢」，亦可通。按：抵，同柢。作「柢」者，蓋涉上字「根」而改「抵」爲「柢」。

③「紐」，弘治本、四庫本同元刊明補本；薈要本作「鈕」，亦通。

哀曹府君詞

維至元乙亥夏四月癸卯，前行尚書省左右司郎中曹君卒於鄉里。後九日聞訃，適有令開廩拯隰，予特請行，將致一哀，既而不果。逮十四夜，見君於夢①，邀予坐故第前楹，汎滌供具②，促膝晤言，話其平生甚悉。夢中相對，爲歔欷也。覺而賦此，聊伸白馬素車之願。二十日辛酉，命州屬吏路材代予往奠，俾火其詩於柏原以告君墓。魂而有靈，尚克昭鑑，嗚呼哀哉！君諱松年，字壽之，享年七十有五，世爲隰州隰川人③。聞訃纔三宿④，衣冠夢兩楹。涓除開故室，拂鬱話平生。息弱哀無託，才清老有聲。撫懷思攬轡，將事過持盈。細札紛遺簡，謂二月有書寄予，故云。山煙慘樹旌。素車空佇望，柩馬想悲鳴。懷舊星臨曙，傷貧淚滿纓。紫川西邁意，端欲爲君行。

【校】

①「君」，元刊明補本作「居」，形似而誤；據弘治本、薈要本、四庫本改。

②「汎」，弘治本同元刊明補本；薈要本作「洗」，亦可通；四庫本作「汎」，形似而誤。

③「隰州」，弘治本、薈要本同元刊明補本；四庫本脱。

④「宿」，弘治本同元刊明補本；薈要本、四庫本作「日」，亦可通。按：三宿，亦猶三日。宿、日皆爲入聲仄韻，於詩律無違。

送趙克敬判定武

趙子公侯裔，雍容館閣才。美除官定武，增秩自邢臺。喜溢家人敬，春融處士懷。沼蓮香莫府①，衙鼓響廳階。雲静靈光塔，風清雪浪齋。敢辭推按劇，那憚簿書埋。任貴騰聲譽，隨時免謗猜。不教民事緩，肯失上官諧。人樂家餘袴，官清甑任埃。鼎祥新有説，世系舊爲栽。華冑淵流遠，慈親壽域開。嚮來餘藻飾，此去要培栽②。惜别輕三載，離筵重一杯。君看忠獻業，超擢此中來。

【校】

①「莫」，弘治本同元刊明補本；薈要本、四庫本作「幕」，亦可通。按：莫，通幕。作「幕」者，蓋以本字易借字耳。後依此不悉出校記。

②「栽」，元刊明補本、弘治本作「𢦏」，亦可通；據薈要本、四庫本改。按：《説文》：「栽，草木之殖曰栽。」後「栽」、「栽」二字混一，《中庸》：「栽者培之。」作「栽」（栽）者，謂所栽之對象，故從木；作「𢦏」者，謂草木之殖之憑藉，「封土培之」。故從土；從土、從木，皆「栽」也。後依此不悉出校記。

省題詩①

【校】

①「省題詩」，弘治本同元刊明補本；薈要本、四庫本脱。

紅藥當階翻

紫殿春光晚，芳叢夏景暄。緑萱垂地合，紅藥當階翻。粉蕊金腰束①，嬈旗絳豔繙。涼颸飄碧砌②，清影動朱軒。白傅吟何婉，玄暉思不煩。顧瞻棲鳳地，折贈詎容言。

【校】

①「蕊」，弘治本同元刊明補本；薈要本、四庫本作「帶」。

②「颸」，弘治本同元刊明補本；薈要本、四庫本作「飆」，非。

朱干玉戚詩 并序①

至元二十五年戊子秋八月五日，夢先師泌陽府君命賦此題，寤寐中得成韻語者數句。既覺，因足成之。

禮制詳三代，軍容備百王。錫干朱作飾，戚柲玉爲章②。持緫如山立③，張皇見武揚。威伸三令肅④，近作一身防。商翦歌周雅，夷清頌漢昌⑤。格苗先此用⑥，萬古仰虞皇。以謂帝舜敷文舞干，全不尚武，致苗頑自格。後世以征伐有天下，然後象干戈、備樂舞以彰其成功⑦，此後王之德不及也。

【校】

①「并序」，弘治本同元刊明補本；薈要本、四庫本脱。

②「柲」，元刊明補本、抄本作「祕」，形似而誤；據薈要本、四庫本改。

③「持」，抄本、薈要本同元刊明補本；四庫本作「特」，形似而誤。

④「威」，抄本同元刊明補本；薈要本、四庫本作「遠」。

⑤「夷」，抄本、四庫本同元刊明補本；薈要本作「時」，非。

⑥「苗」，抄本、薈要本同元刊明補本；四庫本作「苖」，形似而誤。

⑦「彰」，抄本同元刊明補本；薈要本、四庫本作「章」，亦可通。按：章，同彰。作「章」者，蓋「彰」省去形符之簡化字，俗用。

何參政母夫人哀辭①

友義當匍匐，無從涕泗漣。升堂元有約②，臨窆不容愆③。念子初何冀，嗟予重衒然④。會須陳漬酒，孤酹廣平阡。

享福年幾百，升堂拜慶三。丰容宜象服，陰教動周南。子孝終身慕，家貧極旨甘。併將風樹感⑤，彤史後來譚。

德邁魚軒貴，恩涵鳳沼春。遽遺彤管美，凄斷素車塵。在母稱賢範⑥，康時産異人。故家桃李月，何止詠蓁蓁。

【校】

①「何參政母夫人哀辭」，抄本、薈要本同元刊明補本；四庫本作「挽何參政母夫人哀辭三首」。

②「元」，抄本同元刊明補本；薈要本、四庫本作「原」，亦可通。

③「窆」，抄本同元刊明補本；薈要本、四庫本作「奠」，非。

④「銜」，元刊明補本作「啣」，亦可通；抄本、薈要本、四庫本作「惘」，非；徑改。按：銜，亦作銜、啣。《袖珍字海》：「啣，同銜。」啣，蓋因銜、啣而造之俗字。

⑤「併」，抄本同元刊明補本；薈要本、四庫本作「并」，亦可通。按：并、併，多可通。後依此不悉出校記。

⑥「母」，元刊明補本、抄本作「毋」，形似而誤；據薈要本、四庫本改。

仲和張君孝友純至來求詩因賦此以贈

揚歷滄江客①，康寧白髮親。宦游非不達，純孝與爲鄰。養志曾參事，遺羹考叔仁。汴都三萬户②，獨擅一家春③。

致樂如君少，長歸便母安。物生皆有養，色順最爲難。夏清簾幃暑④，冬温枕被寒。慈顔何所喻，庭柰見來丹。

【校】

①「揚歷」，元刊明補本闕；據抄本補；薈要本、四庫本「落拓」。

②「户」，元刊明補本闕；據抄本、薈要本、四庫本補。

③「獨擅」，元刊明補本闕；據抄本補；薈要本、四庫本「和氣」。

④「幃」，元刊明補本作「愇」，形似而誤；據抄本、薈要本、四庫本改。

題常仁卿運使西覲紀行

九萬鵬摶翼，孤忠駕使軺。功名元有數，風雪不知遥。抵北踰鼇極，維南望斗杓。胡生搖健筆，且莫詫東遼。出《五代史・突厥冏録》①，同州郃陽縣令胡嶠亡歸中國②，作《陷虜記》③。

三策條民便，逾年致節旄。夢驚羊胛日，嶮歷幻人刀。碧盌昆堅異④，黄金甲第高。白頭書卷裏，留滯敢辭勞？

【校】

①「冏」，薈要本作「同」；抄本、四庫本作「附」。

②「郃」，元刊明補本、抄本作「郃」，形似而誤；據薈要本、四庫本改。

③「作《陷虜記》」，抄本同元刊明補本；薈要本、四庫本脱。

④「昆堅異」，抄本同元刊明補本；薈要本作「昆堅黑」，形似而誤；四庫本作「堅昆異」，倒。

太平宴二詩①

海宇初無外②，王師信有征。秉旄麾戰旅，漏網得奔鯨。清晝來三捷，歡謡沸百城。從今田舍底③，白首樂昇平。

西北烽煙静，東南海祲清。太平元有象，帝扆見餘禎④。愾敵無多殺，推恩屢減輕。公堂歌舞處，秋氣正凝平⑤。

【校】

①「詩」，抄本同元刊明補本；薈要本、四庫本作「首」。

②「宇」，薈要本、四庫本同元刊明補本；抄本作「寓」，亦通。按：海寓，猶海宇。

③「底」，抄本同元刊明補本；薈要本、四庫本作「客」。

④「扆」，元刊明補本、薈要本闕；據抄本補；四庫本作「世」。

⑤「秋」，元刊明補本、薈要本闕；據抄本補；四庫本作「瑞」。

冬日即事

春磨沃飢火①，哀榮笑物情。百年能幾日，半世太勞生。白首躭書苦②，黄金過眼輕。有懷如此癖，何往不艱征③。

【校】

①「春磨沃」，元刊明補本、弘治本、薈要本、四庫本俱闕，據抄本補。

②「躭」，抄本、薈要本同元刊明補本；四庫本作「耽」，亦通。按：躭，《玉篇》：「躭，俗耽字。」《玉篇》所釋不確。躭

字後起，與耽多可通，但還稍有不同。《説文》：「耽，耳大垂也。」「躭」無是義。後依此不悉出校記。

③「征」，抄本、四庫本同元刊明補本；薈要本作「貞」，非。

壽韓生弘①

彛秉天然厚②，青衿雅韻多③。執經忻鼓篋④，□室鄙揮戈。杜壘吟來細⑤，韓牆氣欲摩⑥。致身忠與孝⑦，會見奉璋峨⑧。

【校】

①「壽韓生弘」，抄本、四庫本同元刊明補本；薈要本漏收是詩。

②「彛」，元刊明補本、四庫本闕；據抄本補。

③「衿」，抄本同元刊明補本；四庫本作「金」，聲近而誤。

④「執經忻鼓篋」，元刊明補本、四庫本闕；據抄本補。

⑤「杜」，元刊明補本、四庫本闕；據抄本補。

⑥「欲摩」，元刊明補本、四庫本闕；據抄本補。

⑦「致身忠與孝」，元刊明補本、四庫本闕；據抄本補。
⑧「會」，元刊明補本、四庫本闕；據抄本補。

哭友親完顏仲希墓

宿草西河客，隆顱塞外春。死留朋義重，生與醉鄉鄰。天老株林雨，魂香蟻穴塵。我來還獨酹，黄葉鳥聲頻。

挽吴衡甫

浩蕩江湖士，來從隱逸居。醉吟忘楚越，箋學到蟲魚。拊髀驚凶訃，霑巾覩故書。慨然西望斷，山色照空廬。

壽王子初

近世佳公子，詩書看起家。處身何不可，致養略無加。信厚歌《麟趾》①，文章粲劍華。一樽添壽酒，猶及泛黄花。

【校】

①「信」，抄本同元刊明補本；薈要本、四庫本作「仁」。

秋夜月下獨酌時回自燕都

堂虚生夜白，院静散蟲聲。月下一杯酒，胸中無限清。艱難吾道事，冷暖故人情。爲報南枝鵲，安棲不復驚。

治穢

聖戒防微漸，常懷蔓莫圖。菊荒疏苯蓴①，竹密斬蘩蕪②。舉目晴山近，當軒怪石孤。放教今夜月③，清影滿庭隅。

【校】

①「蓴」，元刊明補本、抄本作「篿」，據薈要本、四庫本改。按：文獻中字從竹、從艸多有相混者。苯蓴，草叢生貌也。

②「蘩」，抄本同元刊明補本；薈要本、四庫本作「繁」。

③「今」，抄本同元刊明補本；薈要本、四庫本作「入」，非。

贈彦政副使

一世佳公子，氣涵渾水春。衣冠逾遠澤①，麴糱豈謀身②。白璧詩名重，清燈客舍新。不妨宛馬足，暫屈到河神。

【校】

①「遠」，抄本同元刊明補本；薈要本、四庫本作「遶」。

②「糱」，四庫本同元刊明補本；抄本作「蘗」；薈要本作「櫱」，形似而誤。

清明日南寺對雨 時在東平①

寒食無家客，禪房喜雨餘。坐深僧話永，心遠世緣疏。厭捲椰瓢醁，來參貝葉書。傍人從不悟，有待曳長裾。酒榼尋春晚②，茶甌破睡餘。庭虛花寂寂，雲淡雨疏疏。有待存終始，無心望簡書。何當玉堂客，脱此馬□□。

【校】

①「時在東平」，抄本同元刊明補本；薈要本、四庫本脱。

②「榼」，抄本同元刊明補本；薈要本、四庫本作「爐」，形似而誤。「晚」，弘治本同元刊明補本；薈要本、四庫本作

「曉」。

秋夜

卧榻鋪筠簟，風簷遞晚涼。雲枯涵旱氣，星爛射寒芒。鐘鼓寒更永，乾坤夜色蒼。時危關百慮，低首拊空牀。

出門

因酒敗佳意，方知百拜輕。忘機甘李喻，重賦赤霄行。疏拙傷吾性，傾危見俗情。出門山氣好，秋色浪峥嶸。

挽真定史二相君①

凭鳳攀龍起，貂蟬奕世侯②。九天資岳牧，一夢忽山丘。淚灑延陵劍③，驂停魯相輀。八州遺愛在，滹水日東流。

【校】

①「相君」，抄本、薈要本同元刊明補本；四庫本脱。

②「奕」，抄本、薈要本同元刊明補本；四庫本作「弈」，亦可通。按：弈，通奕。作「弈」者，蓋「奕」之形誤。後依此不悉出校記。

③「淚灑延」，元刊明補本闕；據抄本補；薈要本作「解佩延」，非；四庫本作「樹挂延」。

挽武安道

故失邯鄲步，憂分陋巷簞。持身心已亂，得病衆知難。夜月琴絲暗，秋風旅殯寒。人生罹此極，命矣復何歎。

壽雷彦政

南渡衣冠後，如君不數人。氣涵渾水秀，色映塞垣春。靈沼儀周鳳①，商郊獲魯麟②。壽杯傾菊露，同拜倚門親。

去歲龍沙月，流光共薊門。寒華驚晚節，客舍壽明樽。取友襟期在，傳家命脈存③。今年秋色好，笑語北堂温。

【校】

①「儀周」，元刊明補本、抄本、薈要本作「周儀」，倒；據四庫本改。

②「魯獲」，元刊明補本、抄本、薈要本作「獲魯」，倒；據四庫本改。

③「命」，抄本、四庫本同元刊明補本；薈要本作「道」，非。

白松

霍岳祠南寺，奇松勝所聞。孤根生得地，衆木迥雖□①。霜雪封琪樹，丹青變錦紋。山靈應見惜，時與護晴雲②。

【校】

①「雖□」，抄本、薈要本、四庫本作「難羣」。

②「雲」，元刊明補本闕，據抄本、薈要本、四庫本補。

早發泓芝驛①

西邁經猗頓，鳴珂夜半過。天低平卧斗，野迥陡懸河②。赤日三庚伏，紅塵兩鬢皤。老懷多故際③，吟短不成歌④。

【校】

①「早發泓芝驛」，抄本、四庫本同元刊明補本；薈要本漏收是詩。

②「陡懸河」，元刊明補本作「陡□□」，據抄本、四庫本補。按：陡，同陡。

③「際」，元刊明補本、四庫本闕；據抄本補。

④「吟短不成歌」，元刊明補本、四庫本闕；據抄本補。

禹廟

廟在安邑故城内甲戌夏六月十九日點視牧地因□□下①

玉帛中天會，謳歌萬國心②。□□遺□□，禾黍故宫□③。崗負黄龍背，山攢碧玉簪。野人欽帝德，留話共登□④。

【校】

①「禹廟」，抄本、四庫本同元刊明補本；薈要本漏收是詩。「廟在安邑故城内甲戌夏六月十九日點視牧地因□□下」，元刊明補本作「廟在安邑故城内甲□□□□□十九日點視□□□□」；四庫本闕；據抄本補。

②「歌萬國心」，元刊明補本、四庫本闕；據抄本補。

③「□□遺□□，禾黍故宮□」，元刊明補本、四庫本闕；據抄本補。

④「崗負黄龍背，山攢碧玉簪。野人欽帝德，留話共登□」，元刊明補本「崗負黄」後闕；四庫本全闕；據抄本補。

温國公故宅①

雲表台星爛，蒼煙故里深。砌槐歌蔭井，鶴蓋想成陰②。愛極憐烏乳，恩餘思竹吟。繞園欣細履，何限敬生心③。

【校】

①「温國公故宅」，元刊明補本無詩題；薈要本、四庫本漏收是詩；據抄本補。

②「雲表台星爛，蒼煙故里深。砌槐歌蔭井，鶴蓋想成陰」，元刊明補本「雲表台」後闕；據抄本補。

③「愛極憐烏乳，恩餘思竹吟。繞園欣細履，何限敬生心」，元刊明補本「愛極憐烏」後闕；據抄本補。

周幹臣詩韻和

近得閑中趣，都無俗物侵。風霜驚老鬢，道德負初心①。枕倦書横膝，庭虚樹有陰。殷勤周吏隱，時遣道清音②。

【校】

①「初心」，元刊明補本闕；據抄本、薈要本、四庫本補。

②「音」，元刊明補本闕；據抄本、薈要本、四庫本補。

和秋漲二首

泉峪從共會①，奔流到衛雄。新詩來幕下，歸興滿舟楓②。取少陵胡爲只合例。怒捲濤山北，雄吞海若東。我思泛舟役，用左氏泛舟之役③。輕惜幾千功。謂太宫之木順流而下④。

雨後聞溪漲，先聲噴薄來⑤。氣嚴千騎駛⑥，波急萬窠回。終古朝宗去，神功念禹開。寄言歸義子，款塞莫遲徊。

【校】

①「共」，抄本、薈要本同元刊明補本；四庫本作「今」，涉上而誤。

②「楓」，元刊明補本闕；據抄本補；薈要本、四庫本作「中」。「滿」，四庫本作「蒲」。

③「用左」，元刊明補本、抄本、薈要本闕；據四庫本補。

④「木」，抄本同元刊明補本；薈要本、四庫本脱。

⑤「薄」，元刊明補本、抄本作「簿」，形似而誤；據薈要本、四庫本改。

⑥「駛」，元刊明補本作「駃」，形似而誤；據抄本、薈要本、四庫本改。

題有趙義士三侯祠

雙塚連遺廟，風雲擁義壇。雖興忠可壯，事集死尤難。烈日丹衷皎，青山白骨寒。一杯來酹祭，用激懦夫肝。

禱雨孚惠靈祠

夜半清源道，來伸禱雨誠。壇圜形覆釜，泉邃碧爲泓。霸業開三晉，風煙暗九京。一杯臨水坐，便欲濯塵纓。

慶王丈子壽八秩之壽

遺愛汾西政，耆英故里居。期頤八十壽，精健五旬餘。捨策春流憩，龕燈夜注書。更憐温清際，蘭玉滿庭除。

奉酬紹開外郎①

畫省胡員外，都城憶昔遊。分攜無半載，渴仰若三秋。已辦催科拙，寧煩任智憂。何當償宿願，相望兩山州。

【校】

①「紹開」，抄本、薈要本、四庫本作「胡紹開」。

星子鎮道中

北下星關道，川開百里寬。夢殘傾錦帢，吟細緩征鞍。土峽深回洞，山田疊醮壇。一杯亭傳酒，來爲敵霜寒。

題柏壁鎮

峽古疑天設，營空故壘存。捐金行楚間，力戰決齊吞。馬足沾霜健，山煙漲日昏。治安誰有策，一笑出關門。

夷齊墓

遠避東鄰虐①，還遮北伐頻②。與天重立極，叩馬死成仁。落日悲歌壯，東風紫蕨春。一飢雖可療，終媿是商臣。

【校】

①「虐」，抄本同元刊明補本；薈要本、四庫本作「塵」，非是。按：《漢書》卷一〇〇《敘傳上》：「東厶虐而殲仁兮，王合位虖三五。」顏師古注：「應劭曰：『東厶，紂也。』厶，古鄰字也。」《文選注》卷一四班固《幽通賦》作「東鄰」。

②「頻」，抄本、四庫本同元刊明補本；薈要本作「平」，聲近而誤。

舜井①

廣孝銘遺井，千秋仰有虞。側微多在困，捐浚失之誣②。喬木非三代，雲煙接兩都。依依風樹感，不待露霜濡。

【校】

①「舜」，弘治本、薈要本同元刊明補本；四庫本作「愛」，形似而誤。

②「浚」，弘治本同元刊明補本；薈要本、四庫本作「蓋」。

河中

歷按河東道，蒲津勢最雄。河山全晉鄙，土俗半秦風。野日連墟壘①，孤煙認佛宮。論功無汗馬②，極口説先公。

【校】

①「墟」，弘治本同元刊明補本；薈要本、四庫本作「虚」，亦可通。按：虚、墟，古今字。作「虚」者，蓋以古字易今字耳。

②「汗」，元刊明補本、弘治本作「渾」，非是；據薈要本、四庫本改。

登歷山聖人嶺

形勝開三面①，臨觀醉魄醒。松悲虞泣涕，石老象頑冥。澗水縈瓜蔓，荒山卧虎形。野人無所解，尊禮九真靈。

【校】

①「勝」，弘治本同元刊明補本；薈要本、四庫本作「勢」。

跋運使張君會琴圖

雪徑尋無路，東林素有期。琴絲凍欲折，風袖曉還披。偉觀疑韓愈，幽林付潁師。無由陪杖屨，只悟畫中詩。

田間①

斜日秋瓜圃，雲閑雨過初。平疇交晚吹，涼意滿輕裾。草木浮元氣，河山擁草廬。拊心欣有得，重展故人書。

雲帶山籬薄②，溪横舍屋斜。卷懷忘仕版，作苦事田家。疏散藏吾拙，敷榮眷物華。晚涼沙岸静，植杖自耘瓜。

漠漠西山雨，東來意甚徐。潤深滋厚壤，灑密下平蕪。巢燕歸飛急，林鳩得雨呼。有金堆積斗，能捄暵乾無。

【校】

①「田間」，弘治本、四庫本同元刊明補本；薈要本將「斜日秋瓜圃」至「重展故人書」抽出，題名「遣興」，位置在「跋運使張君會琴圖」與「田間」之間。

②「薄」，薈要本、四庫本同元刊明補本；弘治本作「簿」，非是。按：作「簿」者，或爲「薄」之形誤，或涉上字「籬」而偏旁類化。後依此不悉出校記。

過萬泉縣 今廢

縣倚孤山碧，岡圍落照紅。一丘歸慘淡，千室想豐融。絶澗縈樵徑，懸崖半土宫。物華耕壤狹，寧得不唐風。

王惲全集彙校卷第十三

五言律詩

哀尚書高公詞

維至元十一年甲戌十月壬子，故吏禮部尚書高公以疾薨於位，嗚呼哀哉！明年乙亥夏四月丁巳，考工使者蔡鉉自相抵晉，始知公靈櫬歸葬安陽秋口鄉，臨穴者幾萬人，僚屬士友會哭皆失聲。惲辱知最厚，嘆斯民之無禄，痛知己之難遇，自非歌詞，無以寓餘哀而露情臆也。迺作挽詩三篇，表於素旂之末，尚冀神靈鑑兹哀悃。其詩曰：

翰學期公淺，謨猷冠一時。立朝稱極諫，連茹愧深知。斗舌承天眷①，風神夢羽儀。比揮千字誄②，悲絶七哀詩。一作「思公情曷已，漳水日東馳。」③

風調翔麟士④，文章太史辭。行身無少玷，持論有餘師。落日孤忠壯，秋風兩鬢絲。幾行知己淚，東望重淋漓。

問望羣公表⑤，枝撐大厦材。印窠空瑞錦，風憲黯蘭臺。反拭驚麟出，云亡動國哀。千年遼海鶴，華表倘歸來。「枝撐」一作「扶持」。

【校】

①「舌」，抄本、四庫本同元刊明補本；薈要本作「石」。

②「比」，抄本同元刊明補本；薈要本、四庫本作「北」，形似而誤。

③「一作」，元刊明補本、抄本脱；據薈要本、四庫本補。

④「翔」，抄本、薈要本同元刊明補本；四庫本作「祥」。

⑤「問」，抄本同元刊明補本；薈要本、四庫本作「聞」，亦通。

送成耀卿尹温縣 時河内連年蝗旱①

邑古仍卿采，民屎待尹蘇。千年留故事，一治聽歌繻。鼎鼐調應切，山川慘未濡。莫辭淹雨考，留潤溉焦枯。

【校】

①「時河内連年蝗旱」，抄本作「時河内連歲蝗旱」；薈要本、四庫本脱。

奉題趙侯禹卿東皋林亭

雅性便林壑，紛華厭市城。庭柯交美蔭，好鳥變新聲。喜見桑麻長，誰知寵辱驚。門前輪鞅滿①，一醉共秋成。

物我同天壤②，流年遽代更。高臺方畏景，喬木已秋聲③。默熟盛衰理，都忘悔吝情④。

只須多釀酒⑤，時與故人傾。

今年秋穫早，臺迥暮登時。野徑人歸晚⑥，煙林鳥去遲。有來飛蓋客⑦，日課讀書兒。適意有如此，此外安所期。

築臺連野色，架木繫匏瓜。舍外開三徑，壺中自一家。愛吟歌白紵，灑酒脱烏紗⑧。更喜南窗下，秋風菊半華。

野迥門開早，心閑起自慵。林香芻社甕，山暝倚吟筇。半醉留佳客，深耕愛老農。晚眠誰復覺，牆外月明春。

趙侯敬愛客，每云相見稀。不辭高會數，但恐賞心違。白酒夜來熟，黄花香正菲。賓僚多暇日，無惜過柴扉⑨。

【校】

①「鞅」，元刊明補本作「鞅」，訛字；據抄本、薈要本、四庫本改。

②「我」，抄本同元刊明補本；薈要本、四庫本作「長」，非。

③「聲」，抄本、四庫本同元刊明補本；薈要本作「登」，非。

④「都」，抄本同元刊明補本；薈要本、四庫本作「多」，涉下而誤。

⑤「多」，抄本同元刊明補本；薈要本、四庫本作「都」，涉上而誤。

⑥「晚」，抄本同元刊明補本；薈要本、四庫本作「絶」，非。

⑦「有」，抄本、四庫本同元刊明補本；薈要本作「不」，非。

⑧「灑」，抄本、薈要本同元刊明補本；四庫本作「漉」，形似而誤。

⑨「過」，抄本、四庫本同元刊明補本；薈要本作「扃」，非。

重謁樓桑昭烈帝廟

百里燕南道，山河繞帝宫①。荒村仍故里，喬木幾秋風。簡册經綸在②，丹青户牖空。寥寥千載下，無媿孔明公③。

【校】

①「繞」，抄本同元刊明補本；薈要本、四庫本作「統」，形似而誤。

②「册」，抄本同元刊明補本；薈要本、四庫本作「策」，亦可通。按：簡策，亦猶簡册。作「策」者，蓋册、策聲近且義多可通耳。

③「媿」，抄本同元刊明補本；薈要本、四庫本作「愧」，亦可通。按：《説文》：「媿，慚也。從女鬼聲。愧，媿或從恥聲。」《集韻》：「媿、愧、謉、聭，《説文》：『慚也。』或從心、從言、從恥省。」愧，本作媿。聭，亦訛作⿰月鬼。後依此不悉出校記。

固安道中

時至元六年冬十月巡按四州①

十月燕南道，提封入按巡。青霜嚴比雪，枯樹老於人。尚遠經綸妙，須勞撫字頻。前林烏鵲盛，喧集戀餘春。

【校】

①「時至元六年冬十月巡按四州」，抄本同元刊明補本；薈要本、四庫本脱。

除蝗 時被命捕蝗武清縣秋雨大作終日方止①

千杖呼聲急，人懷愾敵看。日長旗尾困，圍促鼓聲乾。人與蝗交戰，天將雨助殘。東林茅屋底，客枕夜來安。

【校】

①「時被命捕蝗武清縣秋雨大作終日方止」，抄本同元刊明補本；薈要本、四庫本脱。

秋日過濟衆僧舍

院静鐘鳴後，僧閑暑退初。過門無俗客，閲古得名書。衲潤香留几，心清月印疏。仲殊襟爽在，開口見真如。

送紫陽歸柳塘 時遊孔林回①

千古文章事，江河不廢流②。苦心分正閏③，書法繼春秋。夢繞秦山遠，天教闕里遊。會將洙泗教，行復丐西周。

【校】

①「時遊孔林回」，抄本同元刊明補本；薈要本、四庫本脱。
②「河」，抄本、四庫本同元刊明補本；薈要本作「湖」，非。
③「分」，元刊明補本、抄本作「公」，形似而誤；據薈要本、四庫本改。

午憩陽城北龍泉寺

倦客鞭催急，龍泉一解鞍。在家貧亦好，行路古來難。寺古松杉老，山空水石寒。萬松亭廢久，重拂短碑看。碑，大定間澤州刺史楊庭秀撰①，真奇作也。

【校】

①「澤州」，抄本同元刊明補本；薈要本、四庫本脱。

簡寄龐雲卿 時自滑州判改授濟源令①

軹井千年邑，提封百里侯。剖繁人有賴，治簡事彌優。白鳥翻林表，青山滿樹頭。訟堂歸去早，總是釣詩鉤。

【校】

①「時自滑州判改授濟源令」，抄本同元刊明補本；薈要本、四庫本脱。

元日夜燈下即事①

五十又加三，行藏默自諳。去年留薊北，今歲客漳南。官事何容了，君恩未報慚。白頭青鏡裏，衰謝百無堪。

【校】

①「元」，抄本元刊明補本；薈要本、四庫本作「九」。

詠史開府宅鶴

超遥華表客①，吹落故侯家。孤潔真仙驥，飛鳴稱彩霞。困眠依竹石，飢啄半蟲沙。會待秋風舉，巢雲養頂砂。

【校】

①「超」，抄本同元刊明補本；薈要本、四庫本作「迢」，亦通。按：超遥，亦作迢遥，《玉臺新詠》卷四顔延之《秋胡詩》：「迢遥行人遠，婉轉年運徂。」《文選注》卷二一作「超遥」。後依此不悉出校記。

清苑道中

野店春風裏，行人避繡衣。劍華寒有暈，山日慘無暉①。孤隼梢雲下②，羣鴉結陣飛。鷺鷗無遠泛，事外本忘機。又作「澄清吾有志，天意肯從違。」

【校】

①「暉」，抄本同元刊明補本；薈要本、四庫本作「輝」，亦通。按：輝，同暉。作「輝」者，蓋以常見字易之耳。後依此不悉出校記。

②「梢」，抄本、薈要本同元刊明補本；四庫本作「捎」，形似而誤。

至元十七年正月十三日巳刻出完州抵暮入保定夜未分雪大作至翼日午刻方止偶得此詩預喜歲事之有成也

曲逆連清苑，相忘兩舍中。朝驅塵没馬，夕捲雪填空。已滌崇隆盡，仍歌歲事豐。小紅燈影底，一笑覺春融。一作「誰云吾分薄，所向得災凶？」

答蠡州天寧寺英老

灑落天寧老，攜尊復袖詩。逢場閑作戲，來謁老監司。白頂憐香土①，清吟説阿師。一杯供客笑，聊用當門搥②。一作「枉教頭腦異，初不間天彝。」③

【校】

①「香」，元刊明補本、抄本作「鄉」，聲近而誤；據薈要本、四庫本改。按：香土，猶佛土也。「香土」、「阿師」互文。

②「搥」，四庫本同元刊明補本；抄本、薈要本作「槌」，亦可通。按：槌、搥，多可通。作「槌」者，蓋「搥」之形誤。

③「一作」，元刊明補本、抄本脱；據薈要本、四庫本補。

座中偶得示舜舉舊遊仲賢良醫

半載東州客，崎嶇笑自奄①。事隨時即故②，老與病相兼。發伏遺奸枿，褰帷愧具瞻③。

君恩如許報，白髮且休添。

【校】

①「奄」，抄本、薈要本、四庫本作「淹」，亦通。

②「故」，抄本同元刊明補本；薈要本、四庫本作「改」。

③「褰」，抄本同元刊明補本；薈要本、四庫本作「搴」，亦通。按：搴，通褰。搴帷，同褰帷。

龍門寺

寺古僧何在，山空石作門。碧崖懸瀑影，蒼峽掩朝暾。不惜山公屐，重登謝傅墩。一杯須軟脚，掃葉煖清尊。

辭長樂先壟二首

己丑歲秋九月二十六日，將赴任福唐，拜辭長樂先壟。歸宿野竹趙氏田舍，且喜聞村之故名，因有是作。爲野竹訛爲野豬①。

別遠辭先壟，歸遲宿近莊。客窗疑夜煖，野雨變晨涼。游宦嗟吾老，窮居仰歲穰。故鄉猶足樂，誰遣去朱方②。

展墓過農里，銜恩使遠方。氣隨天北轉，人與雁南翔。肝膽孤忠在，江湖去路長。此回當自信，不必泥行藏。

【校】

①「爲野竹訛爲野豬」，元刊明補本作「爲野竹訛爲野緒」；據抄本改；薈要本、四庫本脱。

②「朱」，抄本同元刊明補本；薈要本、四庫本作「殊」，亦通。按：朱方，謂南方也，《杼山集》卷二《因游支硎寺寄邢端公》：「讜深辭紫禁，恩在副朱方。」殊方，猶遠方、異域，《文選注》卷一班固《西都賦》：「踰崑崙，越巨海，殊方異類，至於三萬里。」福唐，即福清州，元屬福建閩海道肅政廉訪司，在南方。閩粵屬古百越地區，爲殊方（異域）之地。

飲食

飲食資吾耄，行年六十過。三升元有料，一口不容多。過爽心隨滯，長虛氣便和①。不須移遠步，聖藥有東坡。

【校】

①「虛」，抄本同元刊明補本；薈要本、四庫本作「嘘」。

辭先壟後臨行作

義重煙嵐薄，人微使節光。桑榆雖晚景，事業見炎方。回轡知非遠，趣裝苦未涼。交親留少住，馬足健秋霜。

望舍弟消息

憶弟居穰縣，嗟予宦建陽。三書曾未報，一別謾相望。喜信占晨鵲，清吟夢夜牀①。殘年能幾許，長與汝參商。

後會期初夏，遐征動暮秋。萬金書渺渺②，兩地思悠悠。問竹過門巷，看雲倚郡樓。南遊曾有話，會上沔陽舟。

居守縈家累，懷歸畏簡書。人憐英簜重，我覺宦情疏。緩進需安信，頻呼斫素魚。後溪溪上月，北望想躇躕③。

【校】

①「吟」，弘治本同元刊明補本；薈要本、四庫本作「唫」，亦通。

②「萬金」，弘治本同元刊明補本；薈要本、四庫本作「方吟」，非。

③「躇躕」，弘治本同元刊明補本；薈要本作「躇躊」，倒；四庫本作「躊躇」，亦通。

送趙克敬任孟州同知

予爲待制時穆其屬也①

趙穆從英妙，詩書性所安。鼂爲太史屬②，今作孟津官。事辦時爲切，民恬政貴寬③。老夫江海去，州縣莫辭難。

【校】

①「予爲待制時穆其屬也」，弘治本同元刊明補本；薈要本、四庫本脱。

②「鼂」，弘治本同元刊明補本；薈要本、四庫本作「向」，亦可通。

③「政貴」，元刊明補本、抄本作「貴政」，倒；據薈要本、四庫本改。

蕭相國廟

在下邑東南五十里即酇縣廟在縣北門外①

下粟東南陸，酇城井邑空②。圖書秦府夢，簫鼓漢家宮③。喬木秋煙慘，頹垣野燒紅。數鄉供野祭，歲歲不期同。

【校】

①「在下邑東南五十里即鄽縣廟在縣北門外」，抄本同元刊明補本；薈要本、四庫本脱。

②「鄽」，抄本同元刊明補本；薈要本、四庫本作「都」，涉下而誤。按：作「都」者，涉下字「城」而誤，蓋「都」、「城」常常連言而誤。客觀上，抄寫者需邊看邊抄，存在記憶不確之可能；主觀上，抄寫者之記憶易受經常組合搭配語詞之影響。

③「家」，元刊明補本、抄本作「時」，非是；據薈要本、四庫本改。按：「秦府」對「漢家」，「府」對「家」。作「時」於詩義無違，但「漢時」與「秦府」對仗不工。

火獵

自歸德以東皆用此法①

緑竹連罝遠，蒼煙蔽野昏②。兩傍羅草伴，一火趁羣奔。徒手遮麛鹿③，張弓得艾豚。縱觀思獵較，積柴散燒痕。

【校】

①「自歸德以東皆用此法」，抄本同元刊明補本；薈要本、四庫本脱。

②「蔽」，抄本同元刊明補本；薈要本、四庫本作「散」。

③「徒」，元刊明補本、抄本、薈要本作「從」，形似而誤；據四庫本改。

汴堤道中

細竹沿堤緑，秋煙蔽野蒼。路荒經柳子，山遠指芒碭。勉進心還尼，懷歸事叵量①。縱令空往返，猶得看維揚。

【校】

①「叵」，抄本同元刊明補本；薈要本、四庫本作「詎」，亦通。

十一月十三日宿濰寧夢總帥史子明見教①

矯矯常山帥，相望間楚齊。夢中親與誨，身外別無提。切囑心何朗，臨辭手重攜。何時揮老淚，墓額拜征西。

【校】

①「十三」，元刊明補本、抄本闕作「三」，據薈要本、四庫本補。

次宿遷望紫山不至

河廣舟航小，堤長市屋卑。宿遷元隔楚，淮甸舊連邳。濁浪隨清變，香粳問客炊。紫山前有約，抵事北來遲①？

【校】

①「抵」，抄本、薈要本同元刊明補本；四庫本作「底」，亦可通。

淮安州

平野圍淮甸①，雙城入楚州。喉襟開重地，鼓角動邊樓。聞雁思鄉信，歌魚撫劍緱②。此行安所遇，江海任浮鷗。是夜驛亭無衹待③，故有「歌魚」之句。

【校】

①「圍淮」，抄本同元刊明補本；薈要本、四庫本作「淮園」，非。

②「撫」，抄本同元刊明補本；薈要本、四庫本作「换」，非。

③「衹」，薈要本作「抵」，抄本、四庫本作「衹」。

寶應道中

共説淮南冷，今冬氣陡增。雲垂梅野雪，風結漕渠冰。事弊綱常密①，吾衰用不能。據鞍時自笑，休苦直如繩。

【校】

①「綱」，元刊明補本、抄本作「尋」，涉下而誤；據薈要本、四庫本改。

出寶應雪中舟行

避冷乘官舸，風篷去若奔。兩陂雲影黑，一片雪花繁。景與詩相會，寒無酒可温。泥橋投宿處，寒日暮鴉昏。

高郵道中二首

築甬餘三百，灣環護漕溝①。重橋穿竇應，一岸入高郵。水陸開亭轉，烽煙静塞愁。腰纏無十萬，官遣上揚州。

湖浸通淮水，盂城隱楚防。百年勞士卒，一擲失金湯。陸走無關禁，舟行半海商。此邦多秀彦，國士説秦郎。

【校】

①「灣」，抄本、薈要本同元刊明補本；四庫本作「彎」，亦可通。按：彎，同灣，謂水流彎曲之處，《庚子山集》卷四《應令》：「望別非新館，開舟即舊彎。」後依此不悉出校記。

召伯埭

謝傅留遺愛，千年尚不忘。埭名同召伯，郡號屬維揚。煙火今中土，干戈舊戰場。離離平野樹，人指是甘棠。一作「斷橋穿市過①，十里藕花香。」又一作「野人誇藕脆，滿口嚼冰霜。」②

【校】

①「斷」，抄本同元刊明補本；薈要本、四庫本作「新」。

②「又一作『野人誇藕脆，滿口嚼冰霜』」，抄本同元刊明補本；薈要本、四庫本脱。

揚州

贈史左丞拔都時宣慰維揚①

淮海維揚域，金湯勢尚存。車書歸一混，鯨鰐失孤吞。樓鎖行雲夢，岡環洗玉盆。治安君有策，長嘯出東門。

【校】

①「贈史左丞拔都時宣慰維揚」，抄本同元刊明補本；薈要本、四庫本脱。

衢州

我歷江南郡，凋殘不似衢。兩坡稱闤市，一炬變荒蕪。反側誰無識，瘡痍意未蘇。殷勤陳别駕，不厭拊循劬。

早發三衢驛，開關放曉裝。江風吹帽側，山月照衣蒼。馬渡浮航水，雞號野店霜。爛柯聞有局，無分躡仙梁。州南三十里有天然石梁，長約數丈①，謂之「爛柯仙界」。

【校】

①「數」，抄本同元刊明補本；薈要本、四庫本作「十」。

玉山道中

石徑行無盡，清溪送馬蹄。啾啾啼野鳥，𢶍𢶍喚多泥①。松暗增晨黑②，川斜入望迷。比明三十里，已過玉山西。

【校】

①「𢶍𢶍」，抄本、薈要本同元刊明補本；四庫本作「滑滑」，非。按：《康熙字典》：「𢶍，音薩，與撒同。」𢶍𢶍，猶撒撒，象聲詞，尚仲賢《三奪槊》第四折：「我則見嫩茸緑莎軟，轉轉翠袖展，撒撒地馬蹄兒輕健。」

②「暗」，抄本同元刊明補本；薈要本作「柏」；四庫本作「密」。

常山道中晚行

土蹬盤黄嶺，人家住碧峯。焚林人逐獸，競渡木爲龍。水穫無過夏，山行不識冬。斜陽留絶景，不放晚煙烘。

信州道中

控帶谿山嶮①，襟喉福建門。吴音饒鴂舌，越鼓聳邊屯。岸闊浮航小，城卑夕靄昏。不煩詢土俗，煙嶺互相吞。

【校】

①「嶮」，抄本、四庫本同元刊明補本；薈要本作「險」，亦可通。按：嶮，同險。作「險」者，蓋以常見詞易之。後依此不悉出校記。

石溪道中

赤嶺鉛山界，清溪野店橋。株林煙漠漠，沙路雨瀟瀟。馬慣行安嶮，禽幽語弄嬌。西山晴更好，詩思苦相撩。

鵝湖寺己丑冬仲望日雨中過此坐間爲主僧希聲留題

希福州人①

湖頂開鵝沼，川形偃法船。寺留金粟影，僧結草鞋禪。地勝多珍木，山空響夜泉。寺僧談遠迹，張本永貞年②。唐順宗年號。

【校】

①「希福州人」，抄本同元刊明補本；薈要本、四庫本脱。

②「貞」，抄本、四庫本同元刊明補本；薈要本作「真」，形似而誤。

閩中

錦繡無諸國，曾經漢武荒。祝融開火宅，颶母擅風囊。淵萃逋逃藪，人依虎兕鄉。閩中不識雪，何有豸冠霜①？

【校】

①「何」，抄本同元刊明補本；薈要本、四庫本作「可」。

閩清湯池留題

「熙寧十年八月赴福唐，元豐元年九月被召還朝，往返皆經此。十五日，南豐曾鞏題。」僕以大元至元廿六年己丑秋按部來閩，與公裔孫沖子同事①。明年秋，以理去官。與先生往還時月略同，曠世相符，有似非偶然者，摩挲蘚刻，留詩而去。重九前四日，小子惲序。

潦倒嗟吾耄，淹留近歲終。客星回海上，桂棹發閩中。遠宦無遺累，歸帆得順風。湯池看蘚刻，往返似南豐。

【校】

①「公」，抄本同元刊明補本；薈要本、四庫本作「令」，形似而誤。

建寧北苑

宋寧宗曾開邸於此①

北苑繁華歇，名猶博望尊。野花疑靨珥，徑草半蘭蓀。軒縣歌鐘暗，宮樓峻址存②。我來凝眺久，喬木晚煙昏。

【校】

①「宋寧宗曾開邸於此」，抄本同元刊明補本；薈要本、四庫本脱。

②「址」，抄本同元刊明補本；薈要本、四庫本作「地」，形似而誤。

望嶺

谿嶺無千里，崎嶇半月間。事機須勇退，天意許生還。順處從多厄，趨時免强顔。越禽忻我往，長路語關關。

鵝湖道中

細路山園静，煙蘿野寺濃。俯躬升峻嶺，仰面看喬松。道在從時背，才疏助性慵①。有身官不屬，一任老龍鍾。是日得臺報，故云。

【校】

①「助」，抄本同元刊明補本；薈要本、四庫本作「防」。

題柯山寶嚴寺壁①

同遊者山長趙文龍、前教授徐夢龍兟友、教官余性道、二人皆廣信人，徐有文筆②，甚健③。府推官保定張式儀卿、別駕東平陳珪國寶，子公孺侍行。至元庚寅冬十月望日，秋澗老人題。

龜阜西南麓，名山世未雙④。爛柯仙有局，絶觀石爲矼。事去空遺史，風恬愛此邦。來遊情眷眷，留咏寄僧窗。

喜得陳張友，來遊興不孤。江山開怪供，風月闊清都。閲世驚棋局，看題倒酒壺。暮歸應稇載，只欠畫爲圖。

【校】

①「柯」，抄本同元刊明補本；薈要本、四庫本作「何」，形似而誤。

②「有」，抄本同元刊明補本；薈要本、四庫本作「友」，聲近而誤。

③「甚」，抄本同元刊明補本；薈要本、四庫本作「最」，非。

④「未」，抄本同元刊明補本；薈要本、四庫本作「少」。

首夏家居即事

懶幘從鬅鬙，披衣任曳裾。都忘身外事①，貪讀意中書。比老心能爾，雖貧樂有餘。繞園欣細履，樹影緑扶疏。

竹茂資泉潤，花榮藉圃沙。鉤簾來舞燕②，鎖樹護棲鴉。客至留酤酒，吟長待煮茶。幾時容卻掃，一向似仙家。

【校】

①「都」，抄本同元刊明補本；薈要本、四庫本作「多」。

②「鉤簾」，抄本、四庫本同元刊明補本；薈要本作「簾鉤」，倒。

方竹杖

節勁嫌圜甚，形方與衆殊。任從炎漢斲①，不變魯人觚。心曠謙中守，姿堅義外扶②。蜀筇非我友，鼇簡乃吾徒③。

【校】

①「斲」，抄本同元刊明補本；薈要本、四庫本作「斷」。

②「義」，抄本同元刊明補本；薈要本闕；四庫本作「直」。
③「乃」，抄本同元刊明補本；薈要本、四庫本作「是」。

枯燈花

步入東瀛丈，吟看北檻花。春風收翠葉，烈景發炎葩。一氣元無間，孤根乃爾差。鄭箋初不及，党咏只空誇。

送杜簽事之任江西

憶在齊州日，同聯憲府鑣①。羣居推健羨②，孤繫更超遥。此去雖殊域，規爲秪舊條③。將身能道護，所至儘風標。

【校】

①「鑣」，元刊明補本作「鏕」，形似而誤；據抄本、薈要本、四庫本改。

②「羨」，抄本、四庫本同元刊明補本；薈要本作「美」，非。

③「秖」，抄本同元刊明補本；薈要本、四庫本作「祇」，亦可通。按：秖，通祇。作「祇」者，蓋「秖」之形誤耳。

和幹臣重九日雨中醉歸韻

高會有成約，寧爲一雨妨？烹雞酌白酒，煮芋臭秋香①。落帽同嘉興，霑寒等陛郎。醉歸從健倒②，聊復少年狂。

今歲登高節，佳招兩有妨。閉門時隱几，掃地静焚香。安得黄金酎，同傾白首郎。醉鄉多樂事，何秖發詩狂。「事」一作「地」。

【校】

①「臭」，抄本同元刊明補本；薈要本、四庫本作「嗅」，亦可通。按：臭、嗅，古今字。作「嗅」者，蓋亦今字易古字耳。

②「倒」，抄本同元刊明補本；薈要本、四庫本作「到」。

舍弟仲略題孫鞬郎名字説後

訓汝諄諄意，奇文見迺翁。洞堅威可大，棲鵠體須中。既應開先兆，當知矯揉功。遠期遺近效，羽夾看摩空。

贈欒子英詩

子英冠州人時爲農司從事①

子英外郎，孝廉士也。十年前，予與共事於沙麓者凡兩月。今歲秋，將命過衛②，踵門來謁，話間因及親喪事。予以伏臘二氣③，遇之者固異④，然殁而不壞⑤，及膚髮猶生，如欒氏二親者⑥，蓋亦罕見。豈迺翁與媼生有所積，而殁有以孝心之所感者然邪？乞言顯親，書此爲贈。其辭曰：

孝感元多異，欒翁見化形。初終神不昧，將祔兩猶生⑦。盡謝青蠅吊，堪書翠琰銘。百年風樹底，悽斷蓼莪情⑧。

【校】

①「子英冠州人時爲農司從事」，抄本同元刊明補本；薈要本、四庫本脱。

②「衢」，弘治本同元刊明補本；薈要本、四庫本作「衡」，形似而誤。

③「二」，弘治本同元刊明補本；薈要本、四庫本作「一」，非。

④「異」，弘治本同元刊明補本；薈要本、四庫本脱。

⑤「殁」，弘治本同元刊明補本；薈要本、四庫本作「其殁」。

⑥「氏」，弘治本、四庫本同元刊明補本；薈要本作「弋」，非。

⑦「兩」，弘治本同元刊明補本；薈要本、四庫本作「面」，非。

⑧「悽」，弘治本同元刊明補本；薈要本、四庫本作「腸」。

贈岳鍊師仲和

今年八十四，健勝去年時。豈假還丹力，沉潛繕性辭。骨清儀野鶴，神爽見毫眉。更有虚明處，物來多預知。

月桂

花名誰品藻，歲與月華新。不爲孤根細①，能留四季春。色深丹竈術②，葉映碧苔裀。我近雕欄側，終朝倚杖頻。

【校】

①「爲」，弘治本同元刊明補本；薈要本、四庫本作「屬」。

②「色」，弘治本同元刊明補本；薈要本、四庫本作「子」。

賦白鷴

羽族幽閑品，霜毛縷黑章。聳冠矜耿介，蓋用棲止不雜於衆禽也①。顧影惜飛翔。去備虞人貢，行觀上國光。刷毛琪樹底，無夢海山蒼。

【校】

①「用」，弘治本同元刊明補本；薈要本、四庫本作「因」。

京華舊俗歲終廿四日諸神上界夜家人設祭遣奠致詞且有過惡揚善之囑遂作小詩庶見風物①

五祀開三代②，人間閱歲華。交更同選調，遣奠具餳茶。天闊神驂馭，燈清喜結花③。逢新如有問，萬一善相誇。

【校】

①「惡」，弘治本同元刊明補本；薈要本、四庫本作「過」，非。

②「祀」，元刊明補本作「祖」，非；據弘治本、薈要本、四庫本改。

③「清」，弘治本同元刊明補本；薈要本、四庫本作「青」，亦可通。

和曲山冬夜即事韻二首

清苦周南樂，居官素有聲。老天何汝困①，公道欲誰明。瓶罄憐三白，衾寒盼五更。捋鬚儔賞識②，吟苦撚霜莖。

雪夜清無寐，瓶笙細有聲。茶鐺吟待熟③，虛室白生明。白髮催人老，青陽迫歲更。湛思盤露重④，何意望脩莖。

【校】

①「何」，弘治本同元刊明補本；薈要本、四庫本作「抑」。

②「儔」，元刊明補本、弘治本、薈要本作「儔」，四庫本作「疇」。

③「熟」，弘治本、四庫本同元刊明補本；薈要本作「埶」，形似而誤。按：《唐碑俗字録》：「埶（埶），埶馬摧堅，燒牛陷敵。（曹惲墓誌）」埶，亦即熱字。

④「思」，弘治本、薈要本同元刊明補本；四庫本作「恩」，形似而誤。

奉酬舍弟仲略見寄之什①

隔闊三年别，回還萬里程。細吟違遠句，深見友于情。路眇霜風勁②，吾衰體履平。家貧渠亦老，一動不爲輕。

【校】

①「奉」，弘治本同元刊明補本；薈要本、四庫本作「春」。「寄」，薈要本、四庫本同元刊明補本；弘治本作「奇」，亦可通。按：奇，通寄。作「奇」者，蓋「寄」省去形符之簡化字。

②「眇」，弘治本同元刊明補本；薈要本、四庫本作「渺」，亦通。

挽宋耀州漢臣二首

每有遊秦士，慇懃問宋侯。相望無兩紀，一别便千秋。斗酒新豐客，堂封渭水丘。題詩何限恨，老淚不成流。

斗酒新豐客，龍門接上遊。相望纔兩紀，一夢便千秋。銘德辭無愧，親民政最優。兩行知己淚，撫卷爲君流。

辛卯歲十二月望日大雪連明信宿開霽日色暄妍如春乾坤清淑之氣肅肅可挹數年來未之見也作小詩以紀

我覺今冬氣，全關燮理權。一寒嚴往歲，三白見豐年。地掩浮陽靜，天開麗景妍。不應薪米價，愁計畫文錢①。

【校】

①「文」，弘治本、薈要本、四庫本作「义」。

五加皮酒

服食閩中士，加皮説異常。精華含五氣，補益最多方。不羨黃金載，長澆白玉觴。豈惟除濕痺，志意日安强①。

【校】

①「日」，元刊明補本作「目」，形似而誤；據弘治本、薈要本、四庫本改。

題杜氏六子名後

六子名三老，餘芳見故家。翰音鳴彩鳳，翠茁映蘭芽。出拜濟南日，今看漳水涯。一謙能事畢，題咏復何加。

燭花詩李真人索賦

燦燦銀臺燭，清光散彩霞。誰分壺内景，來種火中花。一轉芝垂蓋，孤芳蕙茁芽。殘年如喜合，世事任無涯。

火罐

兩手寒來瘃，摩挲賴汝温①。形骸雖土物，氣勢炙權門。燕玉休誇暖，湯婆可比尊。心兵全不起，留在谷神存。

【校】

①「賴」，弘治本同元刊明補本；薈要本、四庫本作「負」，半脱。

題甘河遇仙詩卷

惚恍甘河遇①，生龜脱殼時②。二仙形姓字，一酌悟天彝③。入道兹玄竅④，尋源接上池。

崞山文最雅，略不見諛辭。

【校】

①「愡怳」，元刊明補本、弘治本作「愡怳」，形似而誤；薈要本、四庫本作「恍愡」，亦通；徑改。按：愡，憁之俗字；作「憁」者，「愡」之形誤。怳、恍，多可通，見前校記。愡怳，亦作愡恍，同恍愡、怳愡。亦可通者，「恍」、「怳」、「愡」皆仄聲韻，作作「愡怳」、「恍愡」皆於詩律無違。

②「㲉」，薈要本、四庫本同元刊明補本；弘治本作「慤」，非。

③「悟」，弘治本、薈要本同元刊明補本；四庫本作「晤」。

④「竅」，元刊明補本、弘治本作「徼」，非是；據薈要本、四庫本改。

和仲常牡丹詩并序

三月廿三日飲中作①

仲常良友，氣温而德雅，余愛之重之，未有擬諸形容②。爰因賦咏，遂見賡歌，故情之所鍾，有不嫌於太切者。其詞曰：

漢殿承恩早，金盤薦露新。色酣中省藥，香重錦窠春。儘殿羣芳後，誰辭載酒頻。清如司馬相，也作插花人。

【校】

①「三月廿三日飲中作」，弘治本同元刊明補本；薈要本、四庫本脱。

②「諸」，弘治本同元刊明補本；薈要本、四庫本作「之」。

題郝氏世德碑後

其嗣侯今爲蜀省參政所謂和尚萬户者是也①

故國非喬木，雄藩有世臣。河山盟帶礪，勳業畫麒麟。白羽沉蛟匣，青雲滿後塵。雅歌平日事，遺愛在斯民。

草昧經綸際，恩威見郝侯。功成韜將略，德洽配汾流。金甲春農野，黄雲畫角秋。哀榮何百世，千古仰山丘。

【校】

①「其嗣侯今爲蜀省參政所謂和尚萬户者是也」，弘治本同元刊明補本；薈要本、四庫本脱。

八月十二日夜病不能寐步月達曙

官事未易了，癡兒昧獨勞。病多和夢異，蛩若爲秋號。事業青燈苦，星河紫極高。帝城人海裏，汎汎一漁舠。

大行皇帝挽辭八首

至元三十一年歲次甲午正月廿二日癸酉夜亥刻，帝崩于大内紫檀殿。既殮，殯于蕭牆之帳殿，從國禮也。越三日乙亥寅刻，靈駕發引，由建德門出，次近郊北苑。有頃，祖奠畢，百官長號而退。臣惲職在詞館，追思不已，作挽辭八章，庶幾鼎湖攀髯之意。其辭曰：

灤水龍飛日①，長楊羽獵時。天顔凡五見，雨淚遽雙垂。化日中天赫，陰靈萬國馳。何由知帝力，耕鑿樂雍熙。

晏駕纔經宿，幬車出建門。千官紛雨淚，六馭迅龍奔②。雲氣蒼梧遠，天山禹穴昏。依光瞻日月，頌德象乾坤。

威破羣雄膽，恩藏四海心。聲明三五盛，垂拱九重深。國論多儒斷，天機入睿臨。小臣膂面血，無路灑松林。

聖神由廣運，纂述到無加。禹甸逾輸廣，殷邦極靖嘉。尊臨三紀久，遽陟九天遐③。白首金鑾舊，長號自倍嗟。

端月辰臨酉，淵衷弗寤興。紫垣逢彗孛④，杞國駭天崩。法從嗟何及，朝臣痛不勝。聖靈知在上，春草認封陵。

去歲回鑾輅，旌麾擁萬靈⑤。今春辭晝翣，弓劍閟泉扃。黼扆虚瓊島，雲龍慘帝庭。是夜殿庭有光煥爛⑥，若燈燭然，良久方散。詞臣思補報，淚濕簡編青。

論治方堯禹，求賢到釣耕。民謳無二上⑦，廟算有奇兵。萬宇風煙靜，中天日月明。小臣思頌德，終了是强名⑧。

帝系三宗上，麟經一統尊。火盤承正據，虎落入雄吞。窮蹴南交獸，奔騰北海鯤。不教擒一索，遺恨付皇孫。

【校】

①「灤」，薈要本、四庫本同元刊明補本；弘治本作「欒」，非。

②「馭」，弘治本同元刊明補本；薈要本、四庫本作「御」，亦可通。

③「陟」，弘治本、四庫本同元刊明補本；薈要本作「涉」，非。

④「逢」，元刊明補本、弘治本作「蓬」，非是；據薈要本、四庫本改。「孛」，元刊明補本、弘治本作「學」，非；據薈要本、四庫本改。

⑤「麾」，弘治本同元刊明補本；薈要本、四庫本作「旄」。

⑥「煥爛」，弘治本同元刊明補本；薈要本、四庫本闕。

⑦「謳」，元刊明補本、弘治本、四庫本作「區」，非是；據薈要本改。

⑧「强名」，弘治本同元刊明補本；薈要本作「强君」，非是；四庫本作「難名」。

題冀州馬同知拜慶詩卷　時九十七官鄉里特恩不轉①

矍鑠征南將，忠勤爲國知。任官無調轉，享壽到期頤。錦爛行春里，香生拜慶詩。滿前蘭與玉②，又見福生基。

【校】

①「時九十七官鄉里特恩不轉」，弘治本同元刊明補本；薈要本、四庫本闕。

②「滿」，弘治本同元刊明補本；薈要本、四庫本作「眼」。

秋日下直玉堂

下直玉堂廬，閑拖過市車。秋風殘暑候，積雨暮涼初。撥置難行事，尋看未見書。萬緣前已定，不樂復何如。

餞安南國王弟回鄂渚

萬里朝天道，歸軒寓武昌。觀光吴季札，助順漢閩王。寵渥心逾赤，詩新桂有香①。庾樓回首處，秋月興尤長。

【校】

①「詩新」，弘治本同元刊明補本；薈要本、四庫本作「新詩」，倒。

雪夜聞鐘元貞元年冬無雪十二月廿一日夜大雪喜而作此①

雪屋青燈夕②，疏鐘定夜鳴。撞餘週遠韻③，聽久喜雙清。爐火留孤坐，茶鐺待一烹。已眠猶未寐，詩向枕邊成。

【校】

①「十二」，弘治本同元刊明補本；薈要本、四庫本作「十一」。

②「青燈」，元刊明補本、弘治本作「燈清」，非是；四庫本作「燈青」，倒；據薈要改。

③「週」，弘治本同元刊明補本；薈要本、四庫本作「周」，亦可通。按：週，同周。作「周」者，蓋以常見字易之耳。後依此不悉出校記。

王氏拜慶詩 并引①

集賢大學士王顒太夫人張氏元貞丙申壽八十有八，視聽聰明，起居康健，剪製纂組之事老猶能工。正月十四日，蓋生辰也，中書右丞張公以升堂拜禮②，義重諸人。前期誕彌，啓之太母，特召見宮閣，存問再四，嘉其賢淑，留讌賜幣，下暨二孫，皆霑寵渥。明日，翰林諸君相與奉觴上壽，百拜獻詩，猥當卷首。

九秩康寧壽，親承燕賜恩。香融彤管煒③，春滿繡輿溫。世與名郎孝，天全五福尊。佩環聲合度，清響徹宮門。

【校】

①「引」，弘治本同元刊明補本；薈要本、四庫本作「序」。

②「升」，弘治本同元刊明補本；薈要本、四庫本作「外」，非。

③「焯」，元刊明補本作「焯」，非是；據弘治本、薈要本、四庫本改。

賈仲和慶八秩

君前宋魏國文元公遠裔其家世備見遺山所撰千秋後録

太史徵文獻，陰功滿諫章。諸孫宜曼衍，八秩見康强。孝義聞東魯，簪纓慶北堂。千秋遺録後，奕葉又生光①。

【校】

①「奕」，弘治本、薈要本同元刊明補本；四庫本作「弈」，亦可通。後依此不悉出校記。

慶閻庭直壽母詩

洗髓黄眉壽，儀尊五福全。雍容班姆訓①，瀟洒謝庭仙。致樂孫能養，居官子更賢。霑恩行有日，香重誥鸞牋。

【校】

①「姆」，弘治本同元刊明補本；薈要本、四庫本作「母」，亦可通。按：母，通姆。作「母」者，蓋「姆」省去形符之簡化字。

送喬元朗①

疆理初無外，乾坤大統齊。漢恩同一視，星鳥望中低。海甸沉銅鼓，天書坼紫泥。皇威能遠暢，歸旆拂雲霓。

【校】

①「朗」，弘治本同元刊明補本；薈要本、四庫本作「明」，形似而誤。按：喬元朗，即喬宗亮，以禮部侍郎身份出使安南。詳見《元史》卷二〇九《安南》。

榕樹

南來過劍府，嶺岸樹多榕。皦結如蛇蚓，堅凝比柏松。葉芽生挺茂①，陰影散芳濃。鶯羽羣飛日，凋零卻是冬。

【校】

①「茂」，元刊明補本、弘治本、薈要本作「代」，據四庫本改。

五言絶句

贈高邑趙教諭

坐久槐花落，黄金滿石牀。一杯春露冷①，情話不知長。

【校】

①「杯」，弘治本同元刊明補本；薈要本、四庫本作「林」，形似而誤。

冬藏和曲山詠懷嚴韻①

吾道有汙隆，人情逐冷暖。自憐心事佳，不覺天機淺。一作「克教私意無②，任使天機淺③。」

貧居固鮮歡，漏盡行當止。只有苦吟心，時時爲商起。

巨鉤釣鮮鱗，其勢兩難著。何當掩長圍，爲君獵麟脚。

卻掃吾未能④，人事日復日。泛愛聖所稱，亦復論損益。

才疏詩倦吟，年老酒當止。君看古井波，澄湛自不起。

【校】

①「嚴」，元刊明補本、弘治本、薈要本作「嚴」，四庫本作「原」。

②「松」，弘治本同元刊明補本；薈要本、四庫本作「俗」。

③「機」，薈要本、四庫本同元刊明補本；弘治本作「幾」。

④「掃」，薈要本、四庫本同元刊明補本；弘治本作「埽」。按：文獻中木、扌多不分，埽當爲掃之俗字。「吾」，薈要本、四庫本同元刊明補本；弘治本作「苦」。

安坐

此心與天游，老我無繫着。坑頭有春温①，安坐收兩脚。

【校】

①「坑」，弘治本、薈要本同元刊明補本；四庫本作「炕」，亦通。

讀史

紛紛世利塗，翳翳桑榆日。賢哉向長心，一損勝三益。

咏梅

折來何處梅，自擬孤根暖①。寒花本强顔，風味空不淺②。

【校】

①「擬」，弘治本同元刊明補本；薈要本、四庫本作「擬」。

②「空」，弘治本、四庫本同元刊明補本；薈要本作「定」。

己亥歲門帖子

不羨陶朱富，非悲阮籍窮。愛君思道泰，憂國願年豐。

跋呂丈扇頭①

井道養不窮，濟人非望報。過飲投青錢，取廉非正道。

【校】

①「丈」，弘治本同元刊明補本；薈要本、四庫本作「友」，非。

秋雲自激

行雲映空明，奄忽飄輕縠①。風吹不成雨，日暮空相逐②。

【校】

①「奄忽」，弘治本、薈要本同元刊明補本；四庫本作「婘嬰」，非。按：婘嬰，亦作婘阿、婘忽。作「婘嬰」者，蓋抄書者不識奄字，而以奄爲婘耳。「飄」，弘治本同元刊明補本；薈要本、四庫本作「飛」，非。按：作「飛」者，脱「飄」字之左半。「縠」，元刊明補本、弘治本作「轂」，據薈要本、四庫本改。

②「暮」，弘治本同元刊明補本；薈要本、四庫本作「落」。

夢中得

燈殘細暈黄，月落孤窗白。惡夢不成眠，幽魂驚撇捩。

出門二首①

因酒敗佳意，方知百拜輕。忘機甘李喻，重賦赤霄行。

疏拙傷吾性，傾危見俗情。出門山自好，秋色浪峥嶸。

【校】

①「出門二首」，弘治本同元刊明補本；薈要本、四庫本是詩闕。

望淮

朝日慘無色，昏昏水氣間。到淮猶數里，隔岸見尖山。

夏夜

庭竹影扶疏，清風晚騷屑。夜涼人未眠，臥看窗間月。

出門

東風吹陰霾，朝來晴霽開。放眼門前去，青山城際來。

雨後看山

西山色蒼蒼，雨後如新沐。天高晴意寬，歸雲滿巖谷。

夢中得

持酒濯利劍，青蛇光黯然。金鞭鞭駿馬，汗血粘錦韉。

喜雨

癸丑六月旱，草木變萎黄。夜來聞雨落，起舞亂登牀。

秋夜

西風入庭樹，掩冉衆葉鳴。幽人不能寐，愛此秋雨聲。

中秋制中對月

露冷庭梧墜，天高月影長。清光不堪掇，和淚濕衣裳。

披襟

涼風東北來，蕩盡中夜熱。起視河漢星，微雲淡明滅。

王惲全集彙校卷第十四

七言律詩

哭劉房山

紫髯山立蔚揚休，書學推君到晉流。文塚氣嚴驚卧虎，墨池星黯失蟠虬。眼中人物嗟何及，身後珠璣散不收。我擬九歌投濁浪，重傷吾道轉悠悠。

中秋月

夏苦蒸雲歲晏霜，月華還覺此宵良。天容澄徹銀河没①，桂影飛來海氣涼。老魄不應秋更苦，賞心多爲事相妨。一杯儘吸清光了，洗我平生芥蔕腸②。

【校】

①「河」，抄本同元刊明補本；薈要本、四庫本作「池」，非。

②「蔕」，抄本、四庫本同元刊明補本；薈要本作「葉」，訛字。

送王嘉父

新知雖樂道彌親，樽酒燈前便故人。時宦儘從閒處着，浩歌還愛醉時真。紅蓮幕府名兼隱，春草池塘句有神。恨煞百門山下水，錦波流不到東秦。

一見襟期倍所聞，霧巖玄豹隱奇文。清樽浩月應無幾①，赤日黄塵遽爾分。濁酒可因微恙止，天葩寧爲舞裙芬。百年湖海論文地，興在天東日暮雲②。

【校】

①「浩」，抄本同元刊明補本；薈要本、四庫本作「皓」，亦可通。按：浩，通皓，《藏春集》卷三《銀河》：「晴波不受微

雲點，夜色還隨浩月明。」《古儷府》卷一蕭繹《望江中月影》：「澄江涵浩月，水影若浮天。」《古詩紀》卷八〇作「皓」。作「皓」者，蓋以本字易借字，以借字不常見耳，《四庫全書》作「浩月」者凡二十一例，《漢語大詞典》亦未收「浩」通「皓」，光潔、明亮貌」之義項。

②「天」，抄本同元刊明補本；薈要本、四庫本作「江」。

和靖教授送行詩韻

出處初心度義行，蒼天誰識此精誠。十年載質孤懷苦，一宦縻人敝屣輕。時事失聲驚破釜①，幕蓮晴泛媿參卿②。夢歸夜夜棲巖桂，猿鶴無勞久怨驚。

【校】

①「聲」，抄本、四庫本同元刊明補本；薈要本作「身」。

②「泛」，抄本同元刊明補本；薈要本、四庫本闕。

秋日言懷 時先考卧病①

雨後秋堂早暮涼，竹風飄蕩藥爐香。身閒正坐詩成癖②，親老何堪病在牀。書卷日隨秋草亂，壯心愁入野雲蒼。摩挲老鏡蓬窗底，也效樊川洗鬢霜。

【校】

①「時先考卧病」，抄本同元刊明補本；薈要本、四庫本脱。

②「閒」，元刊明補本作「間」，形似而誤；據抄本、薈要本、四庫本改。按：「閒」字後分化爲二字：「間」、「閑」。「間」、「閑」爲迥異之二詞，與「閒」皆爲古今字。作「間」者，蓋「間」、「閒」相混矣。後依此不悉出校記。

清明日錦堤行樂

浪説蘭亭禊事修，年年春好錦堤遊。花翻舞袖鶯歌板，柳隔高城暗酒樓。緑樹恐應春事老①，金鞭重爲使君留。竹西路晚歸時醉，何處珠簾半上鉤。

【校】

①「應」，弘治本同元刊明補本；薈要本、四庫本作「因」，非。

八月十九日雨晚晴

積雨收霖景氣清，物華雖老覺容平。閒雲知倦争歸壑，飛鳥趨林不計程。山嫗翠鬟驚突兀①，天浮圓蓋失枝撑。化權舒慘吾何預，要擬樊川賦晚晴。

【校】

①「嫗」，抄本同元刊明補本；薈要本、四庫本作「偃」。

上史節使晉明壽

尚父忠勤歷五朝，承家又見鳳遺毛。神鋒灑落青冥闊，秋隼騫騰華岳高①。治化載清遵定法②，德容充擴浹吾曹。年年畫戟清香地，常對秋香醉露桃。

【校】

①「鶱」，弘治本同元刊明補本；薈要本、四庫本作「騫」。

②「載」，抄本、四庫本同元刊明補本；薈要本作「澄」。

南城納涼晚歸

書院歸休日已曛，南城風細晚相親。坐來近市喧初息，歸到衡門夜向分。矮榻趁涼欣稚子，疏燈留影伴廚人。一杯粥了從高臥，須信閒身等策勳①。

【校】

①「信」，抄本同元刊明補本；薈要本、四庫本作「向」。「勳」，弘治本同元刊明補本；薈要本、四庫本作「身」，涉上而誤。

七夕立秋

庭竹風生好雨過，碧梧飛下鳳凰柯。人間一夕驚秋早，天上雙星恨别多。鈿合蛛絲遺暗網，綺樓雲影淡明河。柳州羡煞天孫巧，其奈微生賦分何。

涼夜

祝融怙權不肯退，一夕好風吹暑回。雨氣淡從雲尾散，秋聲涼自樹頭來。渴懷夢濯西江水①，逸興歡逢北海杯②。憑語蘭臺宋公子，莫因雲物詠悲哉。

【校】

①「懷」，抄本同元刊明補本；薈要本、四庫本作「腸」。

②「興」，抄本同元刊明補本；薈要本、四庫本作「氣」。「歡」，弘治本同元刊明補本；薈要本、四庫本作「欣」。

八月十一日夜坐

展轉秋懷鬱不平①，憮然方寸若爲驚。學疏久昧天人理，親老尤深喜懼情。坐對燈花供笑語，静聞庭樹散秋聲②。大家但使康强了，未害窮愁老此生③。

【校】

①「展」，抄本同元刊明補本；薈要本、四庫本作「輾」，亦可通。按：展轉，同輾轉。作「輾」者，蓋涉下字「轉」而偏旁類化，且「輾轉」語本《詩》而較「展轉」常見。

②「静」，抄本同元刊明補本；薈要本、四庫本作「近」，聲近而誤。

③「生」，抄本、四庫本同元刊明補本；薈要本作「身」，非。

雪晴望　壬子歲正月①

滑滑春泥雪意融，出門藜杖任西東。光風漸好茆簷喜，煙火全疏傳舍空。三六既能容狡兔，五噫誰復羡冥鴻。更爲着眼登臺處，頗覺江山王氣雄。

【校】

①「壬子歲正月」，抄本同元刊明補本；薈要本、四庫本脱。

題何練師巨川虚白庵①

西風吹下鏡湖船，來作空山避世仙。採藥遠辭滄海上，結茆歸老白雲邊。鑑光應物元無物②，素質能玄本不玄。莫遣碧桃溪畔水，暗香浮出洞中天。

鵬雲蹤迹若垂天③，收斂都歸一室間④。塵境夢空祥已止⑤，松巢枝穩鳥知還。潭心映月清無滓⑥，谷口横雲意自閒⑦。想得翠蘿幽隱處，天風和水瀉空山⑧。

【校】

①「練」，抄本、四庫本同元刊明補本；薈要本作「鍊」，亦可通。按：鍊師，同練師，猶煉師，謂德行高超之道士。何

巨川，長春宮道士，副郝經使江南。至正見詔追贈二品官。鍊，鍊之俗字。

②「鑑」，抄本、薈要本、四庫本作「鑑」。

③「若」，抄本同元刊明補本；薈要本、四庫本作「亦」。

④「都」，抄本同元刊明補本；薈要本、四庫本作「多」。按：《秋澗集》中元刊明補本、弘治本作「都」者，薈要本、四庫本多作「多」，未詳何因。

⑤「祥」，抄本同元刊明補本；薈要本、四庫本作「神」。

⑥「映」，元刊明補本、抄本作「印」，據薈要本、四庫本改。

⑦「横」，抄本同元刊明補本；薈要本、四庫本作「行」。

⑧「瀉」，抄本、薈要本同元刊明補本；四庫本作「泄」，非。

太康展江亭

籌筆規模蓋世功，新亭高構繼遺風。乘秋閱武邊聲静，臨水投醪士氣醲①。騏驥繼聞空塞北②，樓船行復下江東。慇懃淮水東邊月，幾照元戎坐折衝。

【校】

①「醲」，抄本同元刊明補本；薈要本、四庫本作「濃」。

②「驥」，元刊明補本、抄本作「騎」，聲近而誤，據薈要本、四庫本改。「繼」，弘治本同元刊明補本；薈要本、四庫本作「纔」。

送紫陽歸柳塘

掛冠神武急趣裝①，歸隱秦中舊草堂。海内共知元氣在，井邊已仰德星光。眼明華嶽蓮峯翠，路入函關草樹黄。預爲山靈報歸日②，緑楊陰合鄠南莊。

【校】

①「趣」，抄本同元刊明補本；薈要本、四庫本作「趨」，亦通。

②「靈」，元刊明補本、抄本作「靈」，薈要本、四庫本作「林」。

送蕭四祖北上

丹鳳銜書下紫庭，秋宵光動少微星。蒲輪再起秦遺逸，天意將新漢典刑。長策正勞黄屋夢，故山從使白雲扃。中原有幸經綸了，天外高鴻本自冥。

上闊闊學士

初來軍儲字子清蒙古人官至中書左丞①

六轡聯翩走使車②，繡衣風彩漢相如③。紛紛漕計歸鞭筭④，戀戀丹心在帝居。折節不知軒冕貴，濟時行奏便宜書。從今慰卻蒼生望，一點文星照玉除。

【校】

①「闊闊」，抄本同元刊明補本；薈要本、四庫本作「庫庫」。「初來軍儲字子清蒙古人官至中書左丞」，弘治本同元刊明補本；薈要本、四庫本脱。

②「聯」，抄本同元刊明補本；薈要本、四庫本作「連」，亦可通。

③「彩」，抄本同元刊明補本；薈要本、四庫本作「采」，亦可通。按：采、彩，古今字。作「采」者，蓋「彩」省略形符之簡化字，俗用。

④「筭」，抄本同元刊明補本；薈要本、四庫本作「策」。

壬子夏六月陪蕭徵君飲方丈南榮同會者烏大使正卿董端卿經歷學士徒單雲甫張提點幾道王秀才子初洎家府小子惲隅侍席末云①

脩竹脩脩風滿廊，夜深樽俎得餘涼②。浩歌聲繞銀河水，畫燭光凝燕寢香。雪蟻十分浮大白，德星一夕聚高堂。停杯更待東山月，要吸清光洗肺腸③。

【校】

①「烏大」，抄本、薈要本同元刊明補本；四庫本作「烏達」。「徒單」，弘治本、四庫本同元刊明補本；薈要本作「圖克坦」。

②「餘」，弘治本同元刊明補本；薈要本作「遺」；四庫本作「追」，非。

③「吸」，薈要本、四庫本同元刊明補本；弘治本作「汲」。

送王子初東行

岱岳西南碧海東，青齊中據震維雄。驚猿別鶴休增怨，詭觀奇蹤得盡窮。劍暈寒輝騰寶氣，馬摇金鞢健秋風。欲知别後相思夢，多在西山紫桂叢。

杜君美耕隱堂

厭喧耻向市朝居，歸隱南城舊草廬。黄葉落時農事隙，青燈明處夜窗虚。寫懷草就凌雲賦，貯腹看殘種樹書。翠竹白沙村路晚，月明幾駐故人車。

春懷和术忽坦夫韻①

茆屋春深懶閉藏，出門藜杖獨相將。春光暖透芝蘭谷，風色妬殘桃李場②。論政舉知南國弊，賦詩休詠北風凉。浮雲軒冕非吾事，擬訪無功覓醉鄉。

【校】

①「术忽坦夫」，弘治本同元刊明補本；薈要本作「摩和納坦夫」；四庫本作「珠虎坦夫」。

②「場」，弘治本、四庫本同元刊明補本；薈要本作「腸」，聲近而誤。

雨中與諸公會飲市樓

每恨人生會合難，興來一醉盡君歡。雨沾翠佩簾花細，酒凸金杯飲興寬。胡旋舞低翻翠袖①，串珠喉穩怯春寒。朝來酒醒篷窗下②，依舊春風苜蓿盤。

【校】

①「旋舞」，弘治本同元刊明補本；薈要本、四庫本作「舞旋」，倒。按：「胡旋舞低翻翠袖，串珠喉穩怯春寒」之韻律格式爲「胡旋舞|低翻翠袖，串珠喉|穩怯春寒」，「胡旋|舞」、「串珠|喉」皆爲偏正結構，定語「胡旋」、「串珠」相對，中心語「舞」、「喉」相對，對仗工整。作「舞旋」，有違詩律節奏。

②「篷」，元刊明補本、弘治本、薈要本作「蓬」，亦可通；據四庫本改。按：篷、蓬本爲二字，文獻中字從竹從艸多有相混者，遂有「篷」誤作「蓬」者，《花間集》卷一〇李珣《南乡子》：「誰同醉，纜卻扁舟蓬底睡。」《花草稡編》卷一作「篷」。作「蓬」者，蓋「篷」者，今徑改本字。

秋漲後晚訪王柔克書舍①

種柳堤邊起暮吟，黄金不博百年心②。垣墉傾圮水初退，門巷瀟條秋向深。但遺歌詩酬野逸，儘隨鄉社共浮沉。鄰牆酒美中秋近，明月柴門約重臨。

【校】

①「柔」，元刊明補本、弘治本闕；據薈要本、四庫本補。

②「博」，弘治本同元刊明補本；薈要本作「傳」，形似而誤；四庫本作「鑄」，涉上而妄改。

報子初以書見慰

擁鼻吟成嘆索居，眼明驚見故人書。邊城秋静沉寒柝，畫戟門深曳翠裾。契闊秖應分一水，笑談曾不廢三餘。答君不忍虚來意，呵筆裁詩雪滿廬。

春望

黯淡春雲雨意微，小樓孤影立斜暉。書能引睡聊遮眼，酒可攻愁任典衣①。桃蕾有情含笑發，雁行無力拂雲歸。倚欄不盡登臨意，獨對東風咏采薇。

【校】

①「攻」，弘治本同元刊明補本；薈要本、四庫本作「驅」，亦可通。按：「驅」、「攻」，皆爲平聲，於詩律無違；「攻愁」，同「驅愁」。作「驅」者，蓋以「攻愁」不常聯言而妄改。《日涉園集》卷九《舍弟彤檢校南庄刈稻中秋日作三絶句見寄醉後偶次其韻答之》：「呼鄰貰酒酒如冰，以酒攻愁愁有城。」《劍南詩稿》卷六五《道院雜興》：「心安

不假酒攻愁，丹爐弄火經年熟。」

冬夜坐

虚堂人静鼠窺燈，霜葉瀟瀟散雨聲。睡眼看書渾勉强，夜窗得月喜虚明。漫漫長夜何時旦，悄悄孤懷百慮横。到底麤官男子事①，幾回投筆壯班生。

【校】

①「官」，弘治本同元刊明補本；薈要本、四庫本作「冠」，聲近而誤。

砧紙

鵝溪鬣繭太豪華，新紙蒙茸隱細紗。不惜秋砧聲夜杵，要翻新法自吾家。搗匀楮皵光舒練①，拂散龍煤字點鴉。我録詩書何所事，擬尋源委泛靈楂②。

【校】

①「匀」，弘治本、四庫本同元刊明補本；薈要本作「雲」，聲近而誤。「散」，弘治本同元刊明補本；薈要本作「散」，涉下而誤；四庫本作「脈」。

②「楂」，弘治本、薈要本同元刊明補本；四庫本作「槎」，亦可通。按：楂，《廣韻》鉏加切，同槎，筏也。作「槎」，蓋「槎」、「楂」聲近且「靈楂」聯言較少見耳。

夜歸

月波環暈晚風凄，賓館歸時獨杖藜。曲巷門深驚剥啄，小樓燈影自高低。歸心有限先回雁①，世事無心類木雞。淡蕩春風二十八，忍將書劍坐羈棲。

【校】

①「心」，弘治本、薈要本同元刊明補本；四庫本作「期」，亦通。

壽周都運

劍佩龍樓顧遇頻，漕臺今復試經綸。平生許國丹心壯，此日承家玉樹新。德量潤涵淇水遠，壽杯光動紫川春。朝天好在明年日，金印重看拜伯仁。

秋雨有懷呂丈子謙

時奔喪夏津①

賓館光陰一歲中，飄蕭吟鬢感秋風。久諳世事無多味，静覺書編有細功。四壁夜蟲秋思苦，一窗寒雨客牀空。對眠不見蘇州守，縱有新詩愧未工。

【校】

①「時奔喪夏津」，弘治本同元刊明補本；薈要本、四庫本脱。

壽王參謀二首

郁郁卿雲靄士林，不應止作一方霖[①]。無媒致位寧私己，有子傳家足慰心。巾卷在庭公事簡，壽毫浮彩蟻罇深[②]。非詩莫頌千春德，喜對梅花入細吟。

典郡風流漢表儀，一方春物自熙熙。謝公雅量推平昔，楊震高風到四知。畫戟清香凝燕寢，東山春酒照芝眉。政成不獨褒金爵，賢守恩波在鳳池。

【校】

①「止」，薈要本、四庫本同元刊明補本；弘治本作「正」，形似而誤。

②「彩」，弘治本同元刊明補本；薈要本、四庫本作「綵」，亦通。

贈元仲一書記

名寓緇衣行碩儒，蒲輪卻走事巖居①。萬緣擺去聊乘化，一念深來爲讀書。黄閣經綸宜自重，青山談笑未全疏。相望未入廬山社，日暮碧雲思有餘。

【校】

①「巖」，薈要本、四庫本同元刊明補本；弘治本作「巗」。按：巖，亦作巗；巗、巗，形似。巗，當爲巗之訛字。

和仲一詩韻

世事紛拏八九違，未容丘壑淡忘機。須知霖雨思賢佐，終擬卿雲挾日飛①。麟閣勳名驚壯節，虎溪公案覺前非。會看杖策軍門去，滿眼行山空夕暉。

娛志詩書不厭貧，蟄龍冬卧不求伸。應憐擁篲侯門下，何似行歌澗水濱。沙鳥忘機還自樂，池蛙睅目欲誰嗔。悠悠物理吾難料，會得摳衣問上人。

【校】

①「挾」，弘治本同元刊明補本；薈要本、四庫本作「捧」。

送百德正臣之汴梁

君璋序裏仰高懷，賓館相逢一笑開。過眼總非如意事，著詩時遺不羈材①。人驚駿骨空燕市，夢逐秋風上吹臺。去去當途足知己，未應空使劍鋒摧。

【校】

①「著」，元刊明補本、弘治本作「着」，非是；薈要本作「詠」，亦通；據四庫本改。按：《秋澗集》「著」、「着」多不分，此「着」義不可通，蓋「著」之形誤。「著」、「詠」皆爲仄聲而於詩律無違，「詠詩」亦猶「著詩」，亦通。「材」，弘治本同元刊明補本；薈要本、四庫本作「杯」，形似而誤。

贈王脩甫

樊川風調錦囊詩，邂逅青樓豁所思。得酒愛澆吟舌健，放談時露劍鋒差。香翻月户情難極，風入庭梧鬢已知。過眼紛華終寂寞，望君冠蓋鳳凰池。

挽趙父師提舉

疋馬南來及撫棺①，磨礱空使憶當年。師資有道無虚飾，賦業推公得正傳。黄鳥此時空止棘，青藜何處伴譚玄②。緬懷壽德宜無憾，可忍羈魂似粤阡。

【校】

①「疋」，弘治本同元刊明補本；薈要本、四庫本作「走」。

②「譚」，弘治本同元刊明補本；薈要本、四庫本作「談」，亦可通。按：談、譚，通。作「談」者，蓋以「譚玄」聯言少見耳。後依此不悉出校記。

送盧叔賢之鄧州

萬里風雲入壯懷，斗南人已識奇材。重看緑水開蓮幕，宛勝黄金築隗臺。鈴閣風清談塵静，星屯煙暖漢旗開①。後期竚聽平安報，定逐梅花驛騎來。

【校】

①「屯」，弘治本同元刊明補本；薈要本、四庫本作「旄」。

壽王子初

彩鳳高翔欲覽輝，十年書史董生帷。持心不爲紛華奪，尚友常先遠大期。内富經綸隆事業，外涵風雅養詩脾。赤霄玄圃春風細①，百歲相期拾紫芝。

【校】

①「細」，弘治本同元刊明補本；薈要本、四庫本作「信」，聲近而誤。

自適

旋收柏實炷爐熏①，紙帳低垂自有春。竹几隱眠無俗夢②，蒲團容膝勝華裀。窗間白日驚濤迅，門外黄塵萬事新。幸與聖賢相晤語，未辭藜藿此生貧。

【校】

①「熏」，弘治本同元刊明補本；薈要本、四庫本作「薰」，亦可通。後依此不悉出校記。

②「眠」，元刊明補本作「眼」，形似而誤；據弘治本、薈要本、四庫本改。

登熙春閣

封丘門外故宫傍，天閣空餘内苑荒。瀛海夢空三島没，帝城煙慘五雲蒼。石鯨照水鱗猶動，金鳳凌雲勢欲翔。奇貨梁園當日盡，爲誰留在閲興亡①。

【校】

①「在」，弘治本、薈要本同元刊明補本；四庫本作「住」。

哀故宫

掖庭依約粉垣丹，行入荒宫重黯然。華表忽驚人世换，昆明重見劫灰寒。石龍委地埋秋草，湖玉臨池倚暮煙。滿目悲風吹酒醒，東華門外淚闌干。

送趙相君北上

漢旆當年入汴州，布衣曾此識君侯。夏盟自列葵丘會，驥馬空騰瀚海秋。萬里風雲横寶玦，九天名姓動金甌。南遊正值朝天去，望斷春風五鳳樓。

登凌雲閣

布衣塵滿戴儒冠，風袂來登上將壇。棟藻雲飛朱栱濕，簷牙霜重玉梯寒。風煙遠勝籌邊迴，氣勢雄吞汴水乾。經略江淮有成算，不須重展地圖看。

送王子初之鄧州

東風霽雨泛晴光，桃李争妍出短牆。春意似留行客住，陌塵都釀燕泥香①。三杯别酒清明後，滿眼春愁錦瑟傍。一曲劍歌心事遠，緑波南浦未應傷。

【校】

①「塵都」，弘治本同元刊明補本；薈要本、四庫本作「城多」。

送郝伯常歸堡塞

書劍南辭杞國天①，一歡傾倒酒爐邊②。鳳麟瑞質驚千古，江海詞源浩百川。吾道莫傷今日否，斯文將付後來傳③。驪駒歌斷青山暮，愧未長遊從馬遷④。

【校】

①「杞」，弘治本、四庫本同元刊明補本；薈要本作「祀」，形似而誤。

②「爐」，弘治本同元刊明補本；薈要本、四庫本作「鑪」，亦通。

③「斯」，弘治本同元刊明補本；薈要本、四庫本作「新」。

④「長」，弘治本同元刊明補本；薈要本、四庫本作「嘗」，涉上而誤。

贈李幹臣

少年心事便拏雲，不着清談解世紛。自得士元參別駕，僵摧伯比張吳軍①。一江夜雨供吟筆，萬里征鞍逐雁羣。早晚春風笳鼓地②，更看詩壘策奇勳。

【校】

①「僵摧」，弘治本同元刊明補本；薈要本作「强摧」；四庫本作「强推」。「張吴」，弘治本作「張具」；薈要本、四庫本作「具張」。

②「早」，弘治本同元刊明補本；薈要本、四庫本作「蚤」，亦通。按：蚤，通早。後依此不悉出校記。

登資聖閣

傑閣當年瑞靄氤，亂餘金碧半塵昏。豈知象教移中土，猶揭雄名護國門。法界冷沉梁苑月，寶香難返汝陽魂。傷心五嶺騰煙語，舉世從風莫與論。

跋西蒲老人燕處圖

甫脱孤城百戰危，蒼茫何處跨鯨歸。百年有感悲風樹，一旦無依足孝思①。遺像儼然留故事，寸心聊擬答春暉②。遠游剩袖如瓜棗，海岳相逢會有期。

【校】

①「思」，薈要本、四庫本同元刊明補本；弘治本作「忠」，非。

②「暉」，元刊明補本、弘治本作「輝」，非是；據薈要本、四庫本改。

上史相君壽

麟閣勳高誓不磨，戟門春静雀堪羅。盟高踐土尊王切，恩入河南受賜多①。好學世推同杜預，薦賢人道過常何②。稱觴何限輿人頌，細逐春風入凱歌。時自鄧鄗回③。

【校】

①「入」，弘治本同元刊明補本；薈要本、四庫本作「義」。

②「何」，四庫本同元刊明補本；弘治本、薈要本作「阿」，形似而誤。

③「時自鄧鄗回」，弘治本同元刊明補本；薈要本、四庫本脱。

過楚卿子冠軍宋義墓 并序①

乙卯春三月，予東如大名，道出内黄。鎮有廟，在民居之南，曰「項王廟」，廟之址即卿子冠軍宋義墓也。且以往昔墟墓間恍惚事來告，予甚鄙焉，獨於義之死有所感焉者②。噫！義，奇士也！初，武信君舉兵渡淮而西③，城攻野戰，勢若破竹，義之力居多。及師次定陶，再戰而再勝也。見梁志滿氣驕，識其奪魄，後值崩潰④，果不踰素，義可謂深知兵矣。至羽請師救趙，執以不可。觀其籌畫號令、攻取先後之方，誠上將之略。惜不使差肩三傑，北面以事高祖，反區區委贄，天久厭之。楚與羽並驅争先，西向以舉虎狼之秦，何其不幸者哉！雖然，方秦之失鹿也，羣雄蝟起，以蛇爲龍者不可勝計。布衣皇皇之士，能明目識帝王之真而歸之者，蓋有之矣，誠未易一二數也。至若淮陰韓信、陽武陳平一旦起而盡爲楚用，初且不知天命集漢，而後卒歸于漢，功業如此，幸也。嗚呼！俾天假義年⑤，晚脱身項氏⑥，策杖以歸真主⑦，其功名當代，縱不能廁三傑之列，未至與噲等伍耳。嗚呼，義何不幸也哉！義何不遇也哉！因作詩以弔并著予之感云。

老項捐軍勢已孤，擣秦遺趙見雄圖。奇才惜不遭龍凖，赤手争教捋虎鬚。日月不爲荆楚計，干戈空爲漢家毆。因君重起無依歎，羨煞中林得止烏。

【校】

①「并序」，弘治本同元刊明補本；薈要本、四庫本脱。

②「者」，弘治本同元刊明補本；薈要本、四庫本脱。

③「武信君」，元刊明補本、弘治本、薈要本作「武君」，脱；據四庫本補。按：武信君，即項梁。宋義與項梁事，詳見《漢書》卷三一《項梁傳》。

④「崩」，弘治本、薈要本同元刊明補本；四庫本作「奔」，亦可通。按：奔，同崩。作「奔」者，蓋「崩」之聲誤。

⑤「俾」，弘治本同元刊明補本；薈要本作「假」，涉下而誤；四庫本作「使」。

⑥「晚脱」，元刊明補本、弘治本作「脱」，脱；據薈要本、四庫本改。

⑦「策杖」，弘治本、薈要本同元刊明補本；四庫本作「杖策」，亦通。

元齋　爲仲希賦①

生平襟度玉無瑕，天馬精神出渥洼。北海罇罍無暇日，德公賓主到通家。山高仰止人皆慕，齋用元名意匪誇。教子以經平日事，不應遺實取其華。

【校】

①「爲仲希賦」，弘治本同元刊明補本；薈要本、四庫本脱。

過朝歌

山勢西來擁廢宮，荒煙回首接南鄘。緬懷藝祖初經野，忍見狂童到覆宗。野水作聲知客恨，幽花含露爲誰容。千年快意商郊戰，流謗争教有二兇①。

【校】

①「二兇」，弘治本同元刊明補本；薈要本、四庫本作「□兇」。

銅臺懷古

都邑盤盤據四衝，登臨形勢覺天雄。歌樓聲響春風細①，綺陌香銷寶氣空。笑看孱王承宋弊②，至今奸孽擅唐終。憑高誰識神州恨，付與衡漳日夜東。

【校】

①「聲」，元刊明補本、弘治本、《中州名賢文表》作「暖」，非；據薈要本、四庫本改。

②「看」，元刊明補本、弘治本、《中州名賢文表》作「着」，形似而誤；據薈要本、四庫本改。

佑德觀早起留别道人陳彦達

碧桃花露濕衣涼，宿酒醒時夜未央。浩浩市聲喧曉枕，摇摇星影入虚堂。春風醉袖愁分手，秋雨吟燈約對牀。後夜月明東北路，吕安歸夢半嵇康。望東北方半空書「嵇康」字兩行①。

【校】

①「半空書」，弘治本同元刊明補本；薈要本、四庫本作「書半空」。

寄蕭茂先

飄瀟襟韻恥咿嚘，醉裏青衫兩鬢秋。通介不隨衰俗變①，清貧當向古人求。城居真似玉川子②，鄉思空懷馬少遊。蚤晚臨漪亭畔月，一樽重爲紫髯留。

【校】

①「衰」，弘治本同元刊明補本；薈要本、四庫本作「流」。「變」，四庫本同元刊明補本；弘治本作「受」，非；薈要本作「轉」。

②「真」，弘治本同元刊明補本；薈要本、四庫本作「貴」，形似而誤。

晚菊

竹瘦松枯怨歲寒，爲誰含露發幽妍。踈花儘秀開何益，晚節能昌固自賢。採擷落英悲楚客，破除秋色静斜川。不辭潦倒東籬下，桃李成蹊世舉然。

聞詔

灤水嵩呼萬歲觴，綸章飛下紫泥香。九天空有風雲夢，萬國争依日月光。草木變衰元氣活，乾坤開霽老陰藏。兩都耆舊欣相告，四十年來未省嘗。

陽穀道中有懷黄石公事寄呈敬齋姚公

雪齋請益初心在，東郡趨庭宿願償。黄石有書開帝業，布衣無地着恩光。自慚國士思圖報，敢暴孤懷不自强。巾卷在庭循誘際，佩懷言行愈難忘。

趙御史挽章

振藻儒林起趙宗，殿前一賦已摩空。筆參造化陽冰篆，氣屏權豪御史驄。養老正期來祝哽，招魂何意入新宫。影堂一拜情瀟慘，瑞露香殘翠竹風。先生比化，甘露降庭竹上。①

【校】

①「先生比化，甘露降庭竹上」，弘治本同元刊明補本；薈要本、四庫本脱。

上王翰林

白衣如鵠禁闈春，九萬曾摶北海鵾①。獨翼龍顔潛代邸，親承雲錦織天孫。兩朝耆德尊元老，千古雄文説赦恩。寂寞黄金臺下客，詠歸心久在龍門。

【校】

①「鵾」，弘治本、薈要本同元刊明補本；四庫本作「鯤」，亦可通。按：鵾，同鯤。鵾，本作鯤，語本《莊子·逍遥游》：「北冥有魚，其名爲鯤……化而爲鳥，其名爲鵬。」後涉下言「化而爲鳥，其名爲鵬」而偏旁類化，易「魚」爲「鳥」。作「鯤」者，蓋以本字易之。

夢受庭訓其中頷頸二聯蓋先君之意云①

老月驚風夜色蒼②，羈魂明隨几筵傍③。音容恍對如生在，教戒無多止義方。芰歜似傷時祭闕，松楸應念墓田荒④。牽衣未畢城烏起，曉枕縱橫泪幾行⑤。

【校】

①「頸」，元刊明補本、弘治本作「景」，聲近而誤；據薈要本、四庫本改。

②「老」，弘治本、薈要本同元刊明補本；四庫本作「落」，非。

③「隨」，弘治本同元刊明補本；薈要本、四庫本作「墮」。

④「念」，元刊明補本作「命」，非是；據弘治本、薈要本、四庫本改。

⑤「曉」，弘治本同元刊明補本；薈要本、四庫本作「晚」。

贈孟文伯

秋月堂深劍履寒，相逢一話破春顔①。心君意豁驚囊穎，豹體文奇見霧斑②。孤節共高殷侑壯，片言誰拔子卿還。笑拋燭影金釵夢③，長繞天墀十二閒④。

【校】

①「話」，弘治本同元刊明補本；薈要本、四庫本作「語」，妄改。

②「斑」，元刊明補本模糊不清；弘治本闕；據薈要本、四庫本補。

③「拋」，薈要本、四庫本同元刊明補本；弘治本作「抛」。

④「閒」，弘治本、薈要本、四庫本作「間」，亦可通。按：閒、間，古今字。作「間」者，蓋以今字易古字。後依此不悉出校記。

壽姚宣撫

咸池朝日覩離明，羽翼功高見老成。相體共推安石雅，襟期全得伯夷清。黄金眼冷燕臺望，赤羽心馳魏闕情。鄭重一杯千歲酒，調元消息在新正。

周仲寅處覓貂帽

炙手權門已强顔，萠緱未免向人彈。晨鐘聲裏霜侵鬢，蘭省臺邊雪滿鞍。貂帢擬從公子覓①，客牀應念廣文寒。何當花影烏衫側，一笑春風拍畫欄②。

【校】

①「帢」，元刊明補本模糊不清；弘治本作「恰」，形似而誤；據薈要本、四庫本改。

②「欄」，弘治本同元刊明補本；薈要本、四庫本作「闌」，亦可通。按：闌、欄，古今字。作「闌」者，蓋「欄」省略形符之簡化字，俗用。後依此不悉出校記。

邢夫子拜慶詩軸①

對君如讀開元報，歷歷聲明見典刑。款曲每憐名父子，顧瞻疑是老人星。一言楚獄陰功厚，百世名談汗簡青②。濱海歸來非我志，春江乘興看浮萍。

【校】

①「子」，弘治本同元刊明補本；薈要本、四庫本作「人」，涉上字而誤。

②「百」，元刊明補本作「有」，形似而誤；據弘治本、薈要本、四庫本改。

鎮州懷古

趙武雄圖不可尋，風煙東接九門深。炎涼到此分南北，戰伐無情自古今。彈蹋流風猶戰國，椎埋遺俗帶燕音。劍歌不遇平原客，落日滹沱動旅吟。

祇謁昭烈皇帝廟

一劍功成百戰場，三年章武事堪傷。力扶漢祚圖燃燼，規取劉璋出侮亡。若論託孤徒啓篡，試評含泣到分香。秋風一掬宗臣血，五丈原頭落日蒼。

燕城書事二首

都會盤盤控北垂，當年宮闕五雲飛。峥嶸寶氣沉箕尾，慘淡陰風貯朔威。審勢有人觀督亢，封章無地論王畿。荒寒照破龍山月，依舊中原半落暉。

朔風千里捲孤蓬，斗酒難澆磈磊胸。清濁滄浪知自取，蒙茸狐服竟誰從。燕臺坐老黃金客，甲第争高白玉鍾。撥土便成千尺榦①，露恩初不負巖松。

【校】

①「軬」，元刊明補本、弘治本、《中州名賢文表》作「軬」，亦可通；據薈要本、四庫本改。按：「軬」，「軬」之俗字，《唐碑俗字録》：「竦軬共岱巖争峻。（何剛墓誌）」

望西陵

漳川北岸望西陵，馳道東連講武城。將略有餘開戰伐，墓碑無謂自題評。一棺何在彌天力，九錫徒誇盜漢名。千古遺墟冷煙底，定軍山樹拂雲平。

牧野道中①

野人川浴振裳衣②，況接恩波沐鳳池。莫訝出門何剌剌，須知去國自遲遲。河橋飲餞無千騎，文物聲明又一時。有淚不揮離别際，西風空送鴈行悲。

【校】

①「中」，弘治本、四庫本、《中州名賢文表》同元刊明補本；薈要本作「人」。

②「浴」，弘治本、薈要本、《中州名賢文表》同元刊明補本；四庫本作「洛」。

奉送平章趙公赴闕庭之召少答省檄見招之意云

龍旆南還沸捷音，漢臺凝望幾登臨。洗兵未用挽天漢，入夢應知有傅霖。暖日晴消青海雪，春風重掃黑山陰。君王若問來歸策，爲説虞皇待象心。

贈鄉先生韓義和

草服黄冠玉練顔，一壺天地市朝間。飄飄野鶴雖無繫，戀戀鄉情尚未慳。幽睡不妨紅日晚，青山誰似白雲閒①。何當一劍飛空去，好爲留題過故關。

【校】

①「閒」，元刊明補本作「間」，形似而誤；據弘治本、薈要本、四庫本改。

送常道人子明

道士何心作羽流，擇音應避物爲仇。泠風身世三千界①，碧落仙居十二樓。無地可留雲表舄，有懷終結竹林遊。因君喚起西遊興，滿眼太行黄落秋。

【校】

①「泠」，弘治本同元刊明補本；薈要本、四庫本作「泠」。「三」，元刊明補本作「王」，形似而誤；據弘治本、薈要本、四庫本改。

送劉同知還鎮陽　繼士觀韻①

幾人襟韻似君侯②，潘岳閒居賦遠遊。白雪高歌南郢重，壽山長路太行秋。隱居正有千林玉，濯足何須萬里流。一曲驪駒頓丘北，碧雲零落使人愁。

【校】

①「繼士觀韻」，弘治本、四庫本同元刊明補本；薈要本脱。

②「矦」，弘治本同元刊明補本；薈要本、四庫本作「侯」，亦可通。按：矦、侯，古今字。作「侯」者，以今字易古字耳。後依此不悉出校記。

爲王朝顯贈梁邦傑兼簡郝勸農

漳南客子王朝顯，日暮塗窮仗友生。今夏遠投回沁水①，傍冬索米入共城。千金諾重河東守，一府蓮香白璧卿。詩藁不須詢幾束②，溪聲山色總關情。

【校】

①「夏」，抄本同元刊明補本；薈要本、四庫本作「夜」。「投」，抄本同元刊明補本；薈要本、四庫本作「披」。

②「藁」，抄本、薈要本同元刊明補本；四庫本作「稾」，非。按：藁、稾，古今字；藁、稾，古今字；稾、稾，二字絕不

相通。作「稟」者，蓋「稟」之形誤，本亦當作「藁」。

和幹臣今晨所見

庚金乘火勢相高，午夜秋風散鬱陶①。氣錯不調伊摯鼎，雨淫空續楚臣騷②。人占樂歲無遺慮，我覺天刑未可逃。除治菊荒還寓目，青山城郭幾週遭③。

【校】

①「午」，抄本同元刊明補本；薈要本、四庫本作「一」，非。

②「淫」，抄本同元刊明補本；薈要本作「冥」；四庫本作「湅」。

③「幾週」，抄本同元刊明補本；薈要本、四庫本作「九回」。

大風

六合塵沙一混同，羣龍無力鄣驚風①。旱乾到此誰歸咎，天道從中見蔽蒙。詩枕夢驚茅屋破，山林春老緑陰空。雄文便擬昌黎訟，九虎當閽未易通。

【校】

①「鄣」，抄本同元刊明補本；薈要本、四庫本作「障」，亦通。按：「鄣」，本讀如《廣韻》諸良切，與讀如《廣韻》之亮切之「障」字絶不相通。後「鄣」讀如之亮切，用作「章」之通假字，與「鄣」相混。

雨後草堂即事

駭浪崩騰點額餘，歸來縮首伴凡魚①。門從席後軒車少，鬢自蒼來酒琖疏。坐掩殘書懷苦節，自鋤明月種秋蔬。鄰人共指揚雄宅，只有兒童來喚烏。

【校】

①「凡」，抄本同元刊明補本；薈要本、四庫本作「沈」。

挽季子文①

一丘宿草縣城東，前日花時杖屨同。白璧不埋連邑價，青燈空負十年功。鵩來近舍傷君去，麟出非時見道窮。修短偶然吾適值，不須作賦問天公。

初從拱把見淩雲，天意栽培似厚君。大厦如傾梁棟在，神交遽爾死生分。白駒空谷歸何處，夜雨它年不忍聞②。吾道已窮來者替，兩行清淚爲斯文。

絳帳絃歌日沸闐，去煩從簡屢爲言。自春卧病無三月，一死埋魂入九原。桂實未霜驚早落，鳥聲解語惜空喧。東門最是傷心地，老父哀號血灑轅。

【校】

①「季」，元刊明補本、抄本作「季」，薈要本、四庫本作「李」，形似而誤。

②「它」，抄本同元刊明補本；薈要本、四庫本作「他」，亦可通。按：它、佗，古今字；它、也，本爲一字（按，見前校

記）；佗、他，同；它、他，亦古今字。作「他」者，蓋以今字易古字。後依此不悉出校記。

五年六月初八日夜夢遺山先生指授文格覺而賦之以紀其異

分明昨夜夢遺山，指授文衡履絇間①。道必細論能出理，文徒相剽亦何顏②。江流不廢驚千古，霧管時窺得一班③。落月滿梁清境覺，紫桐花露濕吟冠④。

【校】

①「絇」，抄本同元刊明補本；薈要本、四庫本作「約」，形似而誤。

②「相剽」，抄本同元刊明補本；薈要本、四庫本作「剽竊」，既脱且衍。按：作「剽竊」者，蓋「相剽」脱而爲「剽」，繼而涉「剽」字而下衍「竊」字。作「剽竊」於是詩詩律相違。

③「班」，抄本同元刊明補本；薈要本、四庫本作「斑」，亦可通。按：班，通斑。作「斑」者，蓋以本字易借字。後依此不悉出校記。

④「吟」，抄本同元刊明補本；薈要本、四庫本作「銀」，涉下而誤。

夏日南堂即事

一雨清涼恰四朝，霧絲縈户見蟰蛸。病因戒酒成真止，辭免書門絶妄交。道拙尚憂兒墜簡，家貧且喜稼盈郊。閒庭緑蘚泥融遍，燕子飛來補舊巢。

同幹臣讀漳濱唱和詩軸

草堂舊雨記相尋，細嚼漳濱唱和吟。白雪調高雖寡和，朱絃聲眇有遺音①。犀寒蒼渚奇逾出，氣奪元胎理更深。一洗向來箏笛耳，坐聽三峽瀉瑶琴。

高山仰止爲千尋，更對佳人與細吟。藝絶六鈞俱破的，調高千古得知音。静藏脱兔無窮變，法比滄溟不自深②。客去灑然心境寂，滿軒秋氣入絲琴。

【校】

①「眇」，抄本同元刊明補本；薈要本、四庫本作「邈」，聲近而誤。

②「比」，元刊明補本、抄本作「北」，形似而誤；據薈要本、四庫本改。

謝人惠瓦甂

老雨崩崖爲爾開，野人攜贈入芸齋。埏陶有意存三代①，奠獻曾經備兩階。上擁圓吭蹲野鸛②，中橫皤腹怒池蛙③。鉤深免汝居危地，時插秋香慰老懷。

【校】

①「存」，抄本同元刊明補本；薈要本、四庫本作「成」。

②「鸛」，抄本同元刊明補本；薈要本、四庫本作「鶴」。

③「腹」，抄本、薈要本、四庫本作「腹」，元刊明補本作「復」，非是。

六月初七日夜二更雷雨大作①

落日山雲擁蓋幢，二更雷起雨飜江。六丁怒瀉銀河水，千杖齊敲羯鼓腔。耕壟揠苗秋有望，炎官收傘夜深降。一犂聞説西江上，早晚龍移似老龐。

【校】

①「二更」，抄本同元刊明補本；薈要本、四庫本脱。

和斡臣韻

雲漏疏星不滿天，坐來風雨暗西山①。不憂鯨鬛翻滄海②，喜送涼飆入白間③。蜚不成災休紀異，暑雖才伏暫知還④。雨傷旱損俱咨怨，讀罷君詩壹破顔⑤。

【校】

①「暗」，抄本同元刊明補本；薈要本、四庫本作「黯」。

②「不」，抄本同元刊明補本；薈要本、四庫本作「百」。

③「喜送」，抄本同元刊明補本；薈要本、四庫本作「一喜」。

④「才」，抄本同元刊明補本；薈要本、四庫本作「初」。

⑤「壹」，抄本、薈要本、四庫本作「一」。

雨後出門言懷

壯年抵死别簪薰①，老去收藏省一身。禄不妄干時有待，道從深探理彌真。充腸有薺固云苦，舉扇無塵可汙人②。洗我胸襟閒魄磊③，門前秋水碧粼粼。

萬書叢裏自陶薰，浩浩堪輿寄一身。樹静蟄坯存夜氣④，鳥飛魚泳見天真。學從踐履安天命⑤，世要經綸有若人。林下幼安應未老，且教雙足濯粼粼。

【校】

①「扺」，元刊明補本作「衹」，形似而誤；據抄本、薈要本、四庫本改。

②「扇」，抄本同元刊明補本；薈要本、四庫本作「目」，當作「目」。

③「魂」，抄本同元刊明補本；薈要本、四庫本作「塊」，亦通。

④「樹」，元刊明補本、抄本作「未」，非是；據薈要本、四庫本改。

⑤「命」，元刊明補本闕；據抄本、薈要本、四庫本補。

和幹臣雨晴出郭之什

飲散公庭樂亦陶，西湖乘興喜同遨①。河神偃蹇誇秋水，山翠空濛上鬢毛。乍脱城居驚眼放，縱教詩思與秋高。鴻飛燕集隨時處，誰羨傭耕壟上豪②。

【校】

①「湖」，抄本同元刊明補本；薈要本、四庫本作「河」。

②「壟」，薈要本、四庫本作「隴」，亦通。按：隴，通壟。後依此不悉出校記。

王惲全集彙校卷第十五

七言律詩

蘧大夫廟

芒鞋兩自近關行，頗訝先生出處輕。道亟卷懷傷喪亂，仕因公養辟尊榮①。輟車彷佛公門敬②，寡過依稀聖者清。故國令煙喬木老③，至今君子號鄉名。

【校】

①「尊」，抄本、薈要本、四庫本作「尊」，元刊明補本作「專」。

②「彷佛」，抄本同元刊明補本；薈要本、四庫本作「仿佛」。

③「煙」，抄本同元刊明補本；薈要本、四庫本作「名」。

苦雨吟

禾頭生耳駭輪囷，一雨霖霪迫兩旬①。蛙出坎居喧鼓吹②，蟻連封垤失君臣。陰沉便恐陽烏慘，飛舞争看石燕神。寄謝碧雞坊裏客，不煩羹釜怨生塵③。

【校】

①「迫兩」，抄本作「近兩」；薈要本、四庫本作「近數」。

②「坎居」，抄本同元刊明補本；薈要本、四庫本作「故塘」。

③「羹」，抄本、四庫本同元刊明補本；薈要本作「羨」，非。

迎秋

大暑推回酷吏輈①，先聲傳喜到梧楸。清商載路歌夷則，白駱前驅候蓐收。氣肅衮裳初復辟，露清行殿拜凝旒。若論成給功尤著，不解詞臣九辯愁②。

【校】

①「推回」，抄本同元刊明補本；薈要本、四庫本作「回推」。「軿」，弘治本同元刊明補本；薈要本、四庫本作「休」。

②「辯」，抄本同元刊明補本；薈要本、四庫本作「辨」，亦通。

明霽

雷霆威霽雨初迴，戰罷昆陽萬馬摧①。成結歲功真有望②，洗清天宇覺重開。秋菌出木驚朝暮，野水增波阻往來。腰足痺頑欣一散，約攜藜杖晚登臺。

【校】

①「摧」，抄本、薈要本同元刊明補本；四庫本作「推」，形似而誤。

②「結」，抄本同元刊明補本；薈要本、四庫本作「給」。

箕子廟 廟在汲郡①

剳剔忠良詫肉林，當年愁絶父師心。道傳未害奴爲辱，俗古方知化獨深。上念聖湯思自獻，下逢周武是知音。野煙無地尋遺廟，空咏芃芃麥秀吟。

【校】

①「廟」，元刊明補本作「唐」，形似而誤；據抄本、薈要本、四庫本改。

挽梁防禦邦傑二首

酒船茶竈柳溪煙，把臂論交記昔年。列郡剖符方再考，銘旌埋恨便終天①。風纏大樹摧蘇嶺②，雲黯歸魂近赫連。四十三年成底事，一杯慟絶九山前③。

梁侯躍馬英妙年，大冠脩劍身頎然④。閉車過市殊不樂，快意耳後抨鶩絃⑤。朝吟醉卧石樓上，暮歸射虎南山前。聞説三城足遺愛，令人空憶使君賢。

【校】

①「恨」，抄本同元刊明補本；薈要本、四庫本作「玉」。

②「嶺」，抄本同元刊明補本；薈要本、四庫本作「廟」。

③「杯」，抄本同元刊明補本；薈要本、四庫本作「抔」。

④「頎」，抄本、薈要本同元刊明補本；四庫本作「傾」，形似而誤。

⑤「絃」，抄本、薈要本同元刊明補本；四庫本作「弦」，亦通。後依此不悉出校記。

奉答彦正參議書問

清晨庭鵲喜相呼，薄暮敲門得素書。地重每愁屯朐腮①，人來還喜駐青居②。煙開瘴嶺三軍壯，氣壓巴江百戰餘。一檄我知邊報静，西南争識漢相如。

【校】

①「朐」，元刊明補本作「煦」；四庫本作「朐」；據抄本、薈要本改。按：作「昫」，當爲「朐」之形誤，底本亦當作「朐」。作「煦」者，蓋「朐」先誤作「昫」，繼而涉下字偏旁類化而於「昫」下加「心」，「心」、「灬」傳抄文獻中多有相混者，故再誤作「煦」。「朐䏰」，《集韻》：「縣名。」《後漢書》卷一〇五《劉焉傳》：「韙以此遂屯兵朐䏰備表。」李賢注：「屬蜀郡，故城在今夔州雲安縣西也。」

②「青」，抄本同元刊明補本；薈要本、四庫本作「清」，聲近而誤。

酒醒聞雪作　呈陳侯

陰雲低壓濕衡茅，暖透衾裯地氣交①。縞色漸生明月幌，風聲先到碧筠梢。誰家獵騎長圍去，何處柴門向曉敲。開歲春風兩岐秀，竚看晴浪際農郊。

【校】

①「裯」，元刊明補本作「裯」，據抄本、薈要本、四庫本改。

至元四年歲在丁卯暮春之初陪陳王二郡侯泛舟清水兼攜妓樂

山圍牧野青未了，河抱鄘城勢轉雄。高會遠爲開府設，仙舟還許李膺同。春光淡淹明歌扇，吹管飄蕭颺遠風。鄭重使君雙皂蓋，月灘留醉恨怱怱①。

風暖溪深夾岸花，緩移蘭棹轉灘沙。醉停杯酒清歌細②，看弄漁舟白日斜。誰與浣花徵故事，行觀春物到山家。沙堤不用雙紅燭，馬首歸時月有牙。川故事③，太守自正月出，三月及浣花止④。

溪回路轉無多曲⑤，風軟舟輕恰數人。汀樹弄晴供望眼，岸花迎笑喜行春。千年勝賞蘭皋在，五郡謳吟使節新。多謝晚風吹醉帽⑥，惺惺恰及到城闉。

【校】

①「怱怱」，抄本、薈要本、四庫本作「匆匆」，亦可通。按：怱、匆，皆同悤。「匆」字後起，爲「怱」省略形符之簡化字。

作「匆匆」者，蓋亦爲「怱怱」之簡化。後依此不悉出校記。

②「細」，抄本同元刊明補本；薈要本、四庫本作「静」，非。

③「川」，抄本同元刊明補本；薈要本、四庫本脱。

④「三月及」，抄本同元刊明補本；薈要本、四庫本作「廿日」，非。

⑤「溪回」，抄本同元刊明補本；薈要本闕；四庫本作「山迴」，非。按：「迴」，同「回」。「峯迴路轉」連言，語本歐陽修名作《醉翁亭記》：「峯迴路轉，有亭翼然臨於泉上者，醉翁亭也。」「峯」，亦猶「山」也。作「山迴」，蓋亦涉此常見典型搭配而誤，非有意妄改耳。

⑥「晚風」，元刊明補本作「絶□」；據抄本補；薈要本、四庫本作「惠風」。

寄王總管子初

新築茅堂並水扉，柳陰連接到漁磯。平疇緑滿禾方秀，高樹涼多露未晞。挾策不干丞相府，入山終製芰荷衣。故人好在龍津府，書葉翻香吏事稀①。

【校】

①「翻」，抄本同元刊明補本；薈要本、四庫本作「飄」，亦通。「吏」，弘治本、四庫本同元刊明補本；薈要本作「丈」，

形似而誤。

和節齋言懷詩韻

元龍湖海見平生，老我韜鈐未易兵。格物志精先寔學①，救時心切恥虚名。風雲自是龍頭客，吟笑空懷壟上耕。袖裏驪珠三百顆，每從開讌得晶明。

【校】

①「寔」，抄本、薈要本、四庫本作「實」，亦通。按：寔、實，多可通。後依此不悉出校記。

林塘秋晚①

躡足煙霄謝俊游，野人高興在林丘。近山欲雨先衣潤，秋水增波拍岸流。木葉静時存復理②，人心安處即天遊③。隔溪田父治荒穢，斜日疏煙滿樹頭。

【校】

①「晚」，元刊明補本、抄本作「曉」，非是；據薈要本、四庫本改。

②「木」，元刊明補本、抄本作「水」，形似而誤；據薈要本、四庫本改。

③「遊」，抄本同元刊明補本；薈要本、四庫本作「休」。

卜築

塢溪流水抱村斜，林杪青山隔岸賒。平日買田惟樂此，他時成趣要移家。溪邊種柳眠黄犢，竹底開門繞白沙。任使傍人呼漫浪①，雨蓑無負釣魚槎。

【校】

①「傍」，抄本同元刊明補本；薈要本、四庫本作「旁」，亦可通。後依此不悉出校記。

送王子初總管奉詔北上

聖代崇儒意匪輕，徵車相望半諸生。九天雨露思賢相，十載經綸見老成。更化有方先定制，捄時無驗是虚名①。煙霄未遂攀鱗志，葵藿空懷向日誠。

【校】

①「捄」，抄本同元刊明補本；薈要本、四庫本作「救」，亦可通。按：捄，讀如《集韻》居又切，同救。作「救」者，蓋以常見字易之耳。後依此不悉出校記。

簡寄楊治中文卿

貳車沁水瞻高駕，簿領西臺有舊遊①。邂逅一樽淇上酒，笑談千古庾南樓。豐狐闖首藏三穴，一鶚盤空健九秋。聞道清源足佳景，竹林煙雨夢西州。

【校】

①「西」，抄本、薈要本同元刊明補本；四庫本作「南」。

上史丞相

百揆端歸一相尊，中臺潛隱北溟鯤。人間桃李争晴晝①，天上風雲擁戟門。觷蹇遇知思一顧，家山回首惜空奔。幸蒙翦拂長鳴去，會有文章報至恩。

【校】

①「争」，《中州名賢文表》、抄本同元刊明補本；薈要本、四庫本作「浄」，非。

題相者訾洞春①

野隱東過滄海翁，醉吞秋日入心胸。神機深探乾坤祕，真氣曾驚户牖龍。驢背老髯掀一笑，春風歸路指三峯②。昂藏我似賓天鶴，夢遶仙盤露影濃。

【校】

①「洞」，抄本、薈要本同元刊明補本；四庫本作「同」，非。

②「揩」，抄本同元刊明補本；薈要本、四庫本作「指」。

和高麗參政李顯甫

恩波如海際天隅，一日京師識老蘇。喜向巖廊瞻漢相，款隨仙仗聽嵩呼①。衣冠自是乘槎客，文彩還驚照乘珠②。共羨朝天蒙寵渥，三韓秋色滿歸塗。

【校】

①「款」，弘治本同元刊明補本；薈要本、四庫本作「疑」，形似而誤。

②「彩」，弘治本同元刊明補本；薈要本、四庫本作「采」，亦可通。

開平夏日言懷

土屋罌燈板榻虚①，一鉼一鉢似僧居。半編翰草從人讀，兩鬢霜華向曉梳。客子衾裯殘夢短，暑天風物暮秋初。故園松菊荒多少，豈不懷歸畏簡書。

【校】

①「罌」，弘治本、四庫本同元刊明補本；薈要本作「甖」，亦可通。按：「甖」，當爲「甖」之俗字，文獻中作爲文字構字部件之「賏」常常省作「目目」，《敦煌俗字典》：「鸎，鸎。」「甖」，同「罌」，亦可作「甇」，《敦煌俗字典》：「鶯，鸎。」

郊送雲叟公

寶鞍塵土滿香羅，因送行臺振玉珂。出郭快於鷹脱韝①，歸懷争奈轂遺窠②。夕陽明處亂山淺，碧草深時毳帳多。自愧囊錐無利穎③，青雲臺閣半常何。

【校】

①「韝」，弘治本、元刊明補本作「帽」；據薈要本、四庫本改。

②「遺」，弘治本同元刊明補本；薈要本、四庫本作「移」。

③「愧」，弘治本同元刊明補本；薈要本、四庫本作「恨」。

直中書省

紫禁彤庭尺五天，沉沉碧綺鎖秋煙。鳳池波暖鏘鳴佩①，翰苑才疏愧昔賢。人世好懷能幾度，風埃長路已三年。緑陰好在西園樹，辜負移牀聽晚蟬。

【校】

①「佩」，弘治本、《中州名賢文表》同元刊明補本；薈要本、四庫本作「珮」，亦可通。按：珮，同佩。「鳴佩」，亦可作「鳴珮」。作「珮」者，蓋「鳴佩」爲動賓結構，而「佩」之名詞義後多寫作「珮」，且「鏘」謂「金、玉擊鳴也」，故易而爲「珮」。後依此不悉出校記。

開平晚歸 七月一日授翰職

龍首堈邊野草深，秋風灤水動歸心。百年蓬巷開圭竇，一日恩光照士林①。吟鬢有光浮鏡玉，家書封喜認泥金。料應曉月簾櫳底②，乾鵲飛來報好音。

【校】

①「士」，薈要本、四庫本同元刊明補本；弘治本作「土」，形似而誤。

②「櫳」，元刊明補本作「攏」，形似而誤；據弘治本、薈要本、四庫本改。

弔竹

三徑歸來已就荒，更堪庭實歎云亡。窗間月出思清影，簾底風來憶細香。便擬碧鮮留賦詠①，恐應塵俗到膏肓②。未容分斸蒼苔破，拄杖敲門有底忙。

【校】

①「鮮」，弘治本同元刊明補本；薈要本、四庫本作「蘚」，亦可通。「賦」，弘治本同元刊明補本；薈要本、四庫本作「嘯」，非。

②「俗」，弘治本同元刊明補本；薈要本、四庫本作「滓」，亦通。

和龐參軍雲卿詩韻

萬事雲翻總釋然，不禁哀樂近中年。此生得處便爲樂①，自斷從今不問天。最喜遇知傾底裏，譬如食蜜味中邊。吾鄉賴有諸卿在②，歸隱終期覓魯連。

【校】

①「生」，弘治本同元刊明補本；薈要本、四庫本作「身」。

②「鄉」，元刊明補本作「卿」，涉下而形誤；據弘治本、薈要本、四庫本改。按：「鄉」，俗作「鄉」，與「卿」形似，甲骨文具作「𦏧」，後分化爲不同之二字。此作「卿」，亦涉下「諸卿」之言而誤。

送陳尚書經略成都

暫辭喉舌去籌邊，調餉中間別有權。拓境要當成算後①，務農思在訓兵先。雪山已覺公來重，玉壘休矜蜀險偏②。東北更看諸葛表，春風晴霽錦江煙。

【校】

①「拓」，元刊明補本、弘治本作「托」，聲近而誤；據薈要本、四庫本改。

②「矜」，弘治本同元刊明補本；薈要本、四庫本作「誇」，亦通。

太原筆工李子昭許贈予雙筆久不見付作詩以問之

子昭過晉喜新知，雙筆親承遠見遺。脱帽一從休老穎，臨池幾負躍蟠螭。正煩筠管矗於臂，細理毫鬃健作錐。久向夢堂驚五彩，貯雲含霧莫來遲。

聞諸軍飛渡鄂渚前次建康

節駐長洲已浪然①，鐵絙鎔冷瘴江煙。膠船浮海從南遁，潢日行天總北旋②。牛後舉知非晉祚，曆期應計過唐年③。至元天子如天覆，莫遣虚陳坐榻氈。

【校】

①「然」，弘治本同元刊明補本；薈要本、四庫本作「傳」，非。

②「北」，元刊明補本作「比」，形似而誤；據弘治本、薈要本、四庫本改。

③「曆」，弘治本同元刊明補本；薈要本、四庫本作「歷」，亦通。「計」，弘治本同元刊明補本；薈要本、四庫本作「訂」。「過」，元刊明補本、弘治本作「過」，薈要本、四庫本作「遇」。

秋日會牙城白雲樓讌行院使者及嘉定府新附諸校坐中觀西山風雨①

望際煙霏濕翠㟹②，雄風先作雨前聲。鴻濛氣合先天境，慘淡州迴得意兵③。涼吹遠隨悲管發，壯懷還傍醉吟生。三年畫戟清香地，慚愧終童係越纓④。

【校】

①「坐」，弘治本同元刊明補本；薈要本、四庫本作「座」，亦可通。按：坐、座，古今字。作「座」，蓋以今字易古字。後依此不悉出校記。

②「㟹」，弘治本同元刊明補本；薈要本、四庫本作「屏」，亦通。後依此不悉出校記。

③「州」，薈要本、四庫本同元刊明補本；弘治本作「川」。

④「係」，弘治本同元刊明補本；薈要本、四庫本作「繫」。

賦西域鸚䳇螺杯

老月淪精射海波，珠繩分秀貫神螺。鷓班漬粉垂金薤①，鸚喙嫌寒縮翠窠。樽出瘿藤紋浪異，瓢成椰子腹空皤。飲餘疑與溪娘遇，一笑相看發浩歌。

【校】

①「班」，弘治本同元刊明補本；薈要本、四庫本作「斑」，亦可通。後依此不悉出校記。

乙亥夏六月廿四日西城即事馬上望姑山煙雨濃淡開闔有不可端倪者偶賦是詩以紀其奇觀云①

連山中斷鬱蒼陘，全晉蟠紆未了青。方訝野煙沉澗壑，忽驅涼吹滿林坰。天邊雨脚排銀竹，物外仙家列畫屏。擬是姑仙遊八表②，笑迴龍馭下滄溟。

【校】

①「廿」，弘治本、薈要本同元刊明補本；四庫本作「念」，聲近而誤。

②「擬」，弘治本、四庫本同元刊明補本；薈要本作「疑」，亦可通。

挽翟器之八月十七日清晨夢翟君器之晤言者良久覺而賦此以悼魂而有靈恐當擊節也①

淡癖相看忽四年，襟期樗散鄭家虔。隸書思入鋸刀法，畫品人推具眼禪。滿壁滄洲驚絶筆，一樽别酒是終天。不須只聽山陽篴②，日暮懷人已慨然。

【校】

①「覺而」，弘治本同元刊明補本；薈要本、四庫本作「覺後」。

②「只」，弘治本、薈要本同元刊明補本；四庫本作「更」。

哭郝内翰奉使

大河東匯杞連城，之子南來氣宇盈①。義契重於平昔友，斯文公與後來盟②。苦心問學唐韓愈，全節歸來漢子卿。十六年間成底事，長編惟見使華名。

【校】

①「氣」，弘治本同元刊明補本；薈要本、四庫本作「器」，亦通。

②「斯」，弘治本同元刊明補本；薈要本、四庫本作「新」，形似而誤。

次楊子英詩韻

十年芸閣想差肩，曾侍紅雲尺五天。幕府蓮波知雲泛①，麟臺勳業浩無邊。劍埋古獄終衝斗，玉蘊藍田暖自煙②。留取胸中疏俊氣，它年揮手障汾川③。

【校】

①「雲」，弘治本闕；薈要本、四庫本作「幾」。

②「暖」，弘治本同元刊明補本；薈要本、四庫本作「煖」，亦通。

③「它」，弘治本同元刊明補本；薈要本、四庫本作「他」，亦通。

題開封府後堂壁

至元十三年被省院檄同開封尹陳侯試河南儒士四月十九日抵京授館開封後署相與握手話舊且及包范二公事業時予耳疾止酒談噱間暮雨大作連明因述鄙語奉一笑云①

使軺南下入京華，滿眼交親笑語譁。共訝老螭蟠北海，自憐賤子宿南衙。關河痛別襟期豁，風雨翻空夜氣嘉。負煞清尊三百爵②，胡牀相對看簷花。

【校】

①「奉一笑云」，弘治本同元刊明補本；薈要本、四庫本作「以奉一笑」。

②「煞」，弘治本同元刊明補本；薈要本、四庫本作「殺」，亦通。

投宿淯川驛 時病耳

話長不覺道途脩，馬轉河堤入宋樓。時事未容談笑了①，故園難遂去來休②。一天梅雨方初夏，兩耳蟬聲預□秋③。最喜此行陪逸駕，未妨吾道付滄洲。

【校】

①「了」，薈要本、四庫本同元刊明補本；弘治本闕。

②「難」，弘治本同元刊明補本；薈要本、四庫本作「誰」。

③「預□」，弘治本同元刊明補本；薈要本、四庫本作「已入」。

許昌道中

一雨長途送曉涼，陌塵壓盡燕泥香。醉歌金縷辭梁苑，笑拍吟肩入潁昌。人物消沉清議在，風雲開闔野煙蒼①。應憐一片西湖水②，空照行人兩鬢霜。

【校】

①「闉」，弘治本同元刊明補本；薈要本、四庫本作「闍」，聲近而誤。「野煙」，元刊明補本、弘治本闕；據薈要本、四庫本補。

②「湖」，弘治本同元刊明補本；薈要本、四庫本作「河」，妄改。

潁封人廟①

在宋樓鎮西三里古堤上。至元十三年夏四月，考試河南，同陳節齋過其廟，陳爲索賦，故有是作。

潁封遺廟枕高墉，窈窕丹青户牖空②。治道得人無國小，孝心錫類與天通。當年大隧融融樂，此日喬林凛凛風。總道茅焦賈餘勇③，從容難似片言功。

【校】

①「潁」，元刊明補本、弘治本作「穎」，據薈要本、四庫本改。後依此不悉出校記。

②「户」，薈要本、四庫本同元刊明補本；弘治本作「力」，非。
③「茅」，元刊明補本、弘治本作「茆」，據薈要本、四庫本改。

友人喪馬

老驥厖然燕色蒼①，今春長記遠乘將②。翻江風雨曾何夢，伏櫪飢寒想備嘗。既乏敝帷酬逸德，忍令銅鬲葬人腸？玉鞭剪斷春遊興，驢背清吟要細償。

【校】

①「厖」，弘治本同元刊明補本；薈要本、四庫本作「龐」。
②「長」，弘治本同元刊明補本；薈要本、四庫本作「常」。

南陽府試院中作

牙堂瀟灑敞晴疏，薜荔牆深五畝居。起敬對瞻元凱廟，訂頑欣得鶴山書。心非道義爲充實①，身與乾坤恐自疏。暮倚城闉還一笑②，竿頭蚯餌引鼃魚。

【校】

①「爲」，弘治本、四庫本同元刊明補本；薈要本作「焉」，形似而誤。

②「倚」，弘治本同元刊明補本；薈要本、四庫本作「望」。

寄李士觀　時在襄陽兼簡好古郎中①

拚醉清樽洗別顔②，我來君往轉凄然。遥看漢水無三百，不覿清揚已五年③。甕舞未收輸鬼笑，候蟲多足返夔憐④。義襟誰似張京兆，早爲吹嘘使北旋。張京兆謂張好古也⑤，時在襄陽徵理錢穀等事。

【校】

①「時在襄陽兼簡好古郎中」，弘治本同元刊明補本；薈要本、四庫本脱。

②「拚」，弘治本同元刊明補本；薈要本作「拚」，亦可通；四庫本作「拌」，亦可通。按：《正字通·拚》：「本從扌從

弃，作拚。省作拚。」「拚」，「拚」之俗字。《康熙字典·拌》：「《博雅》：『拌，棄也。』揚子《方言》：『楚人凡揮棄物，謂之拌。』俗誤用拚。」

③「清」，弘治本、薈要本同元刊明補本；四庫本作「青」。按：青、清，本爲不同之二字。作「青」者，蓋「清」省略形符之簡化字，俗用。

④「返」，弘治本同元刊明補本；薈要本、四庫本作「反」，亦可通。按：反、返，古今字。作「反」者，蓋「返」省略形符之簡化字，俗用。後依此不悉出校記。

⑤「張京兆」，弘治本同元刊明補本；薈要本、四庫本作「京兆」，脱。「也」，弘治本同元刊明補本；薈要本、四庫本脱。

南陽北城同陳節齋晚眺

大野東瀦楚塞遮①，淯川西騖抱城斜②。瓜分鼎峙連三國，地廓天開到一家③。丞相大名垂宇宙，龐公高節動雲霞。千年事往空遺迹，立遍殘陽數去鴉。

【校】

①「瀦」，弘治本同元刊明補本；薈要本、四庫本作「豬」，亦可通。按：豬、瀦，古今字。作「豬」者，蓋「瀦」省略形符

之簡化字，俗用。

②「湇」，弘治本同元刊明補本；薈要本、四庫本作「清」，形似而誤。

③「廓」，弘治本同元刊明補本；薈要本、四庫本作「闊」，聲近而誤。

宛葉道中

六合雲蒸一氣霾，漫漫長路渴生埃。詩從白雨明邊得，人自青山盡處來①。世路有機難預料，劇談供笑不時開。濟時賴有諸君在，漢苑秋風愧不才。

【校】

①「自」，弘治本同元刊明補本；薈要本、四庫本作「在」。

次宿汝樓韻二首

解卻征鞍細履園，月明深夜倚危欄①。會慳共惜飄零久，必遠應憐語話殘②。尚友共尋佳樹傳，逢辰不戴鵕鸃冠。傾囊擲下驪珠頷③，依舊晶瑩照乘寒。

微雲河漢半晴陰，夜景蕭森夢化城④。山色不隨喬木老，月華偏對故人明。鶴緣露警清無寐，蛙屬官居重有聲。廊廟只今紛治具，正容堅坐看昇平。

【校】

①「欄」，弘治本同元刊明補本；薈要本、四庫本作「闌」，亦可通。按：闌、欄，古今字。作「闌」者，蓋「欄」省略形符之簡化字，俗用。後依此不悉出校記。

②「語話」，弘治本同元刊明補本；薈要本、四庫本作「話語」。

③「頷」，元刊明補本、弘治本作「顆」，據薈要本、四庫本改。按：驪珠頷，語本《莊子注》卷一〇《列禦寇》：「夫千金之珠，必在九重之淵，而驪龍頷下。」

④「城」，弘治本同元刊明補本；薈要本、四庫本作「成」。按：成、城，本不同之二字。作「成」者，蓋「城」省略形符之簡化字，俗用。

贈别按察王立夫二首

時在洛陽試院中作①

當年畫省憶同襟，此日南來又盍簪。夜雨喜成連榻夢，秋霜尤見故人心。義方外覺紛華遠，話久中傾底裏深。他日買田相約老，兩椽茆屋共雲林。

眼中機括審時張，事外論量見直方。白璧不酬金屑笑②，烏紗能護豸冠霜③。煙花紫禁期推轂，風雨南州夢對牀。更就信陵陵上月，一尊分手上河梁。

【校】

①「中」，弘治本同元刊明補本；薈要本、四庫本脱。

②「笑」，弘治本同元刊明補本；薈要本、四庫本作「璧」，涉上而誤。

③「紗」，弘治本同元刊明補本；薈要本、四庫本作「霜」，涉下而誤。

留别節齋公因次嚴韻

雨露乾坤不少私，至人出處與同期。松筠冰雪有定操，人物江山見一時。着手正便捫蝨話，看雲難受絡頭絲。平生慕藺公應識，秋水長河有令姿。

夜宿朝元閣下

禁垣樓觀天中央①，星斗拱列靈壇蒼。月中清露翻碧瓦，殿檐風信摇金鐺②。炎歊似殺赤熛怒③，霧雨謾成玄豹章④。時考試儒士於此，故云。長纓土滿未容濯，金溝泛曉空蒼涼。

【校】

①「禁」，元刊明補本、弘治本闕；據薈要本、四庫本補。

②「殿檐風信摇金鐺」，弘治本同元刊明補本；薈要本、四庫本作「殿角泠風摇玉鐺」。

③「熛」，弘治本、薈要本同元刊明補本；四庫本作「縹」，非。

④「謾」，弘治本同元刊明補本；薈要本、四庫本作「漫」，亦通。按：謾，通漫，猶徒然，《全唐詩》卷九六沈佺期《紅樓院應制》：「支遁愛山情謾切，曇摩泛海路空長。」《文苑英華》卷一七八作「漫」。

挽呂權漕子謙

維至元十年歲癸酉夏六月□日，江淮都轉運司幕官呂公終於私第之正寢①，饗年六十五②。越明年春三月③，東平尹信弘毅自衛過晉，始知公墓草已宿，嗚呼哀哉！公諱遜，字子謙，系出東平望族。父松，金詞賦進士第，官至隰州刺史，興定間城陷，死節。公其次子也，爲人疏直愷悌，樂道人善，早歲有賦聲。生平喜作詩，格律精嚴，長於七言近體。或有問，須盡吐乃已，然如法家斷桉④，不絲髮貸，問者知所趣。居漕府幾十年，良謀默計，便公私爲多。某辱知最厚，悼斯文之不幸，痛知己之難遇，非歌詩無以攄予衷也，乃作是詩躬告墓左。魂而有靈，鑑兹誠悃。其辭曰：

凌煙詞氣呂衡州，一語神交二十秋。漕府議高推獨步，詞壇吟苦入冥搜。眼中耆宿有今日，地下周馮是舊遊。秋草滿丘新吕道，未容車過淚先流。

【校】

①「司」，弘治本同元刊明補本；薈要本、四庫本作「使」，涉上而誤。

②「饗」，弘治本同元刊明補本；薈要本、四庫本作「享」，亦通。按：饗，通享。「享年」，亦可作「饗年」，《漢語大詞典·饗年》漏收「敬詞，稱死者所活之年數」義項。作「享」者，蓋以本字易不常聯言「饗年」之「饗」字。後依此不悉出校記。

③「三」，弘治本同元刊明補本；薈要本、四庫本作「二」，形似而誤。按：作「二」，則上不能言「春」。二月，仍是冬天，何來「公墓草已宿」之言？故作「二」當爲「三」之形誤。

④「桉」，元刊明補本、弘治本作「按」，形似而誤；薈要本、四庫本作「案」，亦可通；徑改。按：文獻中字從木從扌多不分，故作「按」者，蓋「桉」之形誤。桉、案，本爲一字，後桉、按因形近而義有相混者，桉、案遂有微殊。「斷桉」，亦作「斷案」。作「案」者，蓋「桉」字較「案」字少用且二字義多可通而易之。

臨武堂讌醉後有懷省臺諸公

桂月流光雪滿臺，月明人影兩徘徊。行雲不逐歌塵散①，往事還隨去雁哀。雙鬢入秋無可白，寸心於世未全灰。遥憐紅藥階前客，玉樹相依一笑開。

【校】

①「廛」，元刊明補本、弘治本闕；據薈要本、四庫本補。

簡寄陳節齋

別來碧海三山客，偶得新詩慰遠情。晝接夜談懷鄧鄙，風荷煙柳夢都城。好翻故里三千牘，且按秋風九萬程。最喜新涼換炎暑，梁王臺上月孤明。

鞠餘望月東臺即事①

崖陴詰屈張煩痾②，老樹遺臺悵獨過。山色滿樓簾影薄，柳陰横沼鳥聲多。兩河蓄潤開東雍，千古秋風動漢歌③。誰着梗陽人有獄④，鬢華尤比向來皤。

【校】

①「鞠」，弘治本、薈要本同元刊明補本；四庫本作「鞫」，亦通。按：鞠，通鞫。後依此不悉出校記。

②「痾」，弘治本同元刊明補本；薈要本、四庫本作「疴」，非。

③「千」，弘治本、四庫本同元刊明補本；薈要本作「十」，形似而誤。

④「着」，弘治本同元刊明補本；薈要本、四庫本作「著」。

日用

萬彙何能臭味同，洪纖强梗貴沖融。屹於砥柱標天險①，淡似浮雲度太空。意或近私隨有礙，事因無己即成功。莫將此理求諸遠，總在平時日用中。

【校】

①「屹」，薈要本、四庫本同元刊明補本；弘治本作「乞」，形似而誤。

送王丈子壽南下河中

白髮今年八十過，故園歸興足蹉跎。啓期三樂人争仰，汲直高風古所多。照眼關河增喜色，過門香火盡行窩。後期望嶽棲巖上，一笑雲煙入浩歌。

郝提舉子某至元八年冬見於京師楊氏書院與之語温醇有禮愉色睟然意謂奉身周謹篤於其親者也今年春予官平陽一日介吴君子明來謁具道郝南還之事相與繫節嘉歎久之噫方衰俗頹波中其孝養有如此者孰謂曾閔之門和樂之氣有時而息邪此心不匱豈特錫類而已哉故傳曰惟孝友于兄弟施于有政其是之謂歟喜爲賦詩以贈且廣其敬養致樂之心色難無違之旨云

古稱百行孝爲先，就養辭榮事更賢。戀戀庭闈心向切，依依親眼望來穿。蓼莪報德歌周雅，令伯陳情感母年。衰俗陵遲有如此，見渠福禄日增川①。

【校】

①「增川」，弘治本同元刊明補本；薈要本、四庫本作「綿綿」。

白樓晚眺

條山東峙畫㠏開①，樓外長河一線來。簷瓦蘸波鴛夢渚，鏡鸞空影月臨臺②。千年事往情如昨，滿目春傷恨未裁。更著野花留寶靨，女牆隨意點晴苔。

【校】

①「㠏」，《中州名賢文表》同元刊明補本；弘治本作「㨹」，非是；薈要本、四庫本作「屏」，亦可通。按：「㨹」，當爲「㠏」之訛字。屏、㠏，古今字。考證詳見前校記。

②「鸞」，弘治本、《中州名賢文表》同元刊明補本；薈要本、四庫本作「奩」，非是。

洪洞道中送客回有懷子初舍人

親朋零落故人稀，白首相望更一涯①。花底夢歸連夜酒，柳邊情在送行詩。賞心歲月能多日，人物江山又一時。許國壯心雖未老，向人孤抱欲誰知。

【校】

①「更」，元刊明補本、弘治本作「更」，薈要本、四庫本作「天」。

公堂即事

雁鶩行趨日出前，潭潭槐府静秋煙。漁陽摻急三撾後，簿領山如萬慮旋。圖報每虞遺少愧，焦勞何敢獨稱賢。更堪清畏堂中夢，夜夜歸心到日邊。「清畏」，自榜寓居堂名。

和周録事感春詩韻

微官休苦日奔忙，須信行藏在彼蒼。心計自憐嘗越膽，鬢華何計避吴霜①。暫容巾挂三花樹，任使聲喧百鳥場。昨日平湖湖上過，緑波如縠要浮觴。

【校】

①「華」，弘治本、薈要本同元刊明補本；四庫本作「花」，亦通。按：花，謂顔色錯雜，《元史》卷七八《輿服志一》：「鬢偏帶，正從一品以玉，或花，或素。」鬢花，亦猶鬢華，謂頭髮顔色駁雜，白灰相間，《忠肅集》卷一一《自嘆》：「鬢花斑白帶圍寬，竊禄無功久曠官。」華、花，皆平聲，於詩律無違。「吴」，元刊明補本作「兵」，非是；據弘治本、薈要本、四庫本改。按：「越」、「吴」，相對爲文，《宋詩鈔》卷六二范成大《丙申元日安福寺禮塔》：「耳畔逢人無魯語，鬢邊隨我是吴霜。」《秋澗集》本卷亦有《夜過關嶺山》：「心苦自憐嘗越膽，歌長不用撫吴鉤。」後依此不悉出校記。

夏縣道中

濕雲壓樹際崗平，溽暑還因小雨增。官事困人如縛虎，秋風吹野夢翻鷹。趨時未必儒冠誤，並隱端爲野鶴僧①。遥憶筠溪亭下水，萬竿蒼雪照吟燈。

【校】

①「僧」，元刊明補本作「僧」，弘治本、薈要本、四庫本作「憎」。

題聞喜廟學古柏

世傳清廟聖湯墟，老柏環除十六株①。黛色秋煙千古上②，石根銅榦百城無。虬龍閱世蒼髯磔，疏影凌歊冷翠鋪。眄汝自慚詩禮客，摩挲三向孔庭趨。

【校】

①「環」，薈要本、四庫本同元刊明補本；弘治本作「還」。

②「秋」，弘治本同元刊明補本；薈要本、四庫本作「青」。

餞張子文驛送戈甲前赴成都子文雲中人至元八年冬相識於大都李玄暉南庵①

吟君一軸餞行詩，西望峨嵋有所思。山險不憂巴道路，雨多防濕漢旌旗。雄邊有策堪回奏，諭蜀能文正及時。儻見總戎煩告語，雪山輕重在謀爲②。總戎謂彦清譚帥③。

【校】

①「餞」，弘治本同元刊明補本；薈要本、四庫本作「送」。

②「在」，弘治本同元刊明補本；薈要本、四庫本作「有」。

③「譚」，弘治本同元刊明補本；薈要本、四庫本作「軍」。

寄送朱信卿還吏部

故都喬木已蒼煙，朱，翼城人。故都，謂翼，唐叔故都也。玉樹臨風照眼鮮。暫着印窠封瑞錦，要從鞭筭看流錢①。燕山夜月縈歸思，平水春風夢別筵。不得一杯光祖道，汾崗回首轉凄然。

【校】

①「筭」，弘治本同元刊明補本；薈要本、四庫本作「箠」。

霍岳道中

郡寮招致遠相過①，冒雨東登荷笠蓑②。比入廟宮三渡水，再尋蘭若重攀蘿。傍山涼早疑秋近，砰澗溪喧覺雨多③。庭下古碑堪晤語，倚餘笻杖更摩挲。謂劉神州修岳同碑④。

【校】

①「寮」，弘治本、薈要本同元刊明補本；四庫本作「僚」，亦可通。按：寮，通僚。作「僚」者，蓋以本字易借字。後依此不悉出校記。

②「東」，弘治本同元刊明補本；薈要本、四庫本作「乘」，形似而誤。「蓑」，弘治本、薈要本同元刊明補本；四庫本作「篋」，形似而誤。

③「砰」，弘治本同元刊明補本；薈要本、四庫本作「碎」，形似而誤。

④「同」，弘治本同元刊明補本；薈要本、四庫本作「洞」。

霍邑懷古

堂堂義幟下并門，六合風雲已併吞。軟甲不憂三日雨，妖氛唯厭兩都昏①。緬懷戍火城頭語，死愧忠精地下魂。謂宋老生也。慘淡鑾鈴原上月，至今英氣凜生存。

【校】

①「唯」，元刊明補本、弘治本闕；據薈要本、四庫本補。

送周録事幹臣任滿赴都

青衫白髮老參軍，銀管聊鋪兩考勳。公吏檢身知禮度，兒童争語説清勤。春官吏選多書最，祖帳東門惜重分。匣劍莫將塵自翳，諫章論草要新文。

送漢臣張弟

青青衿珮讀書郎，邂逅姑汾意叵量。老大正深鄉國念，飛翔不負少年場。行沾紅藥階前露①，夢到秋風豸角霜。此去固當强不息，更須人事卜行藏。

【校】

①「露」，弘治本、薈要本同元刊明補本；四庫本作「路」。按：路、露，本爲二字。作「路」者，蓋「露」字省略形旁之簡化字，俗用。

壽趙秘監輔之時奉使日本迴西歸京兆

報國心丹氣益振，一帆直徹海東垠。三年契闊中朝客，百險歸來萬里身。曠古使華清議在，照人精彩壽毫新。終當清淺蓬萊水，經制金華要老臣。

陳季淵挽章三首

至元十年十二月望，陳季淵子次翁道出平陽，以其父季淵喪來告，且請詩哀挽，故勉爲賦此。

筆頭詩話硬盤空，詩自工來老更窮。玉斧驚傳脩月手，旦評推絶斫雲翁。幽穿洞穴愁山鬼，壯極秋濤駕颶風。千古杜陵原上月，一丘分照渭城東。

大駕西巡始拜公，從容樽酒兩都同。杖歸河朔忠尤壯，詩到秦州氣更雄。蓮府晴波奇策在，杜陵殘月草堂空。傳家儘慰元龍望，湖海諸郎有父風。

憶扈龍旂狩蜀年，渡江詩並選鋒先。江花冷墮波神泣，醉袖來拔玉井蓮。已訝羽淵淪老月，遽教風骨閟重泉。緬懷春草池塘興，雨夜分明夢惠連。

挽殷簽事獻臣

扶病南來喜盍簪，激揚似爲失前禽。氣衝豸角空餘烈，響絶朱絃得好音。一節儘高完璧事，百年誰了蓋棺心。醉魂不到黄壚夜，夢繞三山碧海深。

微恙

團蒲倚暖病維摩[1]，春滿晴窗氣未和。兀坐暫容心境静，好懷安得故人過。鐵花鏽澀青萍暗[2]，世事栽培白髮多。卻喜郡人相説似，春風門巷雀堪羅。

【校】

①「團蒲倚暖」，弘治本同元刊明補本；薈要本、四庫本作「蒲團倚煖」，亦可通。按：「團蒲」，同「蒲團」。「團」、「蒲」皆平聲，於詩韻無違。作「團蒲」者，蓋語有所本，《山谷集》卷九《題净因壁二首》：「瞑倚團蒲挂鉢囊，半牕疎箔度微涼。」作「蒲團」者，蓋因「蒲團」較之常見而倒。暖、煖，通。《石湖詩集》卷三三《寄題毛君先生蓮華庵》：「我衰無力供樵蘇，尚能相伴煖團蒲。」《天台續集·別編》卷四作「暖蒲團」。

②「鏽澀」，元刊明補本、弘治本作「繡澀」，非是；薈要本作「繡色」，非是；據四庫本改。按：《秋澗集》底本及弘治本、薈要本多有「鏽」誤作「繡」者，詳見前校記。作「色」者，蓋「澀」之聲誤。

至元十一年歲在甲戌上巳日會府倅張侯明卿治中忽英甫前總判張行甫禊飲于晉源鄉蘭莊刁氏之醒心亭張侯行甫之子思誠息翁孺侍讌①

禊飲蘭亭不可尋，蘭莊山水儘清音。楊花糝雪溪流碧，野卉留香竹樹深。暫脱帕車三日婦，卻憐時事百年心②。一樽快趁芳時醉③，明日池塘是緑陰。次日奉命簽南征新軍，中外騷然者數月。

【校】

①「忽英甫」，弘治本同元刊明補本；薈要本作「和爾揚布」；四庫本作「呼英甫」。「前」，弘治本同元刊明補本；薈要本、四庫本脱。

②「事」，弘治本同元刊明補本；薈要本、四庫本作「序」，亦通。

③「快」，弘治本同元刊明補本；薈要本、四庫本作「恰」。

送郭按牘彦實①

東西南北送行頻，長路青山輾欲塵。蓮府有聲推雅量②，柳條無計絆行人。緑波未要傷春浦，白璧難酬入幕賓。後夜月明川口道，夢歸先到晉溪春。

【校】

①「按」，弘治本同元刊明補本；薈要本、四庫本作「案」，亦通。按：按，通案，四部叢刊本《白氏長慶集》卷一一《徵秋税畢題郡南亭》：「按牘既簡少，池館亦清閑。」文淵閣四庫全書本作「案牘」。後依此不悉出校記。

②「量」，弘治本同元刊明補本；薈要本、四庫本作「望」。

洛陽懷古

重城繚繞枕邙腰，二水交纏會洛橋。勢即土中多漢制，錦圍林苑訝隋妖①。山川開闔悲今昔，陵谷更遷失市朝②。萬古消沉竟何有，總成閒話付漁樵。

【校】

①「隋」，薈要本、四庫本、《中州名賢文表》同元刊明補本；弘治本作「隨」，聲近而誤。

②「失」，弘治本、薈要本、四庫本同元刊明補本；《中州名賢文表》作「笑」。

遊澤州青蓮寺

知州皇甫琰①

名山名刹不無神，掣電轟雷一雨新。洗出好山真面目，擎嵐捧翠待詩人②。

薰風吹雨不沾衣，馬趁清涼入翠微。硤石兩楹天斧斷，好山四面畫屏圍。我來勝地清心地，僧説禪機與教機。賴有文章賢判府③，裴徊登眺久忘歸④。

斜分一逕下林巒，金碧觚稜紫翠間⑤。羣嶺秀攢青菡萏，孤峯突出玉湖山。鑿開一握乾坤小，占斷千年日月閒。浩浩兵塵滿河朔，天風吹不到禪關。

【校】

①「知州」，弘治本同元刊明補本；薈要本、四庫本作「知州事」。

②「名山名剎不無神」至「擎嵐捧翠待詩人」，弘治本同元刊明補本；薈要本、四庫本脱。

③「賴」，弘治本同元刊明補本；薈要本、四庫本作「剩」。

④「裴徊」，弘治本同元刊明補本；薈要本、四庫本作「徘徊」，亦可通。後依此不悉出校記。

⑤「觚」，弘治本、四庫本同元刊明補本；薈要本作「孤」，非。

和前韻

盤盤石磴轉層巒，寺隱青蓮六葉間。天削斷崖開老硤，雨將空翠繪蒼山。偶因戎治終朝畢，暫得僧窗半日閒。清曉出山還一笑，幾時塵事不相關。

覽勝都忘罥葛衣①，谿風吹雨散霏微②。霞明殿脚金千界，雲抱山腰玉一圍。林壑有靈憐俗駕，人心無路息危機。風流幸對文章守，安得巖棲不更歸。

太守清吟句有神，興隨山雨一時新。身修自是吾儒事，笑殺殘僧説似人③。

【校】

①「罥」，抄本同元刊明補本；薈要本、四庫本作「帶」，非。

②「谿」，抄本同元刊明補本；薈要本、四庫本作「溪」，亦通。按：谿、溪，多可通。後依此不悉出校記。

③「太守清吟句有神」至「笑殺殘僧説似人」，抄本同元刊明補本；薈要本、四庫本脱。

夜過關嶺山

山行四月似涼秋，夜半揺鞭下嶺頭。心苦自憐嘗越膽，歌長不用撫吴鉤①。風煙動色開中鎮，禾稼連雲際四州。碌碌一官成底事，春風歸夢仲宣樓。

【校】

①「撫」，抄本同元刊明補本；薈要本、四庫本作「換」。

虞鄉道中

中條如畫色蒼蒼，過雨晴嵐帶夕光。望入王官饒水竹，路經虞坂足耕桑。未容巖桂相招隱，自笑微官有底忙。多謝晚風驅暑退①，笠簷吹作馬頭涼。

【校】

①「晚」，抄本同元刊明補本；薈要本、四庫本作「曉」，非。按：《秋澗集》中薈要本、四庫本作有將「晚」誤作「曉」者，見前校記。未明何故。後依此不悉出校記。

謁王官谷唐司空表聖祠堂

人去空山草木香，撑霆非爲漢文章。三休方擬遺身累，一僨應憐爲國亡①。明月不汙黄浪濁，清風高並首陽芳。滿斟三詔亭前水，拜乞襟靈滌肺腸。

【校】

①「僨」，抄本同元刊明補本；薈要本、四庫本作「債」，形似而誤。

慶路伯達八秩之壽

素髮酡顔八十春，昇平人物典刑存。兩都喬木秋光老，四座春風笑語温。膝下盡歡衣有彩①，人間無似壽爲尊。試從九老圖中看，獨覺光榮萃潞門。

【校】

①「彩」，抄本同元刊明補本；薈要本、四庫本作「綵」，亦通。後依此不悉出校記。

爲鄉人壽

壯年虎穴喜奇探，老去幽潛一道龕。倚杖看雲追往事，閉門留客了玄談。開元氣鬱丹浮頰①，鬒髮雲如緑滿簪②。今歲壽堂春色好，一簾空翠撲晴嵐。

【校】

①「開」，元刊明補本、抄本作「關」，形似而誤；據薈要本、四庫本改。按：關，俗作関，関、開形似。

②「鬒」，元刊明補本、抄本作「玄」，據薈要本、四庫本改。按，「鬒髮」，語本《詩·鄘風·君子偕老》：「鬒髮如雲，不屑髢也。」《文選》卷二張衡《西京賦》：「衛后興於鬒髮，飛燕寵於體輕。」

王惲全集彙校卷第十六

七言律詩

壽總管陳公

當年劍履上星辰，諫草曾蒙帝子恩。天上聲華瞻北斗，人間詩價逼西崐。儘培桃李開春苑①，暫遣風雲擁戟門。誰識節齋清白節，西山晴雪照吟樽。一作「洛下梅花淇上竹，兩都無地着春温。」

斗間占氣識龍泉②，兩歲公堂拜壽筵。河潤已歌千里遠，化行皆自一身先。鈴齋晝掩無私謁，坐榻朝懸有敗氈。愷悌我知神所相，墮山喬岳未爲堅③。

黄陂曠度吞秋壑，卿月光輝炯士林。萬目剸裁無錯節，一生匡弼有丹心。行春不識甘棠訟，濟旱終爲傳説霖。萬斛明珠百泉水，光風都付壽杯深。

【校】

①「培」，元刊明補本作「焙」，據抄本、薈要本、四庫本改。

②「識」，抄本同元刊明補本；薈要本、四庫本作「試」。

③「隳」，抄本同元刊明補本；薈要本、四庫本作「隨」。

清明日拉友生李士觀遊長春宮因謁純真王鍊師且陪姚左轄商簽院二公高論時至元八年二月十九日也①

鳴珂振轂滿重城，花底春光沸玉笙。放眼壺天如隔世，侍談仙馭勝登瀛。松風韻瑟金鐺静，竹露光寒鶴夢清。且莫臨漪門外去②，夕陽正在總真明。「總真」，閣名。

【校】

①「且陪」，抄本同元刊明補本；薈要本作「具悟」；四庫本作「具晤」。

②「漪」，抄本同元刊明補本；薈要本、四庫本作「行」。

送陳按察東還

把臂論交今十年，趨來蕭寺重留連。已驚秋漢盤孤鶚，更愛清吟障百川。桃李春風寒食月，關河行色繞朝鞭。北來論列尤清峻，愈見行身不偶然。

追挽省郎王仲蔚

毳幕風翻雪滿牀，快書初不減元康。酒餘綺席冰生頰，事解連環穎脱囊。青瑣飛翔天已老①，白雲迴笑恨應長。杏花春色鄰牆酒，前日東城是醉鄉。

【校】

①「瑣」，抄本同元刊明補本；薈要本、四庫本作「鎖」，亦通。按：青瑣，亦作青鎖、青璅。後依此不悉出校記。

寒食日韓氏南莊讌集

重城鞍馬厭紅塵①，春草池塘發興新。自擬嘯歌知道在，不分賓主更情親。青山似喜談時事，白髮空慚滿領巾。默數向來投轄飲②，不應驚坐獨陳遵③。

【校】

①「厭」，弘治本同元刊明補本；薈要本、四庫本作「壓」。

②「默」，弘治本同元刊明補本；薈要本、四庫本作「無」。

③「坐」，弘治本同元刊明補本；薈要本、四庫本作「座」。

贈李濟之修撰

久扈紅雲侍帝輿，襟靈瀟灑氣冲愉。絲綸有在人非偶，寂寞求音意更殊。已爲斯文鏗木鐸，共驚滄海得遺珠。何當一片鑾坡月，時聽論思爲捋須①。

【校】

①「須」，弘治本同元刊明補本；薈要本、四庫本作「鬚」，亦通。後依此不悉出校記。「時」，弘治本同元刊明補本；薈要本、四庫本作「特」，非。

簡寄王推官漢臣今從事彰德幕府表弟韓從益雲卿自相下來伏審雅候佳勝喜慰之餘謹以此寄奉别後一笑也

燕市分攜已半年，客來首問喜清妍。辦教緑鬢看吟鏡①，儘稱清波泛幕蓮。五袴有歌清議裏，一方無事曉燈前②。西溪未減東湖勝，滿意河山照酒船③。

【校】

①「辨」，元刊明補本、弘治本作「辦」，薈要本、四庫本作「便」。

②「曉」，元刊明補本、弘治本、薈要本作「曉」，四庫本作「晚」。

③「河」，弘治本同元刊明補本；薈要本、四庫本作「湖」。

和趙明叔言懷

我初識子禹卿筵，秋月金盆上碧天。翔集柏臺幾二載，稱停文賦每終篇。孤忠自信恒多苦，萬事安心恐偶然。白髮行年四十五，向誰重理伯牙絃。

餞陳簽省行臺西夏

鵬搏九萬見扶摇，五郡河湟付爕調①。版籍輸誠須實守，孤寒收淚拜文饒。天開相府宫儀肅，弓挂崑山節制遥②。荒服甸綏談笑事，太平勳業在中朝。一作「如對軒墀問時事，便宜先爲漢家條③。」

虎落雲間四海家，河山初不外幽遐④。龍荒要廓朝天道⑤，別淚休驚出塞笳。葛亮貴和書有在，君魚砥節老彌嘉。多應青澗城頭月⑥，無復驚飆漲暮沙。

漢家威德際髦蠻⑦，牙纛其中慮阻艱⑧。金節遠開丞相府，春光先渡玉門關。正煩煙火通青海，未用梯航致白環。銀字詔還知不遠，好來彈壓紫宸班。

五郡河西右臂連，懷柔有策得人先。文昌除目緊誰在，帝座回章得汝賢。才氣似公當重寄，睽違多感是中年。黄金臺上西山碧，莫厭離觴碎筑絃。

敕勒川南磧鹵西，荒煙回望隔華夷。哥舒開府固英特⑨，老范籌邊貴靖綏。漢月流光清朔部，陰風無力動牙旗。遥知別後相思夢，秋雁聲中第一詩。

【校】

①「爕」，元刊明補本、弘治本作「變」，形似而誤；據薈要本、四庫本改。

②「弓」，弘治本同元刊明補本；薈要本、四庫本作「方」，非。
③「便」，弘治本同元刊明補本；薈要本、四庫本作「尤」。
④「河」，弘治本同元刊明補本；薈要本、四庫本作「湖」。
⑤「廓」，弘治本同元刊明補本；薈要本、四庫本作「闢」，非。
⑥「澗」，弘治本同元刊明補本；薈要本、四庫本作「磵」，非。
⑦「髦」，弘治本、四庫本同元刊明補本；薈要本作「毛」，亦可通。按：髦蠻，語本《詩·小雅·角弓》：「如蠻如髦，我是用憂。」鄭玄箋：「髦，西夷別名。武王伐紂，其等有八國從焉。」孔穎達疏：「《牧誓》曰：『及庸、蜀、羌、髳、微、盧、彭、濮人。』又曰：『逖矣，西土之人。』是西方也。彼髳此髦，音義同也。」作「毛」者，蓋「髦」字省略形符之簡化字，俗用。
⑧「牙」，弘治本同元刊明補本；薈要本、四庫本作「芽」，非。
⑨「舒」，元刊明補本、抄本作「書」，聲近而誤；據薈要本、四庫本改。

張夢卿惠奇石

一峯名曰秀華蓋故家物也拊玩不已作詩以寫其真云①

道人解種僝顔玉②，分供晴窗思渺然。夢去怳爲天姥客，潤餘猶帶鬱林煙。夏雲翠聳形模怪，海日紅蒸腹背鮮。我自愛觀無巨細，一拳嵩華墮吾前[③]。

【校】

①「曰」、「云」，抄本同元刊明補本；薈要本、四庫本脱。

②「僝」，抄本、薈要本同元刊明補本；四庫本作「孱」，非。

③「拳」，抄本同元刊明補本；薈要本、四庫本作「卷」，亦通。按：卷，通拳，《禮記注疏》卷五三《中庸》：「今夫山，一卷石之多，及其廣大，草木生之。」

考滿日言懷書呈侍講顒軒

三載區區簿領間，癡牀老坐待循還。封章不到回天筆，躬稼終歸負郭田。嬴得虛名清議裏[①]，儘驚白髮暮愁邊。只應一片金鑾月，似向衡門照獨偏。

【校】

①「嬴」，抄本同元刊明補本；薈要本、四庫本作「贏」，亦可通。

題李練師崇聖宫圖姚左丞索賦①

滚滚勞生汩世緣②，練師獨得静中傳③。一篇秋水忘言處，滿眼青山曝背眠。丹井流光傳大藥，玉臺積翠倚中天。方蓬别有淩風鶴④，華表歸來又幾年。

【校】

①「練」，弘治本同元刊明補本；薈要本、四庫本作「鍊」。

②「汩」，元刊明補本、抄本、薈要本、四庫本作「汨」，形似而誤；徑改。

③「傳」，抄本同元刊明補本；薈要本、四庫本作「詮」。

④「淩」，元刊明補本、抄本作「泠」，聲近而誤；據薈要本、四庫本改。

夏日讌集田氏林亭御史諸公留别

濕雲壓樹冪方塘①，雨洒層軒滿意涼②。四海交遊有今夕，一樽情話惜離觴。夢驚紫禁煙花老，醉盡佳人錦瑟香。老子興來情未已，更催銀管按清商。

【校】

①「冪」，抄本同元刊明補本；薈要本、四庫本作「羃」，亦可通。

②「意」，抄本同元刊明補本；薈要本、四庫本作「臆」，亦通。

聞丞相史公受開封之拜 并引

昔鄧禹列侯，特參大事；晉公入覲，重領台司①。故韓愈拜章②，稱舊壓三司之貴；雲臺圖像，獨端居諸將之先。伏惟開府相公佐翊勳高，封拜寵數，以今視昔，前後略同；養老乞言，典常尤異。伏自傳聞之審，不勝慶幸之心，敢綴荒蕪，式伸頌禱③。前監察御史王惲謹頓首啓上。

台鼎春回極寵光，初聞歡喜倒衣裳。百官禮絶汾陽拜，炎運天開漢道昌。義激忠精傾列辟，坐調風雨會中央。此心久寄華亭鶴，夢繞裴家緑野堂。

【校】

①「台」，元刊明補本作「㕣」，形似而誤；據抄本、薈要本、四庫本改。按：《唐碑俗字録》：「㕣，召。」㕣、台形似。

②「韓愈」，抄本、薈要本同元刊明補本；四庫本作「韓伯」。

③「伸」，抄本同元刊明補本；薈要本、四庫本作「申」，亦通。

御史秩滿日效樂天詩體書懷

人微每愧居清要，禄厚常憂負素餐。勁翮已輸鷹隼健，秋霜空落簡書寒。寸心敢謂行身了，世運彌深以理觀。三尺素琴中本静，又施絃索向誰彈。

上太保劉公詩　中統二年

閒雲出岫便從龍，羽翼高於四皓功。黄石有書開兩漢，黑頭無地避三公。金輪散影連沙界，太一浮光動竹宫。缾鉢不妨聊爾耳①，人間桃李滿春風。

【校】

①「耳」，抄本同元刊明補本；薈要本、四庫本作「爾」。

山人

較來鐘鼎與山林，得失何勞拊髀吟。静對清溪忘俗慮，醉逢漁父是知音。滿梳華髮長年雪①，一片閒雲欲雨心。臨水幾堆黄落葉，被風吹去任浮沉。

王子行年四十餘，幽潛心似槮中魚②。倦談時事便情話，静盡靈襟信理書。遇酒祇堪知味止③，愛吟誰暇計才疏。今冬處置行窩了，種竹溪南有草廬。

【校】

①「長」，抄本同元刊明補本；薈要本、四庫本作「常」，聲近而誤。

②「槮」，元刊明補本作「穇」，非是；抄本、薈要本作「糝」，非是；據四庫本改。按，「穇」，當爲「槮」之訛字。「糝」，亦當爲「槮」之形誤。

③「止」，抄本同元刊明補本；薈要本、四庫本作「正」，非是。按：《秋澗集》中多有「止」作「正」者，未審何故。

和郝子貞見贈之什兼餞舟行二首

情話滔滔不易量，幾年閒處看人忙。時清共樂林居好，理到能消客氣狂。脱穎我慚成事遂，論詩君乃起予商。布帆無恙秋風裏，一棹煙波去渺茫。

山人何苦住山城，老雪堆門幾度平。雅愛雲林無俗態，豈知塵土滿長纓。薄田粗足充飢了①，衰俗無依奈物輕。三十年來老知己，此回相送最關情。

【校】

①「飢」，弘治本同元刊明補本；薈要本、四庫本作「饑」，亦通。按：饑、飢，本義有別，後漸可通用。後依此不悉出校記。

題韓通甫城南别業

翠竹連村映白沙，横崗回抱一川斜①。橘林多實長年樂，棣蕚留香盡日華。雲錦池邊看雁序，秋風門外任蜂衙。自憐獨鶴歸來晚，夜夜林丘夢水涯。

【校】

①「回」，弘治本同元刊明補本；薈要本、四庫本作「細」，非。

送子初宗兄出鎮閼臺

飛翔方喜簉朝班，一表陳情動日邊。列郡剖符聊復爾，中年分手倍凄然。兩鄉憶望三千里，一席情親四十年①。明日萱堂壽親處，杏花紅點緑楊煙。

【校】

①「情親」，弘治本同元刊明補本；薈要本、四庫本作「親情」。

登臨武堂

吏散公庭百慮衡，來登臨武敞高情。唐風過陋留遺儉，晉譎移民到健爭。千嶂壺山吟際晚，一溝汾水眼中明。悠悠自愧沙鷗雪，更道忘機意亦驚①。

【校】

①「更」，弘治本同元刊明補本；薈要本、四庫本作「便」，亦通。

唐山道中早發

時至元九年三月初九日自燕達淇上

沆瀣橫空夜向分，行穿林影認前村。夢殘旋逐車聲破，犬困時牽馬足奔①。長笑未容耕隴畝②，一官隨分報君恩。獨憐三載霜臺月，空使流光滿薊門。

【校】

①「犬」，元刊明補本、弘治本作「犬」，薈要本、四庫本作「人」。

②「長」，弘治本同元刊明補本；薈要本、四庫本作「常」，聲近而誤。

懷舊詩 并序

至元九年二月十四日，濟南劉漢卿出示亡友王仲蔚詩軸，三復之餘，嘅焉畫傷①。因憶往年在東平時，與仲蔚諸人暮春之初會飲于宿城野務趙媪家凡三次，歌酣盡懽，同會者六人。明日，仲蔚賦詩，有「楊柳青旗連坐榻，杏花春色過鄰牆」之句，殊爲上軒所賞。明年，仲蔚從事濟南幕府，予亦西歸淇上，自是而不復相見②。秋七月，聞仲蔚病疽，死歷下。忽覩斯作，令人又有短氣者。七年之間③，六客者止存井、任與予三人耳，因爲賦此以抒梗概云。

遺詩一讀已凄然，玉樹臨風墮眼前。心擬酒寬終致疾，壽隨中止欲誰愆。蜀川寄遠猶如昨，伯道無兒更可憐。轉首惠連春草夢，月明愁滿宿城煙。

【校】

①「嘅」，弘治本同元刊明補本；薈要本、四庫本作「慨」，亦通。按：慨，同嘅。「盡」，元刊明補本、弘治本作「𧖧」，形似而誤；據薈要本、四庫本改。

②「而」，弘治本同元刊明補本；薈要本、四庫本作「而後」。

③「間」，弘治本同元刊明補本；薈要本、四庫本作「内」。

辛未歲除夕言懷 此月廿八日尚書省復併入中書省

杯盤草草具餳茶①，燈燼紅垂夜半華②。抵掌不憂韓愈鬼，住京空在老坡叉③。素餐御史雖無補，畫省除書有抵差④。新故送迎長歲例⑤，春風明日又誰家。

【校】

①「草」，弘治本同元刊明補本；薈要本、四庫本作「率」，涉上而誤。

②「華」，弘治本同元刊明補本；薈要本、四庫本作「花」，聲近而誤。

③「叉」，元刊明補本作「叉」，形似而誤；弘治本、薈要本、四庫本作「义」，非是；徑改。按：「義」俗作「义」，「义」、「叉」形似，皆爲「叉」之形誤。「華」、「差」、「家」、「叉」，皆屬《廣韻》平聲麻韻，獨用。「義」（按，儀之古字），屬《廣韻》平聲支韻，與麻韻不諧。「叉」，爲仄聲韻，與是詩所押之平聲韻相違。

④「抵」，弘治本同元刊明補本；薈要本、四庫本作「底」，亦通。按：抵，猶底。有底，同有抵。

⑤「長」，弘治本同元刊明補本；薈要本、四庫本作「常」，亦通。

大暑

大地洪爐一氣蒸，樓居臺處失高層。庭柯葉静風來絶，河漢陰斜氣未澄。炎帝戲張千傘火，老懷思抱五湖冰。嗽嗽疲瘵無多力①，遽爾蒸騰恐未勝。

【校】

①「疲瘵」，弘治本同元刊明補本；薈要本作「瘦瘵」，形似而誤；四庫本作「瘦癈」，形似而誤。按：「瘦」，當爲「疲」之形誤；「癈」，當爲「瘵」之形誤。

挽王脩甫

時客死于燕。君有燕都懷古詞，内有「恨滿西山秋色」之句，至元元年在東平時屢向余道。

大梁東郡衛南鄘，尊酒論文幾度逢。少日才情驚小杜，中州人物惜元龍①。長歌老驥壺空缺，秋色西山恨更濃②。五十五年成底事，一丘露草泣吟蛩。

【校】

①「惜」，弘治本、四庫本同元刊明補本；薈要本作「借」，形似而誤。

②「更」，弘治本同元刊明補本；薈要本、四庫本作「轉」。

奉陪左丞張公尚書李公王學士徒單待制赴禹卿觀稼之會偶得五十六字奉林下一笑也 至元七年七月三日①

韋杜城南尺五天②，草堂尊酒接歐韓。晴雲望遠禾方秀，高樹涼多露未乾。臺館不煩題緑野，林花時許覆金鞍。因君喚起歸田興，夢到西溪舊釣壇。

【校】

①「徒單」，弘治本、薈要本同元刊明補本；四庫本作「圖克坦」。後依此不悉出校記。「禹」，元刊明補本作「禺」，形似而誤；據弘治本、薈要本、四庫本改。「六」，元刊明補本、弘治本作「八」，據薈要本、四庫本改。「也」，弘治本同元刊明補本；薈要本、四庫本脱。「七月」，弘治本同元刊明補本；薈要本、四庫本作「四月」。

②「韋」，元刊明補本、弘治本作「常」，非是；據薈要本、四庫本改。按：《秋澗集》卷二二《遂初亭》、《野春亭》皆有「韋杜城南尺五天」之句，知此亦當作「韋」，「韋」、「杜」皆長安城南之世家大族，故并稱。《秋澗集》前後詩文多有相同之文句存在，可資前後參校。

遊玉泉山

山腰一逕轉雲蘿，照眼平湖漲碧波。形勝左蟠遼海遠，風煙還覺玉泉多。自憐俗駕來逋客，急遣清樽發浩歌。笑拂巖花醉歸去，山林鍾鼎兩蹉跎。

書懷兼簡陳節齋

羞將勳業鏡中看，不爲無魚動劍彈①。兩鬢總隨霜簡白，寸心虚傍日華丹。閒中持論談何易，事際操存衆所難。羨煞山東陳按察，龍光高射斗牛寒。

【校】

①「劍」，弘治本同元刊明補本；薈要本、四庫本作「鋏」，亦通。按：彈劍，亦猶彈鋏，語皆本於《戰國策》卷一一《齊策四》：「齊人有馮諼者，貧乏不能自存，使人屬孟嘗君，願寄食門下。孟嘗君曰：『客何好？』曰：『客無好也。』曰：『客何能？』曰：『客無能也。』孟嘗君笑而受之曰：『諾。』左右以君賤之也，食以草具。居有頃，倚柱

彈其劍，歌曰：『長鋏歸來乎！食無魚。』左右以告。孟嘗君曰：『食之，比門下之客。』居有頃，復彈其鋏，歌曰：『長鋏歸來乎！出無車。』左右皆笑之，以告。孟嘗君曰：『爲之駕，比門下之車客。』於是乘其車，揭其劍，過其友曰：『孟嘗君客我。』後有頃，復彈其劍鋏，歌曰：『長鋏歸來乎！無以爲家。』左右皆惡之，以爲貪而不知足。孟嘗君問：『馮公有親乎？』對曰：『有老母。』孟嘗君使人給其食用，無使乏。於是馮諼不復歌。」劍、鋏，皆屬仄聲韻，於詩韻亦皆可通。

題趙宣撫樊川山中雜詠

蒼崖如削靜煙霏，中有高人住翠微。夜鶴聽琴依蕙帳，曉泉和月落山扉。一龕靜體炎涼理，兩眼深明倚伏機。畢竟名高難久卧，野猿偷褫芰荷衣。

歸潛洞

眼冷朱門鶴蓋陰，自開幽洞事幽尋。飄瀟書劍三秦客，盤礴風雲萬里心。竹澗度涼便夏永，藥囱留暖愛冬深①。何時爲濯長纓土，丹竈茶煙共一林。

【校】

①「囱」，弘治本同元刊明補本；薈要本、四庫本作「窗」，亦通；《中州名賢文表》作「囪」，亦通。後依此不悉出校記。

趙樊川

適安堂上趙樊川，擇勝棲心以樂全。神武門前抛組紱①，終南山下買林泉。蘭皐秋遠縈吟思，釀甕春香引醉眠。洞口野雲遮已斷，不須重上武陵船。

【校】

①「紱」，弘治本同元刊明補本；薈要本、四庫本作「綬」，亦通。

適安堂

草堂卜築近清溪，擬散襟顔似紫微①。幽事相關常起早，老懷能遂任時違。無心出岫和雲卧，有客過門盡醉歸。聞道黄家花滿樹，幾回扶杖到斜暉。

【校】

①「微」，弘治本、薈要本同元刊明補本；四庫本作「薇」，亦通。

趙公泉

故侯植杖得新泉，寬鑿方池漲碧瀾。恐泛落花歸别澗，要傳清響入幽彈。竹根漱泠縈林曲①，蔬圃澆餘到藥欄。已與山中留故事，一泓難着老螭蟠。

【校】

①「泠」，弘治本同元刊明補本；薈要本、四庫本作「冷」。

未央硯爲趙明叔賦

萬瓦垂雲映碧虚，未央雙闕想雄圖。天荒地老千年後，玉潤金堅片月孤。微物偶因題誌重，鉛華留借筆鋒濡。一樽難洗興亡恨，要發幽光賦兩都。

至元七年庚午奉陪憲臺諸公闕下賀正口號

盤盤帳殿敞彤庭①，天仗宵嚴擁萬靈。玉筍東班分列辟，龍墀首拜認前星。煙蟠鼇柱霑吟袖，樂泛仙音近御屛。歲歲大酺恩例溥，自慚虚薄仰皇扃。

【校】

①「庭」，弘治本、《中州名賢文表》同元刊明補本；薈要本、四庫本作「廷」，亦通。後依此不悉出校記。

贈相者陳士廉

我游都邑已三年，無略匡時待罪愆。有問試從陳子決，取徵還似客師賢。客師，袁天綱子。紜紛半是播間客①，高下能公吏部銓。兩眼羡渠明似鏡，月評從此索心先。

【校】

①「紜紛」，弘治本同元刊明補本；薈要本、四庫本作「紛紜」。

爲遼人劉信甫慶八秩之詩

素髮酡顔八秩春①，豹韜還是總戎孫。兩都喬木秋光老②，滿座春風笑語温。膝下盡歡衣有彩，人間無似壽爲尊。須知善積餘嘉慶，三世何妨是將門。

【校】

①「秩」，弘治本同元刊明補本；薈要本、四庫本作「十」。按：秩，十年爲一秩。八秩春，猶八十春，皆謂八十年。秩、十，皆屬仄聲韻，於詩韻無違。

②「秋」，元刊明補本、弘治本作「秋」，薈要本、四庫本作「清」。

同馬才卿暇日登昊天寺寶嚴塔有懷①

高標直上跨蒼穹，物外方知象教雄。九陌市聲開曉色，兩都喬木動秋風。遥憐漢馬屯湘渚，安得長書附去鴻。寂歷村墟野煙外，誰家簾幕夕陽紅。

【校】

①「同」，弘治本、薈要本、四庫本同元刊明補本；《中州名賢文表》作「司」，形似而誤。

寄贈德長老

先府君無恙時，嘗話河内德上人者，系出貴族，享年最高，行業極精嚴。予以懷、衛相望，每思以披覩爲快①，迄未能也。近弟誠甫至自野王，云：「德僧臘己丑，今年百有一歲，起居飲啖健若五六十人。」或問：「何術臻此？」答云：「無有，但休閒心，無所用耳。」性嗜杖，所依歸，狀特有瑰異者②。平生樂從賢士大夫遊，無衲子氣象。予聞而喜之，豈墨名而儒行者邪③？以韓文公有文暢澄觀之作④，因書近體律詩簡寄西堂，爲它年林下一段閒公案也⑤。

一條拄杖老龍鱗⑥，扶掖西堂百歲春。方寸已明諸佛果⑦，典刑還是定年人。笑拈貝葉隨僧供，未省緇衣化洛塵。我識阿師中所得，溪光山色乃心身。

【校】

①「覩」，弘治本同元刊明補本；薈要本、四庫本作「覩」。

②「狀」，弘治本同元刊明補本；薈要本、四庫本作「杖」。

③「邪」，弘治本同元刊明補本；薈要本、四庫本作「耶」，亦通。

④「澄」，弘治本同元刊明補本；薈要本、四庫本作「登」，非。按：《東雅堂昌黎集注》卷七有《送僧澄觀》，集注：「澄觀，『建僧伽塔于泗州』，詩語詳之。公貞元十六年秋在洛陽作。」

⑤「它」，弘治本同元刊明補本；薈要本、四庫本作「他」，亦通。

⑥「拄」，薈要本、四庫本同元刊明補本；弘治本作「柱」，亦通。

⑦「諸」，弘治本同元刊明補本；薈要本、四庫本作「老」，非。

至元己巳八月一日偕馬才卿游聖安寺

滿馬京塵厭市喧，捨鞍步入給孤園。金鐺響泛松風冷，寶月光凝瑞像尊①。法觀交纏雙井閈，雨花別是一乾坤。布金不是包桑計②，空抱危言吐復吞。謂讀明昌間郝侯党、竹溪蔡無可等碑。

【校】

①「像」，弘治本同元刊明補本；薈要本、四庫本作「象」。按：「瑞像」、「瑞象」，義本不同。此作「象」者，蓋「像」省

略形符之簡化字，俗用。

②「包」，弘治本同元刊明補本；薈要本、四庫本作「苞」，亦通。按：包、苞，古今字。苞桑，語本《周易正義》卷三《否》：「其亡其亡，繫于苞桑。」孔穎達疏：「苞，本也。凡物繫於桑之苞本，則牢固也。」姚士粦輯《陸氏易解·否》：「其亡其亡，繫于包桑。」

院書懷簡胡員外應奉①

束縛長纓領簿曹，十年從事獨賢勞。癡牀坐久疑禪榻，老木風嚴瀉怒濤。行路總誇驄馬貴，炬蓮何似玉堂高。一彈未就陽城草，虛負秋空白錦毛。

【校】

①「院」，弘治本同元刊明補本；薈要本、四庫本作「閒院」。

奉送大丞相史公行臺河南時用兵襄陽封衛國公以平章政事副忽剌出附馬督視諸軍時至元六年八月也①

無勞繞帳插生犀，威德江淮草木知。唐室正諧裴出將，楚人休倚漢爲池。聘通上國無非補②，節駐長洲果爾爲。三百年來常例在，忍令矛槊舞嬰兒？

【校】

①「忽剌出附馬」，弘治本同元刊明補本；薈要本、四庫本作「呼喇珠駙馬」。按：《後漢書》卷三九考證：「附馬，附應改駙。」知「附馬」本當作「駙馬」，前人考證已詳。但語言文字在訛化作用下，「駙馬」之作「附馬」，若《三朝北盟會編》卷三六《起靖康元年二月辛丑盡十一日丁未》：「肅王及太宰張邦昌、附馬都尉曹晟質於金國軍前。……上以越王叔父不可遣，乃遣肅王樞及附馬都尉曹晟以行。……《遺史》曰：『初康王之爲質也，金人見而憚之，遂欲别易親王，并要附馬都尉一人。是時割地議和已定，金人斂兵以待之。乃遣邦昌太宰從肅王及附馬都尉曹晟爲質。』」可見在文獻中這已是相當普遍之用法。作「駙」者，蓋以通行之正字易世俗之别字耳。鑑於這種世俗寫法在文獻中已經大量存在，今姑存底本原貌。

②「無非」，弘治本同元刊明補本；薈要本、四庫本作「非無」。

寄陳按察慶甫

秋天寥落使星明，光動山東百二城。三本有書天下計，一樽爲地故人情①。九江虎渡非無術，山東吏人聞公至，往往投劾告去，故云。漢節輪埋浪有聲。老我簿書三萬卷，幾時燒尾看雷轟。

【校】

①「地」，弘治本同元刊明補本；薈要本、四庫本作「約」。

跋王内翰與木庵唱酬詩軸

木菴詩筆唐文暢，一作「老而妍」。心印多從吏部傳。豹管一窺連璧句，月窗慵展碧雲篇。風流豈落明昌後，真率當隨靖節肩。留取人間作遺像，鬢絲禪埸話它年①。

【校】

①「塌」，弘治本同元刊明補本；薈要本、四庫本作「傝」，非。

追挽歸潛劉先生

我自髫髦屢拜公，執經親爲發顓蒙。道從伊洛傳心學，文擅韓歐振古風。四海南山青未了，一丘洹水浪□窮①。泫然不爲山陽笛，老屋吟看落月空。

【校】

①「浪□」，弘治本闕；薈要本、四庫本作「出無」。

繼張相言懷二首

山人蹤迹愧搜羅，欲負虬松學隱和①。散木分甘遺匠石，薦章誰擬動常何。畫義活計青鳧少，曉鏡功名白髮多。好笑住京王御史，一官羈滯半年過。

獸思深處鳥虞羅，人自人徒貴體和②。物有盛衰宜辯早③，氣從舒慘奈時何。眼前徑路黄間迅④，鏡裏功名白髮多。不只一杯澆磈磊⑤，茶煙禪榻儘經過。和韻一作「笑倚虬松學隱和⑥」。

【校】

①「虬」，元刊明補本、弘治本作「蚪」，形似而誤；薈要本、四庫本作「虬」。

②「人自」，弘治本、薈要本同元刊明補本；四庫本作「吾自」。

③「辯」，弘治本同元刊明補本；薈要本、四庫本作「辨」，亦可通。後依此不悉出校記。

④「徑」，弘治本同元刊明補本；薈要本、四庫本作「逕」，亦通。按：字從彳、從辶同。徑、逕，亦多可通。後依此不悉出校記。「間」，弘治本同元刊明補本；薈要本、四庫本作「門」，涉上而誤。

⑤「只」，弘治本同元刊明補本；薈要本、四庫本作「盡」。

⑥「笑倚」，弘治本同元刊明補本；薈要本、四庫本作「是傳」。

至元辛未冬仲廿四日夜五鼓夢衛南郊行夢中得頷聯兩句既覺爲足成之

春煙樓觀照堤沙，夢裏郊行日未斜。幾片雲陰無俗態，滿川桑柘有人家。微茫仙境雙鳧客，依約春風二月華①。興適正濃還喚覺，一聲雞唱揭簷牙②。

【校】

①「二」，弘治本同元刊明補本；薈要本、四庫本作「一」。

②「唱」，弘治本同元刊明補本；薈要本、四庫本作「喝」，涉上而誤。

跋梁斗南先生無盡藏手軸

昇平豪富林泉主，白髮歸來一幅巾。世與士安籌國計，誰云開府是辭臣。江頭宮殿千門暗①，物外雲煙萬古春。休向諸郎訪遺事，青山依舊是比鄰。

【校】

①「暗」，弘治本同元刊明補本；薈要本、四庫本作「闇」，亦通。按：闇，同暗。後依此不悉出校記。

叔良西歸秦中感而賦此

倦客京師半載過，翻成西去奈秋何。贊房燈影裁清夜，渭水春風已白波。三虎自疑終致釋，五噫從此不須歌。終南山色昭陵樹，剩着新詩醉兩坡①。一作「樂遊原上昭陵恨，不暇新詩醉兩坡。」

【校】

①「着」，弘治本元同刊明補本；薈要本、四庫本作「看」，形似而誤。按：《秋澗集》卷一六《餞參政楊公出鎮覃懷》亦有「剩着新詩醉仰嵩」之言。

寄李和甫覔未央瓦研①

好在終南李練師②，未央瓦研寄何時。卧聞客舍三秋雨，夢繞畫欄雙桂枝。孤月正堪遮老眼，片言聊復慰相思。研磨縱對蛾眉秀③，中有漁陽萬馬馳。

【校】

①「覔」，弘治本同元刊明補本；薈要本、四庫本作「見」。

②「練」，弘治本同元刊明補本；薈要本、四庫本作「鍊」，聲近而誤。

③「蛾眉」，弘治本同元刊明補本；薈要本、四庫本作「峨嵋」。

至元辛未秋八月廿八日同長老金燈義方暨馮君用聶文超劉敬臣王仲通馬才卿石壽之座主賈君叔良會飲于開泰之丈室約各賦詩道盍簪之歡因爲賦此①

陊殿秋煙老檜蒼，春風合座捲吟觴。争傾底裏心能見，不悋歌呼興更長。風調總輪韋杜曲②，新詩驚絶碧雲湯。人生無似新知樂，安得車輪一夜方。

【校】

①「石」，弘治本、四庫本同元刊明補本；薈要本脱。

②「總」，元刊明補本作「摠」，形似而誤；薈要本、四庫本作「縱」，亦可通；據弘治本改。按：「總」，亦作「緫」，「緫」、「摠」形似。緫，通縱。作「縱」者，蓋改本字以易借字。「杜曲」，元刊明補本、弘治本作「曲杜」，倒；據薈要本、四庫本改。

壽徒單待制

至元八年九月十四日

静盡紛華道義尊①，立朝今復見經綸。論交最厚先君契，提誨終深賤子身②。世仰仲淹風雅在，見來元亮性情真。一杯滿意浮秋菊③，照映靈椿看玉麟。

【校】

①「静」，弘治本、四庫本同元刊明補本；薈要本作「浄」，亦通。按：静盡，猶浄盡。後依此不悉出校記。

②「終」，抄本同元刊明補本；薈要本、四庫本作「尤」。

③「浮」，抄本同元刊明補本；薈要本、四庫本作「得」。

菊歎

細菊宫傳笑靨金①，結根失所最關心。鶴欺力弱時來啄，草爲藂荒日益侵。寳檻移栽容獨秀②，秋香吟撚伴孤斟。朝來頓覺精神好，似喜淵明爲賞音。

【校】

①「宫」，抄本同元刊明補本；薈要本、四庫本作「言」。

②「裁」，抄本、薈要本同元刊明補本；四庫本作「裁」，形似而誤。

送臺掾趙明叔赴濟南迎侍母氏來燕

寤寐庭闈遠事承，南陔詩裏二毛生。悠悠望眼門廬月①，戀戀春暉孝子情。千里秋風吹去馱②，一天融樂羨歸程。三升紅腐殘年恨，老淚縱横滿仲纓。一作「零落悲風淚滿纓③」。

【校】

①「廬」，抄本、薈要本同元刊明補本；四庫本作「盧」，亦通。

②「馱」，元刊明補本、抄本、薈要本作「馱」，據四庫本改。

③「淚滿纓」，元刊明補本「洎滿纓」，形似而誤，據抄本改；薈要本、四庫本作「滿洎纓」。

壽房祖　至元八年九月三日

山立揚休七尺身①，接人襟度玉能温。慶流淇水宗支近，恩洽諸房德義尊②。扶健不煩鳩刻杖，承顔幸備彩衣孫③。一枝留在霜前菊，細撚清香入壽樽。

【校】

①「揚」，抄本、薈要本同元刊明補本；四庫本作「楊」，形似而誤。

②「恩」，抄本同元刊明補本；薈要本、四庫本作「惠」。

③「彩」，抄本、薈要本同元刊明補本；四庫本作「綵」，亦通。後依此不悉出校記。

送李尚書仲實參知北京行省

遼左要荒節制偏，選材真得濟時賢。拊循殊俗尤宜簡，調餉東兵貴有權①。軫慮可寬天北闕②，先聲應徹海東邊。顧慚知己謾馳嚮，望入秋空雁影翩。

【校】

①「調」，元刊明補本、抄本作「錭」，偏旁類化；據薈要本、四庫本改。

②「闕」，元刊明補本、抄本作「闋」，俗字；據薈要本、四庫本改。

壽紹開外郎　十月十四日

襟期出處不多偏，秀孕輸君六日先①。以義取交知己最，開談通俗見才全。已將國計籌邊算，會見嘉謨沃帝淵。相對莫嗟頭共白，歲寒心在老彌堅。

【校】

①「日」，抄本同元刊明補本；薈要本、四庫本作「月」。

繼商樞相韻贈禪師李玄暉①

襟期一見若同袍，束縛微官笑獨勞。方寸證明皆佛果，大千起滅總浮泡。馳聲絶藝君能辨②，汩世天刑我欲逃。坐拂天花閲家數，凛然清興雪山高。

【校】

①「韻贈禪師李玄暉」，抄本同元刊明補本；薈要本、四庫本脱。

②「辨」，抄本、薈要本同元刊明補本；四庫本作「辯」，聲近而誤。

送和之簽山東按察司事

四道山東事最繁，按巡當猛亦宜寬。丘畝併在虚危分，根窟深連魏博間。風彩儘承綸命重，霜威何待柏臺寒。澄清快理征鞍去，望絶峗山與歷山。

餞參政楊公出鎮覃懷

十載嘉謨沃帝聰，人間桃李幾春風。從今民事優游裏，轉見君恩顧盻中①。寵節我知如李晏，救時人道似姚崇。洛陽三月春如畫，剩着新詩醉仰嵩②。公廨堂名③。

【校】

①「盻」，弘治本同元刊明補本；薈要本、四庫本作「盼」，亦通。

②「剩」，弘治本同元刊明補本；薈要本、四庫本作「乘」，非。

③「廨」，弘治本同元刊明補本；薈要本、四庫本作「廳」。

送陳按察赴任山東

簡花霜落控孤鷹，暫覲清揚俗慮澄。四道規模開漢制，百城風彩望陳登①。露盤虛警青冥鶴，朔吹驚翻白錦鷹。迴首相思定何處，暮雲春樹憲王陵②。

【校】

①「彩」，弘治本同元刊明補本；薈要本、四庫本作「采」，亦可通。按：采、彩，古今字。作「采」者，蓋「彩」省略形符之簡化字，俗用。後依此不悉出校記。

②「憲」，弘治本同元刊明補本；薈要本、四庫本作「漢」。

贈羅徵君

風骨飄瀟到九還，一壺天地市朝閑。神遊物表沖融際，道在平生出處間。笑看割烹要摯鼎，擬將忠直動龍顏。濟時好作商霖去，未礙經年別故山。

孟待制駕之哀辭

我識先生二十年，當時過衛亦翩翩①。遺文載稇聞三語②，一賦垂天笑八塼③。幾日秋風汾水客④，一丘宿草茂陵阡。屋梁曉月驚無復，西望令人一泫然⑤。

【校】

①「過」，弘治本同元刊明補本；薈要本作「儀」；四庫本作「遇」。

②「梱」，元刊明補本作「棞」，形似而誤；據弘治本、薈要本、四庫本改。

③「塼」，弘治本同元刊明補本；薈要本、四庫本作「磚」，亦可通。按：塼、磚，古今字。作「磚」者，蓋以今字代古字。後依此不悉出校記。

④「秋」，弘治本同元刊明補本；薈要本、四庫本作「午」，非。「汾」，弘治本、四庫本同元刊明補本；薈要本作「分」，半脱。

⑤「西」，弘治本同元刊明補本；薈要本、四庫本作「四」，形似而誤。「令」，薈要本、四庫本同元刊明補本；弘治本作「今」，形似而誤。

祭子襄先生

先生隱德自崧丘，得號牆東四十秋。結駟退慚知道在，詩壇吟苦入冥搜。眼中耆宿有今日，地下雷元是舊遊。幾卷閑書繐帷底，未容拈讀淚先流。

寄贈總管韓君通甫暨弟君美兼簡公弼良友①

都門贈别柳條青，分袂南來歲屢更。三載愧陪驄馬列，久違轉見故人情。每憐夜榻聞風雨，羡殺韋家好弟兄②。蚤晚細傾燕市酒，誨堂重醉棣花榮。

【校】

①「君美」，弘治本同元刊明補本；薈要本、四庫本作「居美」，形似而誤。

②「殺」，弘治本同元刊明補本；薈要本、四庫本作「煞」，亦可通。按：殺，通煞。作「煞」者，蓋以本字易借字耳。後依此不悉出校記。

哭馬孟州才卿　名甫相州人

柏臺款晤儘三冬，暇日來陪御史驄。寺閣納涼憐晝永，野塘轟飲喜君同。性情遠出機張外，禍福真成倚伏中。至元乙亥，濬州同知未滿，中堂見召。既至，以事阻。是年秋，復除孟州倅①，南還至邢，病死，壽四十。久别已增懷抱惡，與君終訣恨何窮。

【校】

①「孟」，弘治本同元刊明補本；薈要本、四庫本作「益」，形似而誤。

哀大都督史公

名權中統初授江淮大都督

陽夏移軍入鄧封，指揮旌壘氣增雄。優居將幄元多算，威攝荆蠻儘父風。士樂死懷羊傅愛，戰酣無大上均功。應憐十載龍驤業①，一慟臨江萬事空。

【校】

①「十」，弘治本同元刊明補本；薈要本、四庫本作「千」。

題張府君墳丘 子傃字行甫曾任判官孫二人①

龍公祠下府君墳，崗勢西來虎豹蹲。翠琰盛傳千字誄②，青衫還有讀書孫③。喬林氣鬱丘山重，一水春涵德澤温。白首故侯長健在，緊須着力大于門。

【校】

①「判」，《中州名賢文表》同元刊明補本；弘治本、薈要本、四庫本脱。

②「字」，弘治本、《中州名賢文表》同元刊明補本；薈要本、四庫本作「事」，非。

③「衫」，弘治本、《中州名賢文表》同元刊明補本；薈要本、四庫本作「山」，聲近而誤。

姑射北仙洞予既爲新道立石且會諸君子明日大雪仲明賢良賦詩光賀因次嚴韻以答佳貺

三年判府苦無聲，自斷行藏付静聽①。翠琰銀鉤留故事，白波青嶂繞螺亭。一官自笑頭空白，多士相看眼倍青。每謝新詩深慰藉②，不愁歸託草堂靈。

【校】

①「斷」，抄本同元刊明補本；薈要本、四庫本作「信」。

②「謝」，抄本同元刊明補本；薈要本、四庫本作「藉」。

王衛州挽章

公諱昌齡字顯之滄州人

堂堂大廈敞雲居①，偃植圓杈與藉扶②。六縣耕桑深道愛，百年魚水應時需。望歸王儉風流幕，我識鄰侯吏隱儒。河朔諸侯幾參佐，愛君終始擅良圖。

又

襟韻沖融器識先，晚年風節見承宣。經綸素抱調元事，綜覈長深作牧篇。寒谷暖回哀日愛，老天愁絶劍門煙③。慇懃尚憶臨岐誨④，惆悵城南是別筵。

【校】

①「敝」，元刊明補本作「潎」；薈要本、四庫本作「蔽」。

②「杈」，抄本同元刊明補本；薈要本、四庫本作「權」，非。按：「權」俗作「权」，「权」、「杈」形似。

③「天」，抄本同元刊明補本；薈要本、四庫本作「夫」，形似而誤。「愁」，弘治本、四庫本同元刊明補本；薈要本作「悲」。

④「慇懃」，抄本同元刊明補本；薈要本、四庫本作「殷勤」，亦通。按：「慇懃」，本即作「殷勤」。「殷勤」之意多由心生，與動作發出者之内心密切相關，故於「殷」、「勤」下各加一「心」字以明確詞義。作「殷勤」者，蓋「慇懃」省略形符耳。後依此不悉出校記。

哭交親州判李叔①

洄溪一會乃死別②，送我西行淚滿襟。四海從師有先子，半生急難是初心。泉扃不閟無兒慼，壟樹空瞻挂劍林。會擬並刊遺愛碣，鄘城臺首御河深。古鄘邑在今州治東北一十五里，與君別業相對。公嘗云③：「本潞之上黨人④，五代間東徙居衛，唐將李抱貞之後。既任潞州，爲修治其碑墓焉⑤。」

【校】

①「交親」，元刊明補本、抄本作「交親」，四庫本作「友青」。

②「會」，抄本同元刊明補本；薈要本、四庫本作「入」，非。

③「嘗」，抄本同元刊明補本；薈要本、四庫本作「常」，非。

④「潞」，抄本同元刊明補本；薈要本、四庫本作「洛」，非。

⑤「爲」，抄本同元刊明補本；薈要本作「具」；四庫本作「乃」。

別盧漢臣

男兒出處要無慚，一意公家性所甘。吾子有才無不可，老夫於世本無堪。痛連臂骨緣心苦，耳變風聾阻坐談。劍佩趨庭君好去，建章宮樹緑覃覃。

挽杜止軒徵君①

泰岱東蟠未了青，文章公獨萃精英。賦方庾信才華壯，詩到樊川氣格清。平日酒杯追散聖，一生高節見陳情。風流想在齊梁席，未讓鄒枚獨擅名。

【校】

①「杜止軒徵君」，抄本同元刊明補本；薈要本、四庫本作「杜徵君止軒」。

留别忽治中英甫①

四年相待情偏厚，千里分攜恨若何。别駕見淹時共惜，當官能處我尤多②。輩流自是青雲器，金印行懸瑞錦窠。調古自知終寡和，青天白眼望君歌。

【校】

①「忽治中英甫」，抄本、四庫本同元刊明補本；薈要本作「治中和爾揚布」。

②「尤」，抄本、四庫本同元刊明補本；薈要本作「無」，非。